文 春 文 庫

池波正太郎と七人の作家

蘇える鬼平犯科帳

池波正太郎 逢坂　剛 上田秀人 梶よう子
風野真知雄 門井慶喜 土橋章宏 諸田玲子

文 藝 春 秋

池波正太郎と七人の作家
蘇える鬼平犯科帳　目次

本文カット・池波正太郎
「池波正太郎記念文庫」所蔵

池波正太郎と七人の作家

蘇《よみが》える鬼平犯科帳

せせりの辨介《べんすけ》

逢坂剛

一

風呂敷包みを抱えた女が、坂の中途の古物商〈壺天楽《こてんらく》〉の前で、足を止めた。
看板を見上げて、さりげなく鬢《びん》のほつれに、指を走らせる。
俵井小源太《たわらいこげんた》は、店先の座台の並びにすわる、編笠姿の長谷川平蔵《はせがわへいぞう》を、ちらりと見た。
見回りに出るとき、平蔵は編笠を取ることがない。
「中年増の女が、店にはいろうとしております」
編笠越しに、平蔵の目にも留まったと思うが、念のため低く声をかける。

「おりんも、気づいただろうな」

平蔵が言い、小源太はすわったまま、背筋を伸ばした。

「はい。背を向けて、平棚にかがんでおりますが、気配で知れたと存じます」

「よし。目を離すでないぞ」

小源太は、すわり直した。

〈壺天楽〉の店の中は、横手に大きな窓があるので明るく、外からでもよく見える。

二人は神楽坂《かぐらざか》にある〈壺天楽〉の、向かいの茶屋で茶を飲みながら、店を見張っているところだ。

半月ほど前、手先の小平治《こへいじ》が浅草寺の境内で、かつて一緒に仕事をしたことのある、盗賊仲間を見かけた。ばってらの徳三《とくぞう》という、こそどろに毛が生えたくらいの、けちな盗っ人だった。

徳三は、体が小さく身が軽いところから、忍び込みの先陣を務める役を、もっぱらとしていた。戸の外側から、カンヌキや掛け金をはずすわざにもたけ、仲間うちでも重宝される存在だった、という。

小平治によれば、徳三は押し込みに加わっても、小判などにはほとんど興味を示さず、古物や道具類にばかり執着する。

盗っ人にとって、そうした物品は運ぶのに手間がかかる上、さばくと足がつきやすいことから、よほどのものでないかぎり目もくれない。いきおい、金銀小判だけを狙う盗っ人が多い。

そのため、取り前を分ける際に金にこだわらず、自分が持ち出した骨董、軸、茶器などで満足する徳三は、盗っ人にとって都合のよい仲間なのだ。

その徳三と、小平治はここ何年も顔を合わせておらず、死ぬか隠居したかのどちらかだろう、と思っていたという。

あとをつけてみると、徳三は神楽坂で古物商を営んでいる、と分かった。

近所で聞き込んだところ、〈壺天楽〉はそれ以前は亀右衛門《かめえもん》という、独り者の老爺の店だった。しかし、亀右衛門は三年ほど前卒中で急死し、身寄りが見つからなかったため、いっとき空き店になっていた。

一月ほどして、亀右衛門の生まれ故郷常州牛久《じょうしゅううしく》の幼なじみで、猪兵衛《いへえ》と名乗る男が大家のところに現れ、〈壺天楽〉を居抜きで引き継ぎたい、と申し出た。猪兵衛は、未払い分の家賃もきれいにする、という。

大家は、これ幸いとばかり町役人に話をつけ、〈壺天楽〉を猪兵衛こと徳三に引き継がせた、とのことだった。

小平治、小源太を通じて、与力の柳井誠一郎《やないせいいちろう》から平蔵に、沙汰が上げられた。

小平治の話では、徳三本人は古物骨董にしか興味がなく、押し込みの際に人をあやめたり、傷つけたりしたことは一度もない、という。

それを聞いた平蔵は、こう言った。

「徳三自身は荒事がきらいでも、徳三を使って押し込んだ盗っ人の中には、人を手にかけたり、女を手込めにしたやつが、かならずいるはずだ。だとすれば、徳三もいくぶんかはその責めを、負わねばなるまい。それに、古物商を営みながら今でも、盗っ人の助《す》け役を続けておらぬ、ともかぎらぬ。しばらく、探りを入れてみよ」

そういう次第で、同心や手先が日ごとに交替しつつ、店の様子を探っているのだった。

きょうはきょうとて、平蔵がみずから〈壺天楽〉を見分したいと言い出し、小源太とりんが供を仰せつかった。

これまで、手先たちは店の外からの見張りに終始したが、この日は平蔵の指示でりんが店にはいり、徳三の様子をうかがうことになったのだ。

寛政四年の、十月初旬。

この年の五月、長谷川平蔵を助けて三度目の加役を務めた、松平左金吾《まつだいらさきんご》がおよそ一年でお役御免、となった。

さらに六月にはいると、今度は平蔵が石川島人足寄場の取扱を免ぜられ、後任として村田鉄太郎《むらたてつたろう》が、新たに寄場奉行を仰せつかった。平蔵は、火盗改《かとうあらため》の専任にもどった。老中松平越中守《えっちゅうのかみ》は、寄場の礎《いしずえ》を築いたことで平蔵の役目は終わった、と判断したようだ。

俵井小源太をはじめ、火盗改の与力同心は平蔵が兼任を解かれたことを、本人のためにも自分たちのためにもよかった、と喜んだ。

小源太は、平蔵が火盗改と寄場取扱の勤めで、何かと物入りが多かったことを、よく承知している。家禄が四百石と少なく、役高を足しても二千石に満たないため、苦労が多いのだ。

そのため、平蔵以前の火盗改の与力同心は、しばしば大名家、大身の旗本、あるいは市中の大店から、見回り料などと称して金品を求めることがあった。

平蔵は、そうした悪風を厳として、禁じた。

そのかわり、銭相場を操ってもうけを出したり、どこからかひそかに金策したりして、役向きにかかる諸費用を捻出した。

そうした裏の手口を、とやかく言う者もいないわけではないが、平蔵は歯牙にもかけなかった。勤めにかかる雑費、手先を養う手当などを与力、同心に払わせることもない。そのあたりは、徹底していた。

九月になると、半年間の加役として太田《おおた》運八郎資同《うんぱちろうすけあつ》が、火盗改を拝命した。冬場は、火付と盗賊が増えることから、加役が任命されるのだ。

着任後運八郎は、平蔵の役宅へ挨拶に来た。

念のため、召捕廻り方の筆頭与力、香山《かやま》利右衛門《えもん》が平蔵と、同席した。

小源太は、あとで利右衛門からそのおりの模様を、じっくりと聞かされた。

運八郎は、前任の松平左金吾をさらに上回る、三千石の大身の旗本だ。ただし、初めての加役であり、年もまだ三十歳と若いことから、平蔵に教えを請いたい気持ちも、あったらしい。

利右衛門によると、運八郎は挨拶もそこそこに、火盗改の勤めの心得について、平蔵にあれこれと尋ねた。平蔵の手元に心得書や、御用書留のようなものがあれば、拝見したいとも言った。

平蔵は、そうした書留はいっさいないと答え、老中筋への御仕置伺の手続きについてだけ、手短に説いて聞かせた。そのほかのことは、ご自分の思ったとおりになされればよい。みずからもそうしてきたし、それでどこからも苦情は出なかった、と言い放った。

運八郎は、なんとも納得のいかぬ様子だったが、そのまま辞去した。

左金吾が、初めて加役に就いたおりにも、同じように平蔵に心得を聞きに来た、と利右衛門は言った。

そのときも、平蔵は好きにおやりなされればよい、と慇懃無礼に左金吾をいなした。格上の左金吾は、それ以上重ねて聞くわけにもいかず、大いに困惑した様子だったそうだ。それを、かりにも、平蔵よりはるかに高禄の旗本が、辞を低くして教えを請うたのだ。それを、けんもほろろに追い返すとは、いかにも無礼な振る舞いではないか。

左金吾は、あとで腹立ちまぎれにそうこぼして、平蔵をこき下ろしたといわれる。左金吾の場合、家柄が越中守の縁戚につながるところから、とかく権威を笠に着るきらいがあった。そのため、周囲の人びとに、うとまれることが多かった。それもあって、小禄の平蔵が左金吾を鼻であしらったことに、裏で快哉《かいさい》を叫ぶ者も少なくなかった。

とはいえ、悪い評判のない若手の運八郎に対しても、平蔵がそっけない応対をしたことで、少し世間の見方が変わった。

一方では、平蔵は好き嫌いで人を振り分ける、ということをしない。だれであろうと、分け隔てなく応対する公平な人物だ、と称賛する。

他方では、平蔵は相手の人柄に関わりなく、ただ家禄の多い旗本を嫌うだけの、すね者にすぎないとの声がある。

つまりはそういう、善悪両方の評判が立った。

利右衛門をはじめ、配下の与力同心も手先の者たちも、いっさい聞こえぬふりをした。むろん、そうした噂は当人の耳にも届いたはずだが、平蔵はまるで気にする様子がなかった。

利右衛門の話では、平蔵が初めて火盗改の加役に任じられたとき、そのころ本役だった堀帯刀《ほりたてわき》にただしたのは、御仕置伺の手続きの件だけだった。その余のことは、すべて自分の思うとおりに振る舞った、という。

小源太は、誠一郎を通じてそれを聞かされていたので、平蔵が運八郎をそっけなく扱ったのも、むべなるかなと思った。

ともかく、平蔵はそうしたみずからの方針を、配下の者たちによくよく言い含めた。

緊急に臨んで、平蔵や与力に相談できないときには、同心はおのれの判断に従って、対処せよ。たとえ、思ったとおりの結果にならなくとも、その者に責めを負わせることはない、というのだ。

小源太に関するかぎり、平蔵の方針はこれまでのところ、うまく働いている。上からの指示を待っていたら、盗っ人を取り逃がしたかもしれぬ瀬戸際に、何度かぶつかった。そのつど、迷いながらも自分の判断に従い、なんとか切り抜けてきたのだ。

「小源太。よく見ておれ。ぼうっとしているでないぞ」

突然平蔵に言われて、小源太はわれに返った。

「は。恐れ入ります」

あわてて返事をしながら、平蔵は横びたいにも目がついているのか、といぶかった。

二

お頼み申します、という声がする。

りんは顔を上げずに、目の隅で声のぬしをとらえた。

三十前後に見える小柄な女が、色の褪《あ》せた紫色の風呂敷包みを抱え、店先に立っている。

古物商〈壺天楽〉のあるじ、猪兵衛が奥の帳場から応じた。

「ご用がおありなら、遠慮なくおはいんなさいまし」

顔に深くしわを刻んだ、六十がらみの老人だ。小平治によれば、この猪兵衛はもとばってらの徳三、と呼ばれたけちな盗っ人だという。

りんは、平棚に載った古物をのぞき込みながら、さりげなく様子をうかがった。帳場の横に窓があるので、明かりなしでも店の中がよく見える。

細い、縦縞の地味な小袖の裾をさばき、女が店の中にはいって来た。質素な、というよりむしろつましい、といっていいほど地味な装いの女だが、その身ごなしから武家の妻女とも思われた。

風呂敷包みはかなり重いとみえ、女は土間でそれを一度抱き直してから、帳場に近づいた。

頭を下げ、おずおずと言う。

「恐れ入ります。これが、いかほどになるものか、見ていただけませぬか」

口ぶりから、やはり町家の女ではないことが、みてとれた。

しかし、その目立たぬたたずまいから、あまり暮らし向きのよい家ではない、と見当がつく。もしかすると、浪人者の妻女かもしれぬ。

猪兵衛が、帳面から目を上げて、女を見た。

「何をお持ちになりましたので」

「これでございます」

女は、手にした風呂敷包みを、上がりがまちの板の間に置いて、結び目をほどいた。

渋紙を広げると、中から高さ一尺二、三寸ほどの、黒い木像が出てくる。

りんはそれを、横目で見た。

一目で年代物と分かる、薬師如来の立像だった。黒光りする、品のよい艶の具合からして、黒檀を彫ったものらしい。光背も何もない、しかし肉づきのよい、簡勁素朴な造りの立像だ。

猪兵衛は体をずらし、如来像を取り上げようとした。

しかし、思ったより重かったとみえて、一度膝をあらためた。小さく、息を詰めるような声を漏らし、慎重な手つきで如来像を取り上げる。

まず、正面からじっくりと見つめ、次に手の中でゆっくりと回しながら、ためつすがめつ眺めた。横にして、台座の裏も確かめる。

女が、ためらいがちに口を開いた。

「わたくしどもの家に、主人の曾祖父のころから伝わる、黒檀の如来像でございます。百五十年はたっている、と聞いております」

猪兵衛は、もっともらしく、うなずいた。

「いかにも、そこそこの年数は、へておりましょう。それにしても、黒檀の如来像とは、珍しゅうございますな」

「主人も、そのように申しておりました」

女の声が、少しはずんだようだ。

猪兵衛が、眉根を寄せて言う。

「ただ、どこにも銘らしきものが、はいっておりませぬな。何か、由緒書きのようなものは、ついておりませなんだか」

女は、頭を下げた。

「主人の父の代までは、何か書付のようなものがついていた、と聞いております。ただ、それも主人の代になりまして、紛失いたしました」

「ふうむ」

猪兵衛は、またもっともらしくうなって、如来像に目をもどした。

少しのあいだ、無言の時が流れる。

りんは、壁際の高い見世棚の前に移って、そこに飾られた簪《かんざし》の一つを手に取った。

鼈甲《べっこう》の黒い部分を、微妙に異なる二又の曲線に折り曲げた、おもしろい形をしている。頭の、黄色い部分に透かし彫りを施し、その上に花びら形の珊瑚《さんご》をあしらった、みごとな作りの簪だ。いかにも、値が張りそうに見える。

そのとき、女がちらりとこちらを見やる気配が、伝わってきた。

りんは簪に目を据え、気づかぬふりをした。

猪兵衛が言う。

「それで、お客さまはこの如来像にいかほど、お望みでございますか。無銘、由緒書きなしとなりますと、あまり高直《こうじき》をつけられましても、お受けいたしかねますが」

女は少し考え、ためらいがちに応じた。

「主人が申しますには、かなりの年代物ゆえ五両はくだるまい、とのことでございます」

黒檀にもせよ、五両とは吹っかけたものだ、とりんは内心苦笑した。

猪兵衛も、おおげさにのけぞってみせ、如来像を板の間にもどす。

「申し訳ございませんが、どうかほかをお当たりくださいまし。さような高直をお望みとなりますと、わたくしどもではお引き取りいたしかねますので」

すると、女はその返事を見越していたように、すぐさま言った。

「いかほどならば、お引き取りいただけましょうか」

女の方にも、駆け引きの気持ちがあるようだ。

猪兵衛が、むずかしい顔をこしらえて、首をかしげる。

「それはちょっと、わたくしどもの口からは、申しかねます。そちらのお望みと、だいぶ開きがございますゆえ」

その返事にも、女は驚いた様子を見せなかった。

「ご遠慮なく、値をつけてくださいませ。わたくしどもは別に、暮らしに窮しているわけではございませぬ。主人から、これを売却した金子《きんす》で、わたくしの好きなものを買うように、と言われております。お気遣いは、ご無用でございます」

りんも驚いたが、猪兵衛はもっと驚いたようだった。

困った顔で、首筋を掻くようなしぐさをしたが、おもむろに口を開いた。

「それでは、遠慮なく値づけをさせていただきます。かような木像は、右から左へ売れるものではございませぬゆえ、高くはお引き取りできませぬ。黒檀、ということを勘定に入れまして、二分。いや」

そこで言葉を切り、少し間をおいて続ける。

「せいぜい奮発いたしまして、三分ならば引き取らせていただきます」

五両と三分では、大きな開きがある。

それを聞くなり、女はやにわにりんのそばへやって来て、挑むように言った。

「その簪を、お買いになるおつもりでございますか」

突然、話の流れが変わる唐突な問いに、りんは虚をつかれた。

あわてて、簪を棚にもどす。

「いいえ。ただ、見ていただけでございますよ」

実のところ、なかなか見栄えのする簪だったので、少し食指が動いていたのだ。

しかし、女の思い詰めたような顔にたじろぎ、つい引いてしまった。

女は、ほとんど押しのけるようにして、りんの前に立った。

「失礼いたします」

そう言いながら、手を伸ばしてりんが置いた簪を取り、猪兵衛のところへもどった。

「これは、いかほどでございますか」

猪兵衛は、とまどった顔でちらりとりんに目をくれ、あらためて女と簪を見比べた。

「それは、鼈甲と珊瑚の仕上げでございますから、いささか値が張ります。三分二朱でございます」

女は、ほうという顔つきでうなずき、頰に指先を当てて少し考えた。

思い切ったように言う。

「その如来像でございますが、三分二朱で受けていただけませぬか」

猪兵衛は顎を引き、もう一度如来像を見直した。

「二朱上乗せしてほしい、とおっしゃるので」

「はい。そういたしますと、その如来像とこの簪でちょうど釣り合う、と存じますが」

女が言うと、猪兵衛は分かったような分からぬような、妙な顔をした。

「つまり、お客さまはこの如来像とその簪を、同じ値で交換してほしいと、そうおっしゃいますので」

「さようでございます」

女の申し出に、りんはあっけにとられた。

猪兵衛も、とまどったらしい。

少しのあいだ、如来像と簪をじっくり見比べてから、愛想よく笑って言った。

「よろしゅうございます。それで、お受けすることにいたします。ただし、これも商いでございますから、お互いに三分二朱で受取書を取り交わしたい、と存じますが」

女が、頭を下げる。

「ありがとう存じます。わたくしに、異存はございませぬ」

「お渡しする前に、その簪を磨いてさしあげましょう。新物同様、見違えるほど美しくなります」

りんは、何げなく見世棚の前を離れて、猪兵衛に声をかけた。

「どうも、おじゃまささま」

そう言い残して、店を出る。

神楽坂を横切り、はす向かいの茶屋にはいった。

店先の座台に、通りに向かって俵井小源太がすわり、少し離れた位置に編笠をかぶったままの、長谷川平蔵の姿がある。

ほかの客は、侍の二人連れを避けるように、店の奥の座台に引っ込んでいる。

りんは、小源太の並びに腰を下ろし、親爺に甘酒を頼んだ。

小源太に、ささやきかける。

「あの女子は、家伝とかいう黒檀の薬師如来像を、売りに来ただけでございます。町家ではなく、お武家のご妻女のように見えました」

甘酒がくるのを待ってから、女が如来像と簪を引き換えたことも含めて、店でのいきさつを手短に話す。

小源太は言った。

「武家の者としても、あの質素な装いでは足軽中間か、浪人者の妻女だな」

「はい。そのように、見受けられました」

「それにしても、おまえが見ていた簪を横から取っていくとは、ふっと目に留まったというよりも、前から目をつけていたというふうに、受け取れるな」

「わたくしも、そう思いました。前にも、あの店にはいったことがあって、おあしがたまったら買おうと、目星をつけていたのでございましょう」

そのとき、女が店を出て来た。

それを待っていたように、平蔵が言う。

「おりん。あの女子のあとを、つけてみよ。念のため、住まいと素性を突きとめるのだ」

「承知いたしました」

りんは、甘酒を飲み残したまま、座台を立った。

三

女が、神楽坂をおりて行く。

りんは、そのあとを追った。

神田川にぶつかると、女は左に折れて土手を東に向かった。後ろからは見えないが、左腕を胸元に当てるような格好で、前かがみにすたすたと歩いて行く。かなりの急ぎ足に見えた。

　その足の運びに、やはり武家の女らしい趣がある。ただ、履物は草履ではなく、下駄だった。

　俗に〈どんどん橋〉、と呼ばれる船河原橋《ふなかわらばし》に差しかかったとき、女はようやく歩みを緩めた。

　人通りは、ほとんどない。

　用心のため、りんは土手際の柳の木に体を寄せて、女の様子をうかがった。

　女は、橋の中ほどまで下駄を鳴らして歩き、そこで足を止めた。欄干に身を寄せ、人通りがないのを確かめるように、ちらりと前後に目をくれる。

　うつむいて、襟元から畳まれた風呂敷を、取り出した。

　それを小さく広げ、あいだに挟んであった簪を、つまみ上げる。先刻、〈壺天楽〉で薬師如来像と取り替えた、例の簪だ。

　女はそれを、優雅なしぐさで髷《まげ》の中ほどに差し込み、欄干から身を乗り出した。水面までは、けっこうな高さがあるはずだが、流れに映る自分の影を見る風情だった。

　少しのあいだ、首をあちこちかしげながら水面を眺めていたが、ようやく納得したように身を起こし、簪を抜き取った。

　それを、風呂敷の中にもどして、また歩き出す。

　そのとき、風呂敷に挟んであったらしい、折り畳んだ紙がひらひらと、舞い落ちた。

女はそれに気づかず、さっさと橋を渡り切って、なおも東へ向かった。
りんは、とっさに女を呼び止めて、紙切れのことを教えようか、と思った。しかし、
それではあとをつけて来た意味が、なくなってしまう。
橋を渡りながら、落ちた紙を拾い上げた。
歩きながら、目を通す。

受　取　書

一、珊瑚拵へ鼈甲簪一点
　代金三分二朱
右受取候者也
浅草福井町荘兵衛店《しょうべえだな》
塚本弥三郎《つかもとやさぶろう》様御内儀　いせ様
　神楽坂肴町《さかなまち》
　古物商壺天楽　猪兵衛
壬子　十月四日

店で、猪兵衛が口にしていた、受取書に違いない。爪印まで押してある。

女は、思ったとおり武家の妻女らしく、浅草福井町に在住の塚本弥三郎の妻、いせと知れた。町屋住まいとなれば、夫はやはり浪人者だろう。

受取書をふところに収め、いせなる女のあとを追う。

素性が分かった以上、たとえどこかで女を見失っても、捜し出すことができる。もっとも女が、猪兵衛に嘘を名乗ったのでなければ、だが。

いせ、と称する女は同じ足取りで、なおも川沿いの道を東へ向かった。浅草福井町は、神田川を挟んだ両国広小路の、向かい側にある。この道筋なら、やはり自宅へもどるのだろう。

四半時ののち、いせは受取書に書いてあった、浅草福井町の裏店の木戸をはいった。

木戸口で子守をする、十くらいの女の子をつかまえ、店ぬしの名前を聞く。

すると、これも受取書にあったとおり、荘兵衛店とわかった。

りんは、女の子に一文銭を二つ与え、いせの素性を確かめた。

いせはやはり本名で、塚本弥三郎という浪人者の妻に、間違いなかった。平蔵のねらいがどこにあるにしろ、いせに取り立てて怪しいところがないことは、確かと思われた。

りんは、道を引き返した。

四

俵井小源太は、神楽坂をくだって行く中年増の女と、あとをつけるりんをじっと見送った。

長谷川平蔵が、やおら腰を上げる。

「店に行くぞ、小源太」

「は」

平蔵がいきなり、店に乗り込むと言い出すとは、思わなかった。

小源太は、あわててふところから小銭を取り出し、座台に置いた。

先に立って、通りを渡る。

敷居をまたいで、帳場にすわる猪兵衛こと徳三に、声をかけた。

「おやじ。じゃまをするぞ」

帳面づけをしていた徳三は、顔を上げて二人を認めると、あわてて腰を上げた。板の間に出て、頭を下げる。

「いらっしゃいまし。気がつきませんで、ご無礼をいたしました」

平蔵が、編笠をかぶったまま、口を開いた。

「かまわぬ。少し、休ませてもらうぞ」

そう言いながら、腰の大刀を鞘ごと抜いて、上がりがまちに置く。

平蔵が、腰を下ろすのを待って、小源太もそれにならった。

帳場の横に、先刻例の女が持ち込んだと思われる、黒い薬師如来像が無造作に置いてある。

「少々、お待ちくださいまし。ただ今、お茶をおいれいたしますので」

徳三が、腰を上げようとするのを、平蔵は手を上げて押しとどめた。

「ああ、気を遣わずともよい。おまえさんは、この店を以前切り回していた亀右衛門の、幼なじみだそうだな」

前触れなしの問いに、徳三は一度動きを止めてから、そろそろとすわり直す。

「仰せのとおりでございます。てまえは、常州牛久の生まれで猪兵衛、と申します。お武家さまは、亀をご存じでございましたか」

「いや、知らぬ。ところで、如来像を見せてくれぬか」

「は」

また、唐突に注文をつけられて、徳三は面食らった顔をした。

小源太は、帳場の横に顎をしゃくった。

「そこに置いてある、如来像のことよ」

徳三は、如来像にちらりと目をくれ、愛想笑いを浮かべた。

「あの木像は、たった今仕入れたばかりでございまして、値づけもまだいたしておりませぬ。如来像をお探しならば、ほかにも何体か」

言いかけるのを、平蔵がさえぎる。

「買うとは、申しておらぬ。見せてほしいだけだ」

徳三は、とまどった顔で板の間をすさり、如来像を取った。

かなり重いとみえ、片膝立ちになって持ち上げると、怪しい足取りで運んで来る。

平蔵は小源太に、顎をしゃくった。

「持ってみよ」

小源太は、徳三から如来像を受け取った。

なるほど、見た目よりもかなり、重さがある。黒檀の一本彫りが、これほどの目方になるとは、思わなかった。

「相当の重さでございます」

平蔵は、如来像をこねくりまわす小源太を、黙って見ていた。

おもむろに言う。

「どこかに継ぎ目がないか、よく調べてみよ」

小源太は、平蔵が何を考えているのか分かり、如来像に目を近づけた。

首や、腕のつけねをあらためてみたが、継ぎ目は見当たらない。今度は耳を近づけ、軽く振ってみる。音はしなかった。

ためしに、脚部を支える蓮華座の縁に、手をかける。左右にねじると、かすかに動く気配がした。

　徳三が、あわてたように言う。

「売りものでございますから、無理に台座を動かさぬように、お願いいたします」

　小源太はかまわず、如来像を小脇に抱えて蓮華座をぐい、とねじった。すると、つながる部分がねじになっていたとみえ、台座が回ってすぽりと取れた。

　底の方からのぞいてみると、蓮華座の下に油紙できちんとふさがれた、穴とおぼしきものが見つかった。

　油紙を引き出して取りのぞくと、如来像の脚の部分をえぐった奥の空洞に、白い包みのようなものが、押し込んである。

　それを、上からのぞき込んで、平蔵が言った。

「取り出してみよ」

　まるで、初めから承知していたと言わぬばかりの、落ち着いた口調だった。

　小源太は、空洞の中からその白い紙包みを、引き出した。

　奉書紙にきちんとくるまれた、持ち重りのする小さな包みが三つ、転がり出てきた。

　その手ざわりで、中身の見当がつく。

　奉書紙を破って広げると、案の定きちんと帯を巻かれた小判が、姿を現した。一つの包みに十枚、合わせて三十両になる。

　正徳《しょうとく》、元文《げんぶん》のものより一回り小さい、宝永《ほうえい》小判だった。裏に〈乾〉の字が、刻印してある。

小源太はそれを、平蔵に示した。

「いくら黒檀にもせよ、木像にしては少々重すぎる、と思いました。揺すっても分からなかったのは、詰めものがしてあったせいでございますな」

「うむ。向かいの茶屋から見ていて、おやじが如来像を妙に重そうに扱うゆえ、確かめてみたくなったのさ」

「お見通しでございましたか」

小源太が言うと、平蔵はそれに答えず、かたわらを見返った。

あっけに取られて、腰を抜かした体の徳三に、声をかける。

「これを、なんと申し開きするつもりだ、徳三」

徳三は、われに返ったように背筋を伸ばし、ぺたりと板の間に両手をついた。

「わ、わたくしは、猪兵衛でございますが」

「徳三でも猪兵衛でも、どちらでもかまわぬ。この小判を見て、何か言いたいことがあれば、申してみよ」

平蔵は詰問するでもなく、まるで世間話をするような口調で、徳三を促した。

徳三は、その場に這いつくばった。

「わたくしにも、わけが分かりませぬ。その如来像は先ほど、塚本さまと仰せられるお武家さまのご妻女から、鼈甲の簪と引き換えに仕入れたもの。像の内側に、さような大金がはいっているなどとは、夢にも知らぬことでございました」

小源太の目には、徳三が嘘を言っているようには、見えなかった。

小源太が、如来像をいじくり回しているあいだ、徳三は少しも不安の色を見せなかった。もし、中に金が仕込んであると知っていたら、平静ではいられなかったに違いない。

内側の空洞から、小判が出てきたときの驚きようも、尋常一様ではなかった。もし、あれが芝居なら団十郎も顔負けの役者、といわねばならぬ。

それは平蔵の目にも、明らかだったはずだ。

その証拠に、平蔵はそれ以上徳三を追及せず、口調を変えて言った。

「その、塚本と申す夫婦者の住まいを、聞いておるか。仕入れ帳に、記載するはずだが」

「仕入れ帳には、まだ書き込んでおりませぬが、ご妻女と取り交わした受取書が、ここにございます」

徳三は、震える手をふところに差し入れ、書付を引き出した。

小源太はそれを受け取り、ざっと目を走らせた。

平蔵に聞こえるように、ゆっくりと読み上げる。

「受け取り書。一、黒檀手彫り薬師如来像、一体。代金三分二朱、右、受け取りそうろうものなり。神楽坂肴町、古物商壺天楽、猪兵衛さまへ。浅草福井町、荘兵衛店、塚本弥三郎内、いせ、爪印。壬子、十月四日。以上でございます」

平蔵は編笠を軽く持ち上げ、表通りに目を向けた。

そのままの格好で、徳三に声をかける。

「徳三。その方がかつて、けんびきの辰五郎《たつごろう》、米びつの門兵衛《もんべえ》ら盗っ人の一味に加わり、押し込みを働いたことは、分かっておる。いせなる女が、何ゆえ三十両を飲んだこの如来像を、その方の店に持ち込んだかを、ありていに白状いたせ」

徳三はまた身を縮め、板の間にひれ伏した。骨張った肩が、細かく震えている。

小源太は、そばから口を添えた。

「押し込みに際して、おまえが人に手を出さなかったことは、おれたちも承知している。神妙に白状すれば、お上にも情けというものがあるぜ。正直に言ってみねえ」

わざと言葉を崩して言うと、徳三は縮めた肩をぴくりとさせ、震える声で応じた。

「あなたさまがたは、どちらのお役人さまでございましょうか」

「火盗改よ。こちらのおかたは、ご支配の長谷川平蔵さまだ」

その名を聞くと、徳三はますます身を縮めた。

わずかな間をおいて、覚悟したようにしゃべり出す。

「まことに、恐れ多いことでございます。ありていに申し上げますゆえ、お聞きくださいませ」

五

ばってらの徳三は、十年前に足を洗った。

江戸を離れた京都で、ため込んだ盗品を売り物に、古物商を始めた。しかし、どれも気に入って盗み集めたものゆえ、売るのが惜しくてしかたがない。そのため、どうしても高値をつけることになり、なかなか売れなかった。

しまいに、一緒に暮らしていた女が労咳《ろうがい》を病んだため、店ごと商品を同業の者に売り払って、治療代を捻出するはめになった。ところが、店じまいをしたとたん、女がみまかってしまい、金が宙に浮いた。

やむなく、店を売ってこしらえた金と、手元に残しておいた貴重な古物を手に、また江戸へ舞いもどった。

骨董の目利きなどで、ほそぼそと暮らすうちに、神楽坂の古物商〈壺天楽〉が、空き店になっているのを見つけた。前のあるじ亀右衛門とは、盗っ人のころ贓品《ぞうひん》を持ち込んだりして、なじみがあった。

そこで幼なじみと偽り、その後釜にはいったのだった。

一月ほど前に芝口で、かつて一緒に仕事をしたことのある、せせりの辨介《べんすけ》という盗っ人に、声をかけられた。

組んだ当時、辨介はまだ駆け出しにすぎなかったが、度胸があるのと血を見るのをいとわぬことで、仲間うちでは一目置かれる存在だった。

それが、今ではすっかり大物の盗っ人になり、その噂は徳三の耳にも届いていた。むろん、あまりいい噂ではなかった。

徳三が、〈壺天楽〉を買い取って堅気になったと聞くと、辨介はひどく残念がった。まだ隠居する年ではない、また押し込みの手伝いをしてくれたら、いくらでも古物を盗ませてやる、と持ちかけた。

徳三は、もう気力も体も続かなくなったからと、その誘いをかたくなに断わった。しかし辨介は、ああだこうだとしつこく、説得を続けた。しまいには、近いうちに支度金を届けるからと、勝手に決めてそのまま姿を消した。

「その後、辨介から何もつなぎがはいりませんので、てっきりあきらめたものと思っておりました。しかしながら、ただ今その如来像から出た金子を見まして、辨介からの支度金に違いない、と気がついたのでございます」

徳三はそう言って、また肩を震わせた。

長谷川平蔵は口を閉じたままで、編笠を揺らしもしなかった。

しかたなく、俵井小源太は口を開いた。

「そうとも、限らぬのではないか。その、塚本なにがしという浪人者が、それと知らずに如来像をいせに託して、売ろうとしただけかもしれんぞ。先祖代々の品に、こっそり金子が隠されている例も、ないではないからな」

徳三が、小判を包んであった奉書紙を、手に取る。

「この紙は、まだ新しゅうございます。古いものなら、たとえ日の当たらぬ場所にあっても、多少は黄ばみましょう」

　そのとおりだ。

　小源太は、平蔵を見た。

「されば、そのいせと申す女子も辨介の一味、ということでございましょうか」

「あるいは、塚本弥三郎が辨介の一味の者で、何も知らぬいせをつなぎに使った、とも考えられる」

　日が陰ってきたらしく、店の中が薄暗くなった。

　徳三が、燭台を引き寄せて、明かりをつける。

　それから、やおら膝をあらためた。

「ただ今申し上げたことに、嘘偽りはございませぬ。足を洗ったは、改心したという次第ではなく、ただのてまえの身勝手。盗っ人の罪は、いかようにも償いをいたします。どうか、お縄にしてくださいまし」

　そう言って、合わせた手首を差し出す。

　平蔵が、編笠を揺らした。

「徳三。その方、何歳になる」

　徳三は手を下ろし、とまどったように顎を引く。

「恥ずかしながら、去年還暦を迎えましてございます」

「そうか。ならば、さほどおまえの裁きを、急ぐこともあるまい。これから申しつけることを、よく聞くがよい」

「はい」

徳三が頭を下げると、平蔵は続けた。

「ほかでもない。この三十両が支度金ならば、近いうちに辨介が仕事のつなぎを、つけてこよう。そのときは断わらずに、助け手を引き受けるのだ」

徳三は不審げに、顔を上げた。

「と、仰せられますと？」

小源太は、そばから言った。

「つまりは、仲間にはいるふりをせよ、との仰せだ」

得心がいったように、徳三がうなずく。

「それでは、辨介の仕事の日にちと刻限、押し込み先が分かりしだい、お知らせすればよろしいので」

平蔵が、含み笑いをする。

「そのとおりよ。察しがよいな」

小源太は、口を挟んだ。

「辨介がつなぎをつけに来たとき、二つ返事で助け手を引き受けてはならんぞ。しばらくは言を左右にして、気を持たせるようにするのだ」

「承知いたしました」

「われらも、辨介か手下の者が姿を現すまで、この店を見張ることにする。何かあれば、声をかけてくれ。それまで、おまえはふだんどおりに、商いを続けるのだ」

「かしこまりました」

徳三はまた、その場にひれ伏した。

店を出て、役宅へ向かう。

水戸屋敷の前を過ぎ、水道橋際に差しかかったとき、小源太は反対側からやって来る、りんの姿に気づいた。

「おりんでございます。いささかもどりが、早いような気がいたしますが」

「おりんは、足が速い。浅草福井町まで、いせをつけてもどって来たとすれば、こんなものだろうよ」

りんは、すれ違う二人にちらとも目もくれず、さっさと行き過ぎた。

平蔵と小源太は役宅へ向かうのをやめ、昌平橋《しょうへいばし》の手前の左側にある〈うち田〉、という一膳飯屋にはいった。

衝立《ついたて》で仕切られた、板の間に上がる。

目の前に、頼んだ酒と肴の丸干しが並んだとき、りんがはいって来た。

平蔵が、互いにそれまでのいきさつを話すよう、二人を促す。

小源太から先に、話を始めた。

如来像から、三十両が転がり出てきたことに、りんも驚きを隠さなかった。

逆にりんから、いせがまっすぐ浅草福井町にもどったと聞いて、小源太はいくらか拍子抜けがした。

りんは、いせが落としたという徳三の受取書を、平蔵と小源太に見せた。

それは、先刻徳三が示したいせの受取書と、そっくり首尾が照応していた。どこにも、不審な点はない。

小源太は、首をひねった。

「簪と、如来像の交換は分かりますが、あの三十両の意味が分かりませぬ。やはり辨介からの、支度金でございましょうか」

「今ここで、それを考えても始まらぬ。徳三からの、沙汰を待とう」

平蔵はのんびりと言い、あとは酒を飲むことに専念した。

小源太はなおも首をひねったが、いい答えは浮かばなかった。

六

小平治が荷をかつぎ、木戸から通りへ出て来る。

俵井小源太は、先に立って町屋の路地を抜け、御蔵前通《おくらまえどお》りを越えた。ほどなく、大川端の土手に出る。すでに日暮れが迫り、人通りは少ない。

あとを追って来た小平治は、土手の石台の上に荷を下ろした。

川面に目を向けた、小源太のすぐ近くに腰を下ろして、キセルを取り出す。

小平治は、筆や墨、扇子、蠟燭《ろうそく》、おもちゃなど、あまりかさばらぬ雑貨を商う、振り売りに身をやつしていた。

浅草福井町の、荘兵衛店の路地にもぐり込んで、塚本弥三郎の身辺を探ってきたところだった。

小源太は、暮れなずむ向こう岸の土手道を眺めながら、小平治の話を聞いた。

弥三郎は、さる田舎大名の江戸詰めの武士だったが、不始末があって浪々の身となり、妻のいせとともにこの長屋に、住み着いたらしい。ふだんは、近所の子女や大店の丁稚《でっち》などに、読み書き算盤《そろばん》を教えるのが仕事だ、という。いせも、近所の繕いものや洗い張りをこなし、生計《たつき》の足しにしているそうだ。

つましいことはつましいが、貧乏暮らしというほどでないことは、着ているものやふだんの様子で、察しがつく。近所の評判も、悪くない。

ただ弥三郎は、たまに金回りのいいときがあって、隣人や近所の子供たちに酒、菓子を振る舞うという。陰では、郊外の無住の荒れ寺で開かれる、ご法度の博打場《ばくちば》に顔を出している、との噂もあるようだ。

このところ、小源太と小平治は他の同心たちの手を借りながら、弥三郎夫婦を見張っている。〈壺天楽〉の方は、今永仁兵衛《いまながにへえ》と別の手先たちに、任せきりだった。今のところ、どちらも変わった動きがない。

ここ半月ほど、火盗改がこぞって出張るほどの騒ぎがなく、見張りを続ける余裕があるのが、幸いだった。

「このたびはどうも、お殿さまのお眼鏡違いじゃ、ございませんかね」

小平治が煙を吐いて言い、小源太も小さくうなずいた。

「眼鏡違いなら、それでいいのよ。逆に眼鏡どおりなら、世の中が騒がしくなるからな」

日が暮れるころには、役宅へもどることにしよう。

小平治を促し、もと来た道を御蔵前通りの方へ、引き返す。もう一度、荘兵衛店の様子を見よう、と思った。

暮れ六つの、捨て鐘が鳴り出す。

通りにもどったとき、浅草橋の方から歩いて来る男の姿が、目にはいった。

すでに何度も目にした、いせの夫弥三郎だった。

弥三郎は、いつも月代《さかやき》をきれいにそり上げ、黒の小袖に袴を着けている。浪人の身でありながら、いずれかの家中の下士といっても、通用するいでたちだ。

小源太は、小平治を見返った。

「おれもちょっと、中の様子を見て来る。おまえは、木戸の外で待っていろ」

そう言い残し、弥三郎のあとを追って大通りから、福井町にはいる。

これといった当てはないが、何か動きがあるかもしれぬと思うと、ほうっておけない気分になった。

夕闇が迫っている。

弥三郎が、荘兵衛店の木戸をくぐるのを見届け、十数えるあいだ待った。

それから、小源太も路地を進んで木戸の中にはいり、奥へ向かった。

急にあたりが暗くなったので、前方の様子を見定めるのに、わずかな遅れが生じた。

二間ほど先に、弥三郎の背中が黒ぐろと立ちはだかり、その肩越しにいせの白っぽい顔が、ぼんやりと浮かんでいる。

はっとしたとたん、目が合ったいせの口から、悲鳴のような声が漏れた。

「あ、あなた。この男、この男でございます」

小源太は前にも進めず、かといってあとにも引けず、その場に立ち尽くした。

くるりと向き直った弥三郎が、薄闇の中できらりと目を光らせる。

「きさまか、いせにつきまとっている、不心得者は」

そうどなるなり、いきなり腰の大刀を抜き放って、大上段に振りかぶった。

「ま、待たれよ。それがしは、ただ」

思わぬ展開に、あわてて言いかける小源太へ、弥三郎が刀を頭上にかざしたまま、じりっと詰め寄る。

「先ごろから、どこへ行くにもつきまとう連中がいると、いせから聞いているわ。何ゆえの所業だ。返答によっては、叩っ切るぞ」

尋常でない殺気を感じて、小源太はほとんど無意識に腰の刀に、左手をかけた。

「待たれよ、と申すに。これには、わけがある」

「女を追い回すわけは、一つしかあるまい。亭主持ちに執心するとは、不届きなやつ。斬り捨てても、どこからも苦情は出ぬぞ」

小源太は焦り、右手を上げて弥三郎を押しとどめた。

こんなところで、斬り合いをするわけにはいかぬ。

「誓って、そのような次第ではない。これは、それがしの、いや、お上の勤めに関わること。刀を引かれよ」

それを聞くと、弥三郎はますますいきり立った。

そのとき、小平治が騒ぎを聞きつけたとみえ、背後から声をかけてくる。

「だんな、どうなすったんで」

「どうもこうもない。いきなり、抜刀してきたのだ」

小源太が応じると同時に、いせが弥三郎の背後で叫ぶ。

「その町人も、わたくしをつけ回した、一人でございます。おかげで、まことに往生いたしました。どうか、ご用心くださいませ」

弥三郎は、ちゃっと音を立てて、大刀を握り直した。

「心配いたすな、いせ。おまえは、裏木戸から逃げて、番屋へ走れ。町役人を、呼んでくるのだ」

言うが早いか、弥三郎は振りかぶった大刀を勢い猛《いきおいもう》に、小源太めがけて振りおろした。

小源太はすばやく飛びのき、かろうじてその太刀先をかわした。

いせが、どぶ板の上を走り去る下駄の音が、妙にはっきりと耳を打つ。

弥三郎が返す刀で、小源太のわきに尻餅をついた小平治に、斬りつけようとする。

小源太は、とっさに脇差を引き抜き、無我夢中で弥三郎の脇腹に突っ込んだ。息を継ぐ暇とてない、一瞬の出来事だった。

弥三郎が叫び声を上げ、小源太の方に向き直る。

小源太は脇差から手を離し、弥三郎の大刀を持った腕に、死に物狂いでしがみついた。

七

長谷川平蔵は、俵井小源太の盃を満たした。

「まあ、一杯飲め。さぞ、後味が悪かったであろうな」

「頂戴いたします」

小源太は盃をあけ、ふうと息をついた。

あの、荘兵衛店での騒ぎがあってから、三日後。

小源太と小平治、りんの三人は、平蔵のお声がかりで不忍池《しのばずのいけ》の〈清澄楼《せいちょうろう》〉に、顔をそろえていた。ここで働く、手先の美於《みお》が手配してくれたのだ。

脇腹を刺された塚本弥三郎は、命に別状こそなかったものの、自由に寝起きできるまでに、二回り（二週間）はかかると医者に言われた。

小源太の背後で、弥三郎の太刀筋を目にした小平治は、その恐ろしさを語った。

「いや、そりゃあもう、天狗が空から飛びおりて来たような、すさまじい太刀筋でござんした。てっきり、俵井のだんなが斬られなすった、と思いやしたぜ」

「おれがやられていたら、おまえも命がなかっただろうな」

小源太がからかうと、小平治は首をすくめた。

「くわばら、くわばら。あんな修羅場は、二度とごめんでござんすよ」

りんが言う。

「それにしても、おいせはそれきりどこかへ、姿を消してしまったとか。まことでございますか」

小源太は、平蔵を見た。

「さようでございます。いせは、裏木戸から逃げ出したきり、番屋にも行かず、いまだにもどっておりませぬ。もどれば荘兵衛から、すぐに知らせがあるはずでございますが、その気配もまったくないようで」

そう言って、からになった平蔵の盃に、酒をつぐ。

そのあいだに、りんが口を挟んだ。

「〈壺天楽〉の徳三からも、音沙汰がございません。せせりの辨介から、まだ何も言ってこないようでございます」

小源太も、それを受けて言う。

「あの三十両は、念のため徳三の手元に、置いたままでございます。辨介のやつめ、そろそろ動き出しても、よさそうなころと思いますが」

辨介については、ひそかにその消息を探り出すよう、手先に指示してある。

平蔵は、大根の煮つけを口に入れ、うまそうに食った。

おもむろに言う。

「こたびの出来事は、裏があるようでないかもしれぬし、ないようであるかもしれぬ。まずは、いせがなぜ消息を絶ったのかを、突きとめねばならぬな」

「弥三郎は、いせのあずかり知らぬところで、せせりの辨介一味のために、働いていたのではございませんか。弥三郎が、何も知らぬいせを徳三の店へ行かせて、如来像に仕込んだ金を渡した、と考えればつじつまが合いましょう」

小源太が応じると、りんもうなずいて言う。

「ときどき、弥三郎の金回りがよくなるのは、博打ではなく盗みの分け前ではないかと、そんな気がいたします」

小平治は、首をかしげた。

「しかし、だんな。あっしは、だんなの後ろで聞いていやしたが、あのご浪人はおいせに焚きつけられて、だんなに刀を向けたようにみえやしたぜ。おいせは、だんなやあっしにつけ回されて往生した、と言ったじゃござんせんか」

小源太は、少し考えた。

「ああ、確かにそう言ったな、いせは」

それから、平蔵に目を移す。

「それについて、弥三郎はなんと申しているのでございましょう。柳井さまが、まだ寝たきりの弥三郎から、話を聞いておられるはずでございますが」

平蔵は、酒を飲み干した。

「いせから、妙な男たちにのべつつけ回されて、閉口するとだけ聞かされていたそうだ。それで、おまえたちが姿を見せたとき、いせにけしかけられて、かっとなったらしい。当人の弁によれば、ふだんは穏やかでおとなしい気質だが、いったん怒ると、誰にも手がつけられなくなる、という。主家を追い出されたのも、気の合わぬ上役と喧嘩に及んで、斬りつけたためらしい」

それで、小源太は納得した。

血相を変えたあの怒り方は、確かに尋常ではなかった。

とはいえ、それでよくいせと仲よく、やっていけたものだ。

平蔵が続ける。

「念のために聞くが、おまえたちがあとをつけたり、見張ったりするときに、いせに気づかれるような、へまをした覚えがあるか」

小源太と小平治は、顔を見合わせた。

小平治が言う。

「お言葉ではござんすが、だんなもあっしらもこうした仕事にゃあ、年季がへえってお りやす。世間知らずの、ご新造なんぞに気づかれるようなへまは、いたしやせん」

そのとおりだと思い、小源太もうなずく。

平蔵の目が、鋭く光った。

「それはおれも、分かっている。しかし、いせがただの世間知らずの新造でない、と考えてみればどうだ。たとえば」

そこで、言いさす。

小源太は、膝を乗り出した。

「たとえば、なんでございますか」

「たとえば、弥三郎のあずかり知らぬところで、いせがせせりの辨介と関わっている、としたらどうなる。おまえたちの動きを見抜くくらい、朝飯前かもしれぬではないか」

平蔵の言に、小源太は虚をつかれて絶句した。

小平治もりんも、言葉を失っている。

平蔵は続けた。

「もしかしたら、こたびの一件はすべていせが仕組んだ、大芝居かもしれぬぞ。おれたちが、〈壺天楽〉を交替で見張っていたことも、如来像に仕込んだ金を見つけることも、すべていせの読みのうちにはいっていた、としたらどうする」

りんが、あっけにとられた顔で、すわり直す。

「まさかお殿さまは、受取書を落としてわたしに拾わせたのも、おいせが仕組んだ筋書きのうち、とお考えでございますか」

平蔵は、さもおかしそうに笑い、後ろの柱にもたれた。

「そうかもしれぬし、ただ上手の手から水が漏れただけ、のことかもしれぬ。それはいずれ、いせが見つかったときに、はっきりするだろうよ」

部屋がしんとなり、庭の木々を渡る初冬の風がざわざわと、音を立てた。

それから、さらに三日後。

新大橋の少し下流、小名木川《おなぎがわ》の河口にかかる万年橋のたもとに、女の水死体が流れ着いた。

検死の結果、死体は武州浪人塚本弥三郎の妻、いせと判明した。

八

十一月初旬の夜半。

塚本弥三郎の妻、いせの水死体が万年橋の際に流れ着いてから、すでに二十日が過ぎていた。

俵井小源太が、役宅の宿直《とのい》部屋で茶を飲んでいると、障子の外から声がかかった。

「俵井さま。和助《わすけ》でございますが」

「おう、なんだ」

眠気を振り払って、威勢よく返事をする。

障子が開き、門番の和助が顔をのぞかせた。

「ただ今、銀松《ぎんまつ》がおもてにやってまいりまして、俵井さまにお目にかかりたい、と申しております」

眠気が吹っ飛ぶ。

「そうか。用向きを言ったか」

「急ぎのご用で、すぐに〈こもりく〉へお運びいただきたい、とのことでございます。

銀松は、くぐり戸の外で、待っております」

聞き終わるより早く、小源太は立ち上がって大小を取り上げた。

「分かった。仁兵衛に、すぐ宿直を交替するよう、伝えてくれ」

「かしこまりました」

この日は、同役の今永仁兵衛と九つ時から一時ごとに、交替で宿直を勤めることになっていた。まだ、八つの鐘は鳴っていないが、しかたがない。

和助が、奥へ向かうのを見届けて、平土間からおもてに出る。

相方の門番米吉《よねきち》が、くぐり戸をあけてくれた。冷たい風に、着流しのすそを激しくあおられて、思わず身をすくめる。

十間ほど離れたところで、提灯《ちょうちん》の明かりが小さく揺れた。その中に、銀松の姿が浮かび上がる。

そばに行くと、銀松は提灯を下ろした。

「夜分遅く、恐れ入りやす」

「なに、かまわん。知らせがきたか」

「へい。徳三が自分で、出向いてまいりやした。店の離れで、待たせておりやす」

「よし、行こう」

銀松が、先に立って歩き始め、小源太もあとに続く。

本所の役宅に近い、深川南六間堀町《みなみろっけんぼりちょう》の小料理屋〈こもりく〉は、長谷川平蔵組の与力同心、手先たちがしばしば密談のために使う、なじみの店だ。銀松の兄で、はやり病で死んだ金松のやもめ、こごみが店を切り回している。

銀松は、もともと流しの掏摸《すり》だった。

それが、何年か前に小源太の同役、佐古村玄馬《さこむらげんま》に抜きを仕掛けて押さえられ、初めて縄目を受けた。

そのあげく、玄馬の巧みな口説きに乗せられ、火盗改の手先になってしまった。それからは、こごみの下で料理人をこなしながら、手先の仕事を務めている。

小源太は、銀松の提灯の明かりを目当てに、五、六間後ろからついて行った。夜更けではあるが、というより夜更けならばなおのこと、二人一緒に歩いているところを、見られたくない。

店に着くと、銀松は小源太を裏の小部屋へ案内し、自分はいなくなった。

古物商、〈壺天楽〉のあるじ猪兵衛こと、ばってらの徳三が小源太を見て、その場に平伏する。

「俵井さま。かような、夜のよなかにお呼び立ていたしまして、まことに申し訳ございませぬ」

紺無地の布子を着た、五尺に満たぬ徳三の小柄な体が、ひときわ小さく見えた。

「かまわぬ。用向きは、分かっている」

そう言いながら、小源太は徳三の向かいに、腰を下ろした。

続けて言う。

「せせりの辨介から、つなぎがあったのだな」

やっと徳三が、頭を上げた。

「さようでございます。この暮れ六つ過ぎ、ようやく忘れかけたころに、つなぎをつけてまいりました」

「やはり、そうか。おれたちが、見張りを引き上げさせるのを、待っていたのかもしれんな」

いせの水死体が上がったあとも、十日ほど〈壺天楽〉を見張っていたが、辨介からのつなぎはなかった。

あるいは、感づかれたかもしれぬとの判断から、手先を店の周囲から引き上げさせた。もし、つなぎがあった場合は徳三の方から、〈こもりく〉に知らせに来るように、と申しつけてあったのだ。

徳三は、前に置かれた湯飲みを取り、茶を一口飲んだ。

「すぐに、お知らせしようと思ったのでございますが、仲間の者が見張っているやもしれず、九つの鐘が鳴るまで待ちまして、裏口から抜け出た次第でございます」

「それでよいのだ。いくら用心しても、しすぎということはないからな」

小源太は、盆に伏せてあった湯飲みを返し、急須の茶をついだ。

冷えた茶を飲み、あらためて聞く。

「それで、なんと言ってきたのだ、辨介は」

徳三は、ふところに手を入れた。

「暮れ六つの鐘が鳴り終わってほどなく、十ばかりの子供が店先にこの書付を、投げ入れてまいりましたので」

折り畳んだ紙切れを抜き出し、小源太の前に滑らせる。

広げて見た。

明夕七つ　にほんはしほりえ町

おやじはし西つめ　ふな宿ふな久《きゆう》へ
ひとりにて　ごそくらう　ありたし
せういんならば　明朝五つ　軒さきに
白てぬくいを　吊るすへし
もし　吊るさぬばやいは　おって
きつとあいさつ　いたすへし
やくし如来を　返すくらいにては
すまぬと知るへし　辨

稚拙だが、読みやすい字で、そう書いてあった。

ところどころ濁点が抜け、仮名遣いも間違えている。〈せういん〉は、承引《しょういん》だろう。うんと言わなければ、それなりの挨拶をするとの脅し文句が、妙に押しつけがましい。薬師如来うんぬんは、木像の中に隠されたあの三十両が、やはり支度金だったことを、物語っていよう。

小源太は、徳三に目をもどした。

「ちなみに、この書付を投げ込んだ子供は、どうした」

「呼び止めましたが、そのまま逃げ去りましてございます。おそらく辨介か、手下に頼まれただけでございましょう」

小銭を与えでもして、使いをさせたのだろう。たとえつかまえたとしても、辨介までたどることはできまい。

徳三は、恐るおそるという口ぶりで、あとを続けた。

「どうすれば、よろしいのでございましょう。断われば、何か仕返しをされそうな気がいたします。火でもつけられましたら、わたくしどもの店だけではすまず、おおごとにもなりかねませぬ」

徳三の言うとおりで、小源太も長くは考えなかった。

書付を返して言う。

「明日の朝、日がのぼらぬうちに店の軒先に、白手ぬぐいを吊るしておけ。その上で、書付のとおり夕七つに、この〈ふな久〉へ出向くのだ」

徳三は、書付をふところにしまって、小さく首を傾けた。

「辨介は、わたくしに何をさせよう、というのでございましょう」

「むろん、押し込みの手伝いをさせよう、という魂胆だろう。おまえの得意の、掛け金はずしや雨戸はずしで、先陣を切らせるつもりよ。錠前の焼き切りなど、朝飯前とみたぞ」

「恐れながら、それは昔の話でございます。わたくしは、かれこれ十年以上も、仕事をいたしておりませぬ。勘も衰えております。辨介も、すぐには役に立たぬことくらい、承知しているはずでございます」

それにも、一理ある。

「確かに、辨介もきのうのきょうで、いきなり仕事をさせることは、あるまい。とりあえずあすは、おまえがまだ使いものになるかどうか、試すだけかもしれぬ」

「試されましても、わたくしはすっかり腕がにぶっておりますし、急には」

徳三が言いかけるのを、小源太はさえぎった。

「いずれにしても、今夜のうちに少しでも手指の動きを、よくしておけ。どうでも、辨介の一味に、もぐり込むのだ。そうすれば、死んだいせが辨介と、どのように関わっていたかも、明らかになるだろう」

「あすの夕刻、〈ふな久〉で辨介一味を一網打尽にする、というわけにまいりませぬか」

「それは、無理だな。つかまえたところで、これまでの押し込みの証拠がなければ、罪に問うことはできぬ。そもそも、おれたちが網を張っていると分かれば、少なくとも辨介は〈ふな久〉に、姿を現すまい」

徳三が、襟元を押さえる。

「この書付は、証拠になりませぬか」

「その文面では、なんの証拠にもならん。盗っ人は、押し込みの仕場でしかと身柄を押さえ、申し開きのできぬようにするより、手立てがないのだ」

徳三は襟元を整え、眉根を寄せてうつむいた。

「わたくし一人では、いささか心細うございます」

「心配するな。捕り方は差し向けぬが、手先たちに〈ふな久〉を、見張らせる。おまえに、危害が及ぶことはないから、安心して行け。〈ふな久〉で、話がどんなふうに転がったか、あとでゆっくり聞かせてもらう」

不安を隠すように、徳三は小さな笑みを浮かべて、頭を下げた。

「承知いたしました。よろしくお願いいたします」

九

翌朝五つ半、役宅の茶室。

「親父橋の船宿とは、妙な場所を選んだものよな」

長谷川平蔵が、独り言のように言った。

柳井誠一郎も、首をかしげる。

「日本橋川の川筋ならば、一石橋《いちこくばし》、江戸橋、八丁堀、霊岸島あたりに、いくらでも船宿があるはず」

俵井小源太は、口を開いた。

「親父橋は、江戸橋から大川の方へ二町ほどくだった、左手の長い掘割にかかっております。とっつきに思案橋、その一つ奥が親父橋でございます」

誠一郎がうなずく。

「小源太の申すとおり、そこは新材木町と堀江町に挟まれた、掘割でございます。それゆえ、奥行きは四、五町もございますが、先は行き止まりになっております。したがって、船を中へ漕ぎ入れても、出口がございませぬ」

「うむ。漕ぎ入れても、逃げるときはまた思案橋をくぐって、日本橋川へ抜けるしかないわけだな」

ばってらの徳三が、未明に軒先へ白手ぬぐいを吊るしたことは、すでに確かめられている。むろん、せせりの辨介の手の者も前後して、それを見極めに来たに違いない。

小源太は、平蔵がたててくれた茶を、飲み干した。

「辨介が、さような不便な場所を選んだとすれば、〈ふな久〉へじかには乗りつけますまい。思案橋界隈に船を待たせて、陸《おか》をやって来るのではございませぬか」

平蔵は、みずからたてた茶を一口飲み、続けてずずっと飲み干した。

「はなから船を使わず、徒《かち》で来るやもしれぬな」

「どちらにせよ、さような場所を徳三に指示したとなれば、われらに目をつけられたのを知らぬ、ということでございましょうか」

小源太の問いに、誠一郎が応じる。

「これまでのいきさつからして、徳三がわれらと通じているやもしれぬ、との疑いは抱いていよう。そうでなくとも、そこそこの盗賊ならば危ない橋は、渡らぬものだ。どこか別に、逃げ道を用意しているに、違いあるまい」

平蔵は茶碗を置き、腕組みをした。

「そのような場所を選んだのは、捕り手の側も張り込むのがむずかしい、と考えたからではないか。思ったより、かしこい盗っ人かもしれぬぞ」

茶室の中が、しんとなる。

やがて、また平蔵が口を開いた。

「辨介にすれば、その場で火盗改にとがめられても、証拠がなければ罪に問えぬ、と承知していよう。われらとて、証拠もなしに牢問いにかけるわけには、いくまいて。徳三が、辨介と会ってどのような話になるのか、それを聞いた上で手を打つとしよう。捕り手を差し向けるのは、控えることにいたせ」

そこで言葉を切り、小源太に目をむける。

「小源太。おまえが指図して、手先の者たちだけをしかるべく、配置するがよい。たとえ、一味のあとをつけるにしても、あまり無理をするでない。あくまで、押し込みの仕場を押さえるのが、本筋だからな」

「はは」

小源太は、にじり口の障子に向かって、呼びかけた。

「歌吉《うたきち》。友次郎《ともじろう》。殿のお言葉を、しかと聞いたか」

「へい」

「はい」

返事が二つ、重なった。

「おまえたちのほかに銀松、りん、韋駄天《いだてん》、そのほか体のあいた者を、昼過ぎから親父橋の〈ふな久〉へ、差し回すのだ。掘割の両側は町屋のはずだが、目立たぬようにくれぐれも気をつけろ」

「へい」

歌吉の返事に、誠一郎が口を添える。

「話が終わって、徳三が〈ふな久〉を出たら、韋駄天を一人見張りに残して、あとは〈こもりく〉にもどるがよい」

「へい」

「はい」

歌吉、友次郎がそれぞれ、返事をする。

二人が、立ち去る気配を待つようにして、平蔵は小源太を見た。

「ところで、弥三郎の具合はどうだ」

小源太に、脇腹を刺された塚本弥三郎は、しばらく床についていたが、十月下旬になってようやく、起き上がれるようになったという。

小源太は、下を向いて答えた。

「傷の方は、うまくふさがったようでございますが、いせが死んだと知ってからは、ひどく落ち込んでおります。なぜ、あのような仕儀にあいなったものか、まったく見当がつかぬようでございます」

平蔵が続ける。

「弥三郎は、いせが〈壺天楽〉へ持ち込んだ、あの薬師如来像にも心当たりがない、とのことだそうだな」

「はい。塚本家伝来どころか、さような如来像が身近にあったことすら、承知しておらぬと申しております。まして、内側の空洞に大金がはいっていたなど、思いもよらぬことだそうで」

誠一郎が、むずかしい顔をする。

「してみると、ますますいせの役回りがなんであったのか、分からなくなりますな」

それは小源太も、同じだった。

このたびの騒ぎで、いせがどのような役回りを務めたのか、まるで見当がつかない。

小源太らが、なぜいせを付け回したかについては、すでに弥三郎に明かしてある。

弥三郎も、すべて納得したわけではなさそうだが、少なくとも小源太らへの疑いが、思い過ごしであったことは、分かったようだ。小源太に刺されたのも、やむをえぬなりゆきだった、と水に流してくれた。

とはいえ、それでいせが死んだことの慰めになる、とは思えなかった。

平蔵が言う。

「いせが死んだ今となっては、何がまことかだれにも分かるまい。弥三郎とて、実のことを話している、とは限らぬ。いせが弥三郎の言いつけで、如来像を〈壺天楽〉に持ち込んだ、という見方も消えたわけではないぞ」

そう指摘されて、小源太は頭が混乱した。

平蔵の言をまたずとも、筋道を立てようとすれば幾通りにも、立てることができる。

誠一郎も同じ思いとみえて、困惑した顔で小源太に言った。

「ともかく、徳三が〈ふな久〉へ行くのを、見守るしかあるまい。〈ふな久〉まで、一味に抱き込まれておらぬかぎり、刻限に合わせて店に手先のだれかを、送り込めるだろう。気取られぬように、手配するのだ」

「かしこまりました」

「それから、〈壺天楽〉で徳三の帰りを待ち受ける役は、おれが務める。おまえは、〈ふな久〉の近くに詰めて、手先の差配をせよ。念のため、姿を変えるのだぞ」

「承知いたしました」

小源太は、急いで茶室を出た。

十

友次郎は、掘割に沿って新材木町の町屋を、親父橋に向かった。

あと四半時もすれば、夕七つの鐘が鳴るだろう。

右手の、堀端の蔵地に立ち並ぶ蔵のあいだから、向こう岸をうかがう。

親父橋の西側に、船宿が一軒見えた。

腰高障子に書かれた字が、〈ふな久〉と読める。古くからのしきたりに従って、軒先に編笠がぶら下がっている。今はすたれたが、昔はひと目をはばかる客のために、編笠を貸し出す習いがあったのだ。

店の前の土手に階段が刻まれ、船着き場に猪牙船《ちよき》が一艘だけ、つないである。何艘あるか知らないが、あとはみんな出払っているようだ。

友次郎は、ことさらゆっくりした足取りで、親父橋に近づいた。掘割とはいえ、差し渡し十間を超える、細長い橋だ。

渡りながら、掘割の奥をさりげなく、見返った。

蔵地の切れ目に、少し間をおいて釣り人が二人、糸を垂れている。そのうちの一人は、遊び人ふうに髷を結い直し、縞模様の着物に着替えた、俵井小源太だ。

友次郎は橋を渡りきり、〈ふな久〉の障子をあけた。

「いらっしゃいまし」

帳場から顔を上げたのは、四十がらみの太った女将だった。

友次郎は、愛想よく言った。

「わたしは、市谷船河原町の織物問屋で、巴屋五兵衛《ともえやごへえ》という者だが、深川へ猪牙を出してもらえないかね。深川といっても、おなじみの洲崎《すさき》の方じゃないよ。海沿いの、大島町の方なんだが」

「おやまあ、それはどうも、おあいにくさまでございます。猪牙船は、一艘だけ残っておりますが、船頭がみな出払っておりまして」

それは、百も承知だ。

「旦那にでも、お願いできないかね」

女将が眉根を寄せる。

「うちの亭主は、駆け出しの幇間くらいは務まりますが、まるで船が漕げないのでございますよ。今も、お客さまのご所望で吉原の方へ、お供しておりますようなわけで」

船宿は、おおむねそのような遊び人の亭主が多く、女将が商売を切り回すのがふつうなのだ。

「そうかい。まあ、急ぐ用でもないから、船頭さんがもどるまで、待たせてもらいましょう」

女将は、両手をもみながら、土間におりて来た。

「それが、先客のみなさまはそろって吉原へお出かけで、おもどりは明日の朝になる、と存じます。間違って、今夜もどられるといたしましても、だいぶ遅くなりましょう。船頭も、それまでお客さまを待つことになりますので、きょうはお使いいただけない、と存じますが」

一息にそうしゃべり立てて、ぐいとうなずいてみせる。

友次郎は、自分の目にも大店の番頭格に見えるほど、押し出しがよい。そのせいか、女将の物言いは早口ながら、ばかていねいだった。

「そうかい。とはいってても何かの拍子に、もどって来ないものでもなかろう。だめでもともと、一時ほど酒でも飲んで、待つことにしよう。二階を貸してもらえるかね」

女将が困った顔をする。

「これがまた、あいにくとお二階は今夜中貸し切りで、ふさがっておりまして、はい。まことに、あいすみません」

半時ほど前、辨介一味と思われる三人の男が、中にはいるのを見ていたから、そのことも承知の上だ。

友次郎は、わざとおおげさに、驚いてみせた。

「おや、貸し切りとは豪儀だねえ。それじゃ、そこの帳場の横の小座敷でいいから、使わせてもらえないかね。もちろん、ただでとは言わないよ」

「そうおっしゃいましても、火鉢にまだ火がはいっておりませんし」

女将は言いかけたが、友次郎が紙入れから一分金をつまみ出すと、にわかに相好《そうごう》を崩した。

「はいはい、よろしゅうございますよ。ただ今、お熱いのをつけますから、お待ちくださいまし。お食事をご所望なら、近くに仕出しをする料理屋もございますし、お取り寄せいたします」

「とりあえず、お酒だけつけておくれ。ところでおまえさん、名前はなんというのかね」

「はい、わたくしども〈ふな久〉の家内で、しまと申します。どうぞ、お見知りおきを」

「おお、そうかい。こちらこそ、よろしく頼みますよ、おしまさん」

愛想よく挨拶を返して、階段を挟んだ反対側の小座敷に上がり、座卓の前にすわる。

しまと名乗った女将が、すぐに火鉢に火を入れてくれたのは、ありがたかった。ほどなく、酒も上がってきた。

最初の一杯を、女将の酌であけたあとは、手酌で飲む。

そのあいだに、今でも編笠を借りたがる客がいるのかとか、女将とらちもない雑談を交わして、時を稼いだ。

やがて、七つの捨て鐘が鳴り始めた。

本鐘が鳴り出すと同時に、表の障子が静かに開いた。

紺無地の布子を着た、小柄な老爺が恐るおそるといった感じで、中をのぞく。

帳場から、女将が声をかけた。

「いらっしゃいまし」

盃を傾けながら、友次郎は横目遣いに老爺の様子を、うかがい見た。

これが、〈壺天楽〉の猪兵衛こと、ばってらの徳三だろう。髪に白いものが目立ち、いかにも古道具屋のおやじ、という風情だ。

「こちらで、知り合いと待ち合わせをした、徳三と申しますが」

徳三がおずおずと言うと、女将は愛想よく笑ってかたわらの階段を、手で示した。

「はい、徳三さんでございますね。うかがっております。そこから、お二階へどうぞ、お上がりくださいまし」

「ありがとう存じます」

徳三は、障子を閉めて土間を横切り、上がりがまちに近づいた。

草履を脱いで上がり、階段に足を掛ける。ゆっくりと二階にのぼりながら、ちらりと友次郎を見た。

友次郎は、徳三の目を斜めに見返し、すばやく二度瞬きした。

あらかじめ、目配せを取り決めたわけではないが、徳三もその道の仕事をしてきた男ゆえ、意が通じたとみえる。同じように、二度瞬きを返してきた。

どうやら、火盗改の手先と察したらしい。

友次郎は、時を稼ぐために女将に合図し、新たに注文した。

「仕出しはいいから、おしまさんが何かつまみを作ってくれると、ありがたいんだがね」

歌吉は、銀松に声をかけた。

「そろそろ、行ってみるか」

銀松がうなずく。

「そうしようぜ。どうやら、船では来ねえようだからな」

昼間のうちに、掘割の奥には船がないことを、確かめてある。〈ふな久〉の猪牙船も、一艘以外は早めに出払ってしまい、今夜はもどって来ないだろう。

すでに、夕七つの鐘が鳴ってから、四半時はたつ。それまで、思案橋の方へ曲がり込む船は、一艘もなかった。

銀松は櫓を操って、日本橋川に沿った蔵地の陰から、思案橋の方へ漕ぎ出した。一町半ほど下流に、〈鎧《よろい》の渡〉の渡し場が見える。

掏摸の腕は別として、銀松には巧みに船を漕ぐ得意わざがあり、こういうときに役に立つのだ。

川を二十間ほどくだり、思案橋につながる水路に、漕ぎ入れた。ほかに、船影はない。

思案橋を抜けて、緩やかに左へ曲がる。すると、その先にかかる親父橋が、目にはいった。

それをくぐった、少し先の蔵地の手前に、〈ふな久〉の船着き場がある。猪牙船が、一艘だけ見える。さらにその先、三十間ほど離れた向かいの堀端に、釣り糸を垂れる小源太の姿があった。

銀松は、親父橋の橋桁のたもとに船を寄せ、櫓を休めた。

「連中はもう、中へはいっただろうな、歌吉」

「ああ。友次郎の姿も見えねえから、あいつも中にいるはずだ。おおかた、店の女でもからかいながら、様子をうかがってるに違いねえ」

友次郎のことだから、疑いを招くようなへまはしないだろう。

しだいに夕闇が迫り、はやくも町屋にちらほらと、灯がともり始める。

小源太が、釣竿を上げて道具を片付け、腰を上げるのが見えた。夜釣りならともかく、いつまでも釣りを続けるわけにもいくまい。

太めの竿袋を抱え、おそらくからっぽの魚籠《びく》を下げて、掘割の奥へ向かう。竿袋には、十手と刀をひそませているはずだ。

歌吉は、銀松に言った。

「おれも陸にあがって、様子を見る。おめえは、また思案橋の外へ漕ぎもどって、万が一連中が猪牙船を出すようなら、あとを追ってくれ。おれのことは、気にかけねえでいいから」

「分かった」

橋桁を伝って、〈ふな久〉とは反対側の土手に上がり、漕ぎもどって行く銀松の船を、目で追う。

向き直ると、蔵地を出て掘割の奥へ向かう、小源太の後ろ姿が見えた。

逆に奥の方から、女がやって来る。りんだった。

ふだんは、だるまに結っている髪を、おとなしい町家風にまとめている。小源太のそばまで来ると、りんはわざとらしいしぐさで、何やら声をかけた。足を止め、少しのあいだ立ち話をした二人は、たまたま目にはいったという様子で、すぐそばの一膳飯屋に、はいって行った。

その店は、寒さが募るこの季節にも似ず、いつも腰高障子を広くあけたままで、商売をする。歌吉も、何度かそこで飲んだことがあり、中の造りは覚えていた。

十一月になると、土間に炭をかんかんに起こした、大きな火鉢がでんと置かれる。それを囲むかたちで、小ぶりの座台がいくつも並ぶ。奥の方から、おでんのうまそうなにおいが漂い、それが入り口から外へ流れ出て、客を呼び込むという仕掛けだった。

店の前は、蔵と蔵のあいだで土手が開けており、〈ふな久〉が目の内にはいるはずだ。小源太とりんは、そこから見張る考えだろう。

〈ふな久〉の、二階の障子は明かりを映しているが、人の影は見えない。

掘割の東側には、芝居小屋を控えた葺屋町《ふきやちよう》、堺町がある。お上の触れで、小屋は夕七つ半にしまうのが、決まりだった。しかし、それを守る小屋はなく、はねるのはおおむね、暮れ六つだ。

その刻限を迎えると、このあたりは小屋を出た客たちで、人通りが多くなる。

見張る方からすれば、その方が目立たなくて好都合だが、それは〈ふな久〉の二階で密談中の、辨介一味にとっても同じだろう。

歌吉は、思案橋の方へ少しもどって、蔵と蔵のあいだの通路にはいった。

堀端に腰を下ろし、見張りを始める。

十一

二階で、襖《ふすま》の開く音がした。

男の声が、下へ呼びかけてくる。

「すまねえが、ちろりをあと三本ばかり、あっためてくれねえか。それと、さっき頼んだ仕出しは、まだかい。ぼちぼち、半時近くもたつが」

しまは、すぐに腰を上げた。

「はい、ただ今。仕出しもおっつけ、やって来ると存じます。もう少々、お待ちくださいまし」

そう返事をして、すぐに燗の用意を始める。

二階の客が仕出しを頼んだのは、暮れ六つの鐘が鳴り終わるころだった。芝居小屋のせいで、仕出し屋はいつも立て込んでいるが、それにしても出前が遅い。

階段の向こうの小座敷では、巴屋五兵衛と名乗った男が、相変わらずちびりちびりと、酒を飲んでいる。

いつまで待っても、猪牙船がもどって来る見通しはないのに、少しも退屈した様子がない。よほど暇つぶしに、慣れているのだろう。

酒の支度ができたころ、表の障子ががらりとあいた。

「おまっとさんでござい。平野屋《ひらのや》でござんす」

ねじり鉢巻きに、印半纏《しるしばんてん》の若い男が岡持ちを二つ、運び入れて来た。仕出し屋の、平野屋の出前だ。

「ご苦労さん。遅かったじゃないか、きょうは」

「本日は、ちょいと取り込みがございやして、あいすみません」

ぺこぺこする出前に、しまはてきぱきと指図した。

「わたしがお酒を運ぶから、あとをついて来ておくれな」

「へい」

しまは、盆にちろりと新しい盃を載せて、階段を上がった。出前が、岡持ちを両手に下げ、あとをのぼって来る。

障子をあけると、あとから来た徳三を加えて四人の男が、四角い形に座をこしらえていた。

「お待ちどおさまでございました」

「おう、遅かったじゃねえか」

苦情を言われて、出前が謝るのを聞きながら、しまは新しいちろりを一つずつ、男たちの脇に置いた。からになったちろりを、あいた盆にもどす。

そのあいだに、出前が二段になった岡持ちを一つずつ、前に据えていった。

いちばん年配に見える徳三が、しまに声をかけてくる。

「おかみさん。手水場《ちょうずば》は二階にあるかね」

「はい。廊下を左に行った、突き当たりにございます」

徳三が出て行くと、窓側の燭台を背にした四十がらみの男が、猫なで声で言う。

「ちょいとねえさん。辨介の兄貴に、酌をしてやってくれねえかい」

べんすけ、と呼ばれた男がさっそく盃を取り上げ、しまに突き出す。

「これはどうも、気がつきませんで、ご無礼いたしました」

しまは、いそいそと男の横に膝をつき、ちろりを取り上げた。

辨介が、酌を受ける。どうやらこの男が、一座の兄貴格らしい。頬のそげた、目のきつい男だ。髭の剃りあとが濃い。

やくざではなさそうだが、堅気の商人という風情でもない。あとの二人も、年はそれぞれ違うにせよ、素性は似たようなものだろう。

辨介の背後に、この男たちが来たときに持ち込んだ、大きな風呂敷包みが置いてある。角が、ところどころとがっているのを見ると、刃物か何かが隠してあるのだろう。なんとなく、剣呑《けんのん》な連中に思えた。

残る二人にも、酌をしてやる。

し終わったとき、徳三が手水場からもどって来た。

徳三だけが、そこにいる三人と肌合いが違い、どこかなじまぬものがある。

辨介が言った。

「徳三どんにも、酌をしてやってくれ」

しまは、徳三の席に移った。

「どうぞ、お一つ」

「すみませんね、女将さん」

徳三は軽く頭を下げ、しまの酌を受けた。

それを、一口でぐいとあけてしまうと、袖の内に手を突っ込んで、小さな紙包みを取り出す。

「はい。これは、ほんの気持ちだよ」

差し出されて、しまは頭を下げた。

「すみませんね、お気遣いをいただいて」

胸元へ収めようとすると、しまを見る徳三の目がすばやく二度、下へ動いた。

しまは、膝の上へ目を落としたが、何もこぼれたりしていない。意味が分からず、もう一度、頭を下げる。

「それでは、どうぞごゆっくり」

そう言って、膝を起こしたとき、辨介が口を開いた。

「待ちねえ。今のはなんでえ、徳三どん」

徳三が頬を引き締め、辨介を見返す。

「ほんの、心付けでござんすよ」

辨介は、妙にうたぐり深い顔で、しまを見た。

しまは、居心地が悪くなるほど見つめられ、思わず唾をのんだ。

別に、こちらから催促したわけではないし、あまり気分がよくない。

辨介が、ふっと頬を緩める。

「分かったよ、ねえさん。もらっておきねえ」

「ありがとう存じます」

しまは、ほっとして頭を下げ、部屋を出た。

いつの間にか、背筋が濡れているのを覚える。いやみな男だ。

階段をおり、帳場にもどった。ようやく、気持ちが落ち着いて、ため息を漏らす。

襟元から紙包みを取り出し、ていねいに広げてみた。

中から、一分金がこぼれ出る。同時に、膝の上にぽとりと落ちたのは、折り畳んだ別の紙切れだった。

片側に、急いで書かれたようにのたくった、汚い字が見える。

したのだんなへ

そう読めた。

紙切れを広げると、内側にまた同じ手の乱れた字で、別の文言が書いてある。

こんやうしあたらしはしさらさや

小声で読んでみたが、なんのことか分からず、いっとき考え込んだ。

にわかに、徳三が心付けをくれたとき、目を下へ二度動かしたことを、思い出す。

しまはそっと、階段越しに小座敷を見た。

五兵衛はあきずに、盃を傾けている。まるでそれが、ここへ来たただ一つの用向き、といったたたずまいだ。

したのだんな、とは五兵衛のことかもしれない。

しまは土間におり、小座敷へ回った。

小声で言う。

「巴屋さん。ちょっとお尋ねいたしますが、旦那は先ほどの徳三さんというお年寄りと、お知り合いじゃございませんか」

五兵衛は、ちょっととまどった顔をしたものの、ためらいがちにうなずいた。

「ああ、よく分かったね。まあ徳三さんとは、まんざら知らない仲でもないんだ。ただ徳三さんは、わたしが深川の色里へ行くと思って、見て見ぬふりをしたんだろうよ」

しまはためらったものの、思い切って手にした紙包みを、五兵衛に差し出した。

「たった今二階で、徳三さんからいただいたお心付けの中に、妙なものがはいっていましたのさ」

五兵衛はそれを受け取り、包みを開いた。

一分金を取りのけ、字の書かれた紙切れを開いて、中を読む。

「それをくださるとき、徳三さんは目の玉を下へ二度、動かしたのでございますよ。いかにも、巴屋の旦那に渡してほしいと、そう言わぬばかりに。したのだんな、というのは旦那のことじゃ、ございませんか」

五兵衛はすぐに、紙切れをふところに入れた。

「ああ、これはわたしにあてた、注文書のようなものだ。素人衆には分からぬように、わざと符丁を遣ったのさ。おまえさん、おしまさんだったね。ありがとうよ、これは遠慮なく、取っておきなさい」

そう言いながら、手にした一分金を返してよこす。

「まあ、そんな」

そう応じたものの、しまはすぐにそれを受け取って、襟元に収めた。

五兵衛が、さらに声をひそめて言う。

「このことは、だれにも言っちゃいけないよ。あたしらの商いの、障《さわ》りになるからね」

しまは、心得顔でうなずいた。

「承知しておりますよ、巴屋さん。上のお客さまは、徳三さんのほかはみんな目つきの悪い、怪しい連中でございましてね。わたしも、早く引き上げてくれないものかと、そう思っております」

「そうだといいがね」

五兵衛は膝をあらため、ふところから紙入れを出して、言葉を継ぐ。

「さてと、いつまでもこうしては、いられない。そろそろ、おつもりにするよ。これで足りるかね、おしまさん」

そう言って、紙入れから新たに一分金を二つつまみ出し、しまの手に載せる。

「あらまあ、こんなにしていただいては、ばちが当たります」

「遠慮しないで、取っておきなさい。ただし巾着みたいに、口を閉じているようにな」

「心得ておりますとも。それじゃ、遠慮なく頂戴いたします」

しまが頭を下げると、五兵衛はあたふたというほどではないが、かなり急いだ様子で店を出て行った。


歌吉は、すっかり日の落ちた掘割の通りへ、友次郎が出て来るのを見た。

友次郎は、〈ふな久〉の二階を振り仰いでから、体をかがめて足音を忍ばせるように、橋を渡って来た。

歌吉は、蔵のあいだから通りにもどり、反対側へ向かおうとする友次郎を、低い声で呼び止めた。

振り向いた友次郎が、急ぎ足で寄って来る。芝居小屋がはねたあと、ひとしきり人が流れて来たものの、今はそれも収まっている。

歌吉は、〈ふな久〉から見えない蔵の陰に、友次郎を引き込んだ。

「どうしたんだ、そんなにあわてて」

「二階へ上がった徳三が、書付を店の女将に託して、おれによこしたんだ」

友次郎の言葉に、歌吉は驚いた。

「ほんとか。そんなすきが、あったのか」

「ほんの短い、走り書きだが」

紙切れを取り出し、広げてみせる。

「こんやうしあたらしはしさらさや。どういう意味だ、これは」

「分からねえ」

「それにしても、よくこんなものを書く暇があったな」

「途中でだれかが、手水へ行く気配がした。あれが徳三なら、そのときに書いたのかもしれぬ。ともかく俵井さまに、すぐにお見せしようぜ。どちらにいなさる」

歌吉は、掘割の奥を指した。

「この先の一膳飯屋で、おりんと一緒に見張っていなさる」

「よし、おれが旦那に、知らせてくる。おまえは、このあたりで見張りを続けてくれ」

「おうとも。ここはおれに、任せておきな」

十二

長谷川平蔵は、紙切れを睨んだまま、低くつぶやく。

「これは、こんや、うし、あたらしばし、さらさや、と読むのだろうな」

「わたくしも、そのように読み解きました」

俵井小源太が応じると、柳井誠一郎もうなずいた。

「つまり今夜、丑の刻限に新シ橋の更紗屋に押し込む、ということでございましょう」

平蔵が、眉根を寄せる。

「この文言からは、確かにそう読み取れるな。しかし、新シ橋は外桜田と神田と、二つあったはず。どちらであろうな」

小源太は、膝を乗り出した。

「神田川にかかる、新シ橋の河岸の上の通りに、更紗屋という唐物問屋がございます。唐物を扱っておりまして、さほどの大店とは申せませぬが、もうけが大きくかなり貯め込んでいる、との噂。狙われても、不思議はございませぬ」

「そうか。それならば、神田の新シ橋に、間違いあるまいな」

「しかしながら、いささかうなずけぬことも、ございます。長いあいだ、仕事を離れていた徳三に、辨介がいきなり当日助け手をさせるなど、考えられましょうか」

小源太の言に、平蔵は含み笑いをした。

「おまえはゆうべ、徳三に夜のうちに手指を鍛えておけと、そのようにけしかけたとか申したな。徳三め、それを真に受けて一晩習練したあげく、〈ふな久〉で辨介にその腕を、披露してみせたのではないか」

誠一郎が、納得のいかぬ顔をする。

「かりに、そうだといたしましても、確かに小源太の申すとおり、いきなり仕事をさせるというのは、腑に落ちませぬ。押し込みには、それなりに周到な下ごしらえが、欠かせぬもの。あらかじめ更紗屋へ、引き込み役でも送り込んでいれば、別でございますが」

言葉を選びながら、そう言った。

平蔵が、腕を組む。

「ともかく、徳三も辨介にきょうの今夜と言われれば、店へもどってわれらに告げるいとまはない。それでせっぱつまって、かような賭けに出たのであろう」

誠一郎は、口元を引き締めた。

「とは申せ、船宿の女将にさような走り書きを託すなど、大胆というよりただの無謀。まさかその場で、下にいる男に渡してくれなどと、注文をつけられるはずもなし。むしろ女将が、徳三の言づての相手を下にいる友次郎と、よく察したものでございます」

それを受けて、小源太も口を開いた。

「どちらにしても、女将が辨介らに告げ口をするか、脅されて口を割るなどすれば、一巻の終わりでございます。徳三が、そこまで気の回らぬ男とは、考えられませぬが」

平蔵はまた少し考え、小源太に尋ねた。

「これを渡された友次郎は、徳三のことをなんと言っているのだ」

小源太は、背筋を伸ばした。

「船宿に現れた徳三が、瞬きで合図した友次郎に、すぐさま瞬きを返してきた、と申しております。どうやら、自分を火盗改の手先と見抜いたようだ、とのことでございます。徳三ももともとは盗っ人、それくらいの勘が働いても、おかしくはない、と」

平蔵は、また考えに沈んだ。今度は、前よりもだいぶ長い。

じゃまをすまいと、小源太は黙っていた。誠一郎も同じ思いらしく、口をつぐんだままでいる。

やがて、平蔵が口を開いた。

「今、〈ふな久〉を見張っているのは、だれとだれだ」

「歌吉と友次郎に、おりんでございます。加えて、銀松も思案橋の外に、猪牙をとめております」

「ほかの者は、いかがいたした」

「小平治と韋駄天、勘次も詰めておりましたが、その後連中が出て来る気配もないため、役宅へ引き上げさせました」

「それでは、今一度韋駄天を歌吉たちのところへ、使いに出せ。辨介一味が、支度のためにどこかへ移るか、〈ふな久〉を出た足で更紗屋へ押し込むつもりか、そのあたりを見極めさせるのだ。それによって、捕り手をいつごろどこへ配置するか、決めねばならぬ」

「かしこまりました」

立とうとすると、平蔵は口元を緩めて言った。

「おまえの町人髷も、なかなか似合うではないか。これからも、たびたび化けてみよ」

誠一郎が笑い、小源太は苦笑した。

「これも、仕事と思えばこそ、でございます」

そう言い残して、茶室を飛び出す。


五つの鐘が、鳴り始めた。

しまはあくびを漏らし、階段を斜めに見上げた。

四半時ほど前、二階で角力《すもう》でも取るような、重い音が響いた。ほんの、煙草を一服するほどの短い間で、それきりまた静かになった。こそりとも音がしない。まさか、眠ったわけでもあるまい。

吉原へ繰り出した客たちは、供についた幇間がわりの亭主ともども、どうせ今夜はもどって来ない。

二階の客も、泊まるなら泊まるで、はっきりしてほしい。そうすればこちらも、安心して寝られるというものだ。

追加の注文を聞くふりをして、二階の様子を見に上がろうか。

そう思ったとき、上で障子の開く音がして、だれかが出て来た。しまは、あわてて商い帳を、帳場台に広げた。

階段に足音が響く。

見上げると、例の辨介と呼ばれた男が、おりて来るところだった。

急いで立ち上がり、辨介を迎える。

「何かほかに、ご注文はございませんか」

階段をおりた辨介が、帳場へ回って来た。なめるように、しまの体を見回す。

問いには答えず、辨介は低い声で言った。

「さっきまで、あっちの小座敷に、客がいなかったか」

ぎくりとしたが、おくびにも出さずに応じる。

「はい、お一人おられましたが、とうにお帰りになりました」

「なんの用で来たんだ。船頭は、出払ってるはずだぞ」

「はい。そのように申し上げたのでございますが、もどるかもしれないから待つとおっしゃいまして、しばらく御酒を飲んでおられました。そのあげく、待ちくたびれて六つ半にならぬうちに、お引き上げになりましたので」

辨介が、帳場台の上に目を移す。

そこには、先刻徳三から受け取った紙包みがあり、巴屋五兵衛からもらったのと合わせて、一分金が四つ載っていた。

辨介は、口元をゆがめて言った。

「ほう。徳三は、ただの祝儀に一両もはずんだ、ということか」

しまは、あわてた。

「いえ、徳三さんからは一分だけで、あとは小座敷にいらしたお客さまのお勘定と、お心付けでございます」

「どっちにしても、張り込んだもんじゃねえか、徳三は。たかが船宿の女将に、一分金の心付けとはなあ」

しまはむっとしたが、なんとか笑顔で応じた。

「わたくしも、いただきすぎだと思いましたが、お話し中にお返しに上がるのも」

言い終わらぬうちに、辨介が指を突きつけてきたので、しまは喉を詰まらせた。

「この紙包みの中に、何か文言を書きつけた紙切れが、はいっていなかったか」

辨介ににらまれ、身がすくんでしまう。

「い、いえ、そのようなものは」

あとが続かなかった。

「嘘を言うんじゃねえ。上で徳三が、一分金と一緒に紙切れを入れた、と白状したぜ。おめえも、そいつを読んだはずだ。なんと書いてあったか、言ってみろ。でたらめを言いやがると、痛い目をみるぞ」

五兵衛の顔が、ちらりと浮かんだ。

しかし、辨介の恐ろしい顔には、勝てなかった。

「は、はい。何かと思って、広げて見ましたら、こんやうしあたらしはしとかなんとか、よく分からないことが、書きつけてございました」

辨介が、にやりと笑う。

「おめえはその紙切れを、小座敷の客に渡しやがったな」

しまは、ぎくりとした。

そこまで知っているからには、徳三が洗いざらい、しゃべってしまったに違いない。

五兵衛には口止めされたが、これでは黙っていてもしかたがない。そらとぼけて、この男に痛めつけられるのは、まっぴらごめんだ。

「はい、お渡しいたしました。紙切れにそうしてくれと、書き添えてございましたので」

一息に言ってのけると、胸の内がすっきりした。

辨介が、ぐいと顎をつかんでくる。

「よし。このことは、だれにもしゃべるんじゃねえぞ。徳三のように、なりたくなかったらな」

顎をつかまれたまま、しまは身を固くした。

先刻、二階から響いてきた、重い音を思い出す。あれはもしかして、徳三が何かされた物音ではないか。

それ以上は、考えたくなかった。

辨介は、少しのあいだしまをにらみつけていたが、ようやく顎を放した。

袖口に手を入れ、しまに何かを渡してよこす。

受け取ってみると、それは小判が三枚だった。

「こ、これは」

「これから荷物を一つ、表の猪牙船で運び出す。なあに、病人が一人出たのよ。そいつを医者のところへ、運ぶだけのことさ。布団を一枚、使わしてもらうぜ。それも、勘定の内だ。かまわねえだろうな」

「かまいませんとも」

しまが請け合うと、辨介はにわかに顔を近づけ、すごみをきかせた。

「もう一度、言うぜ。もし、よけいなことをしゃべりやがったら、無事じゃあすまねえ。分かったか」

「分かりました」

返事をして、小判を胸元に収める。

ただの荷物にせよ急病人にせよ、どこか外へ運び出してくれるなら、それでいい。

辨介は、しまを階段を背にする位置に移らせ、向き合って立った。

しまを見たまま、二階へ声をかける。

「おい。用意ができたら、運び下ろせ」

二階から返事があり、廊下に足音が響いた。

階段を、何か運び下ろして来る気配が、背後に伝わる。しまは、辨介に見据えられたまま、身をすくめていた。何も見たくないし、聞きたくもない。

辨介が、しまを見つめて言う。

「猪牙船は、大川のどこかに乗り捨てる。腹に屋号がはいってるから、いずれもどってくるだろうよ」

しまは、黙ってうなずいた。

辨介は続けた。

「病人が、血を吐きやがってな。いちおう拭いておいたが、畳がまだ汚れているかもしれねえ。後始末を頼むぜ」

思わず、唾をのむ。

「承知いたしました」

二階からおりた二人が、何か重いものを運びながら、土間を横切る物音がした。障子戸が開き、閉じる気配。

じりじりしながら、時が過ぎるのを待つ。

やがて、辨介がしまを見据えたまま、土間の方へすさった。後ろ向きに、足で探って草履をはくと、身をひるがえして出口へ向かう。

障子に手をかけ、振り向いて言った。

「じゃまをしたな。今夜はこのまま、一歩も外へ出るんじゃねえぞ」

弁介が出て行くと、しまははだしのまま土間へ駆けおり、障子の尻につっかい棒を入れた。

そのまま土間に、へなへなとくずおれる。

銀松は、思案橋のたもとに船をもやったまま、手持ちぶさたに暗い空を眺めていた。

そのとき、土手の上にかすかな足音が響き、だれかが駆けて来る気配がした。

銀松は体を起こし、土手を見上げた。草むらを、滑るように駆けおりて来たのは、歌吉だった。

「おう、どうした、歌吉」

声をかけると、歌吉は船の艫《とも》につかまって体を止め、早口にささやいた。

「野郎が二人、布団包みを猪牙船に乗せて、こっちへくだる様子だ。どこへ行くか、見届けてくれ」

「分かった。おめえはどうする」

「おれは、友次郎やおりんともう少し、様子をみる。船宿にまだ一人、残っていやがるのよ」

歌吉はそう言い残し、また土手をよじのぼって行った。

銀松は急いで櫓を取り上げ、日本橋川の方へ漕ぎ出した。

上手の側の、葦の陰に船を寄せる。猪牙船は、十中八九下手へ向かうはずだ。

月初めの新月の時期なので、川面を照らすのは星明かりしかない上に、雲が空をおおい始めているので、見つかる心配はない。

ほどなく、かすかに水を掻く櫓の音が、水面を流れてきた。闇に黒ぐろと、船影が浮かび上がる。すでに、暗さに目が慣れているので、艫で櫓を操る男と舳先《へさき》にすわる男が、しっかりと見えた。

二人のあいだに、黒っぽい荷物のようなものが、積んである。歌吉の言った、布団包みだろう。

銀松は静かに櫓を操り、葦のあいだから船を出した。

日本橋川を、大川に向かってくだる猪牙船を、追いかける。気づかれぬように、二十間ほどあいだをおき、できるだけ岸辺に近いところを進んだ。

逆に猪牙船は、川の中ほどに近いところまで漕ぎ出し、流れに乗ってかなりの速さで、くだって行く。

〈鎧の渡〉を横切り、霊岸島の新堀を通り過ぎると、左側に永代橋《えいたいばし》を控えた大川に出る。

猪牙船は、永代橋を背に大川をくだり始めた。正面には石川島が、黒ぐろと横たわっている。

どこまで行くのか、と銀松はいぶかった。

そのとき、斜め前方を行く猪牙船のあたりで、水音がした。銀松は、櫓から手を放してうずくまり、暗い水面を透かして見た。

猪牙船の、中ほどに積まれていた布団包みが、見えなくなっていた。川の中へ、投げ込まれたのだ、と分かる。

猪牙船はそのまま、船足を上げて大川の左岸を目指し、どんどん遠ざかって行く。

銀松は、布団包みが投げ込まれたあたりに漕ぎ寄せ、水面をのぞき込んだ。波紋は、流れによってかき消され、布団包みもどこへ沈んだか、分からなかった。

ようやく、気力を取りもどしたしまは、恐るおそる二階へ上がって、障子をあけた。

行灯《あんどん》が、ついたままになっており、だれもいない。

あけ放たれた押し入れから、布団が一枚抜かれたのが、すぐに分かる。三人が持ち込んだ、風呂敷包みも消えていた。

食べ散らかした、料理のあいだに座布団が四枚、ばらばらに散ったままだ。

その一枚をどけてみると、下の畳が赤黒く汚れている。しまは喉を鳴らし、座布団をもどした。

やはり胸騒ぎのとおりになった、と察しがつく。

そのとき、下で表の障子戸を叩く、高い音がした。

「おしまさん、あけてくれ。巴屋だ、巴屋の五兵衛だ。ここをあけてくれないか」

しまは、立ちすくんだ。

十三

その夜、四つ半時。

さして広くない、〈こもりく〉の離れに柳井誠一郎、俵井小源太以下手先が何人も、集まっていた。これほど多くの者が、この離れに一度に寄り合うことは、めったにない。だれもが、浮かぬ顔つきだった。

小源太も、手持ち無沙汰に渋茶をすすりながら、やり切れぬ思いでいた。

歌吉と銀松が上げた沙汰によれば、ばってらの徳三はせせりの辨介一味にやられ、大川に投げ込まれたらしい、という。

今のところ、〈ふな久〉からかつぎ出された布団包みに、徳三の死体がはいっていたかどうか、さだかではない。歌吉も、猪牙船から投げ込まれるのを見た銀松も、そこまでは確かめていないのだ。

そのあと〈ふな久〉から、残ったもう一人の男が出て来たので、友次郎とりんがあとをつけた。

男は提灯を持たず、親父橋を渡って東へ二町ほど歩いて、一つ目の角を右へ折れた。月明かりもなく、友次郎もりんもあとを追うのに、難儀した。

男は、銀座と大名屋敷に挟まれた道を抜け、左手の町屋の前も素通りして、突き当たりの堀まで行った。

友次郎とりんが物陰から見ていると、男はそのまま石垣を伝って道から堀へ、姿を消した。

二人は、あわてて堀端へ忍び寄り、闇を透かして見た。

すると、南へ延びる堀の中を漕ぎ去る、小船の影が見えた。どうやら、男はあらかじめ石垣の下に、猪牙船をつなぎ留めておいたらしい。

幅が狭く、武家屋敷の裏手を抜けるだけの堀で、両側に通り道はない。急いで、迂回する道筋を探し回ったものの、暗いのと土地に不案内なこととが重なって、あきらめざるをえなかった。

その後、〈ふな久〉へ引き返した友次郎が、女将のしまを問いただしたところ、徳三が二階でやられた形跡がある、という。畳に、血の跡が見つかったとのことで、それは友次郎も確かめている。

ただ、死骸が見つからぬ以上は死んだ、と決めつけるわけにはいかない。生きている見込みが、ないとはいえないのだ。

小源太としても、いちるの望みをかけたかった。

かりにも、徳三をおとりに辨介を捕らえようとした、自分たちのもくろみが裏目に出れば、はなはだ後味の悪いことになる。

誠一郎が、重い口を開いた。

「友次郎。〈ふな久〉のおしまは、徳三の言づてをおまえに渡したと、辨介に吐いてしまったのか」

友次郎は、体を縮めた。

「わたくしが、固く口止めしたこともございまして、おしまもはじめは何も漏らさなかった、と言い張りました。しかし、こちらがお上の御用だと明かしますと、恐れ入って辨介に何もかもしゃべった、と白状いたしました。逆に辨介から、そのことをだれにも言うなと脅されて、板挟みになったようでございます」

「辨介が二階からおりて、無理やりおしまの口を割らせたときには、もう徳三はやられていたのか」

「少なくともおしまは、そう思ったと申しております」

友次郎は、その穏やかな物言いと物腰から、外で商家の手代や番頭と称しても、十分に通用する。それもあって、かつては盗っ人一味の引き込み役を、得意としていたという。

その役がすっかり板についてしまい、長谷川平蔵はもとより与力、同心と話すときの語り口が、ほかの手先たちとずいぶん違う。へたをすると、大店のあるじにすら見えそうだった。

誠一郎が言う。

「すると、今暁丑の時に更紗屋へ捕り手を回しても、むだになるだろうな。押し込みの企てを、われらに知られたと分かったからには、辨介一味は現れまい。おそらく、日時と場所を変えて、出直すだろう」

歌吉が、口を開いた。

「あっしは、せいぜい日を変えるだけだ、と思いやす。押し込みには、それなりの金と時間をかけて、用意をするのが常道でござんす。その手間を、むだにはできやせんぜ。引き込みを入れてあるなら、三月や半年仕事を延ばしても、差し障りはござんせん」

それを聞いて、りんが歌吉を見る。

「でも、辨介が更紗屋に引き込みを入れた、とは思えないよ。もしそうなら、カンヌキや掛け金はずしのうまい徳三に、助っ人を頼んだりはしないだろう」

歌吉は、その理屈に一本取られたかたちで、口をつぐんだ。

少しのあいだ、沈黙が流れる。

誠一郎が、口調をあらためて言った。

「ところで、せせりの辨介なる盗っ人のことを、耳にした者がいるか。おれは知らなかったし、小源太も聞いたことがない、と言っているが」

小源太も、うなずいてみせる。

手先の者たちも、互いに顔を見合わせるだけで、だれも何も言わない。

小源太は、小平治に聞いた。

「おまえはどうだ、小平治。こたびの件は、おまえが浅草で徳三を見かけたことから、始まったのだ。たとえ噂でも、せせりの辨介の名前を、聞いたことはないのか」

小平治が、耳たぶを引っ張る。

「名前は耳にしておりやすが、どこでどんなふうに仕事をしたかについちゃ、よく知らねえんで」

ふと思いついて、小源太は誠一郎を見た。

「柳井さま。加役をこの五月、御免になった松平左金吾さまのお取り扱いで、いまだ落着しておらぬ押し込みが、二件ございましたな。いずれも昨年の冬、織物問屋の加茂屋《かもや》と、油問屋の上州屋《じょうしゅうや》。ともに、中ほどの大きさの、問屋でございます。九月より、新たに加役を仰せつかった太田運八郎さまが、あとを引き継いで探索中でございますが、いまだにらちが明かぬご様子。あるいはこれら二件が、辨介の仕事やもしれませぬ」

誠一郎がうなずく。

「それは、おれも考えた。ほかにも、辨介の仕事でまだそれと知れぬものが、あるやもしれぬ。どちらにしても、ただ一つの手掛かりだった徳三が、辨介に始末されてしまったとすれば、もはや手の打ちようがないな」

歌吉が膝に手をつき、力なく首を垂れる。

「あっしらが、何人もかかって〈ふな久〉を見張りながら、徳三をみすみす始末されるやら、辨介たちにまんまと逃げられるやらで、まったくもって面目次第もございんせん」

友次郎や銀松、りんなど、その場にいた手先たちが、こぞって頭を下げる。

小源太は、口を開いた。

「いや、おまえたちだけのせいではない。おれも辨介を、甘く見ていたようだ。いきなり徳三を、その夜の押し込みに使うなどとは、考えてもいなかった。徳三も、さぞあわてたことだろう。それを、よく友次郎に言づてをしようなどと、思いついたものよ」

友次郎が、頭を下げたまま言う。

「わたくしも、ほかにやりようがあったのではないか、と悔やんでおります」

「まあ、それを言うな、友次郎」

小源太がなぐさめると、誠一郎があとを引き取った。

「なまじ、〈ふな久〉には手をつけなんだ方が、よかったかもしれぬ。〈ふな久〉から、辨介一味のあとをたどって行けば、いずれは更紗屋で押し込みの仕場を、押さえることができたのだ」

そう言ってから、銀松の方を見た。

「銀松。夜が明けたら、御番所の手を借りて大川の下流を探索させることにする。布団包みが、どのあたりに投げ込まれたかを、探索方に教えてやってくれ」

「のみ込みやした」

「大川ゆえ、見つけ出すのはむずかしいだろうが、万年橋のたもとに流れ着いた、いせの例もあるからな」

その言葉は、独り言に近かった。

役宅へもどった小源太は、誠一郎とともに平蔵に呼ばれて、深夜の茶室に行った。

平蔵は、小源太からそれまでのいきさつを聞き取り、さすがにむずかしい顔をした。

「そうか。徳三は、かわいそうなことをしたものよな。かたきを討つためにも、これはどうあっても辨介を、お縄にせねばなるまいて」

小源太も、神妙に応じる。

「徳三は、なまじわれらに手を貸そうとしたことで、命を縮めてしまいました。いずれ、わたくしの手でかならず辨介を、引っ捕らえてごらんにいれます」

それを聞くと、平蔵はにわかに膝を崩して、あぐらをかいた。

「いずれ、ではない。少しばかり、話を聞いてくれぬか。おまえたちの考えも、聞かせてもらいたい。もっと、そばに寄れ」

十四

新シ橋の際に、三艘の猪牙船をつなぎ留める。

二艘は自分たち用で、一艘は盗み出した銭箱や財物《ざいもつ》を、積み込むためだ。

せせりの辨介は、三人の手下を引き連れて、土手を上がった。そのあたりに、人っ子一人いないことは、すでに確かめてある。背後の神田川の対岸には、柳原の土手が夜目にも黒く、長く延びていた。

河岸に面した道を横切り、一本裏手の通りにはいる。そこを左に折れ、足音を立てぬよう、北へ進んだ。

星明かりの下に、やはり人影はない。捕り手たちがひそんでいれば、かならずその気配が漂うものだが、それはいっさい感じられなかった。

暁八つの鐘がなってから、そろそろ半時になる。決めた刻限より、押し込みをわざと遅らせたのは、様子を探るためだった。これだけ用心すれば、間違いはないだろう。こぢんまりした店だから、押し込む人手も少なくてすむ。

更紗屋の裏門に来ると、いっとき様子をうかがった。やはり、不審な気配はない。

手下の勇吉が、頰かむりの下で、目を光らせる。

「ほんとうに、だいじょうぶだろうな、おかしら」

勇吉はいちばんの古株だが、気が荒い上にすぐ手を出す癖があり、それが難点だった。度胸がいいので、いざというときには頼りになるが、手際よく仕事をしようとするときは、その気性がじゃまになる。

「心配しなくていい。おれの算段に、狂いはない」

ことさら穏やかに応じ、門と塀を見比べる。

塀は高く、忍び返しがついている。

むろん、そうした剣呑な仕掛けを、わざわざ乗り越えるつもりは、はなからない。閉じた、両開きの扉のあいだから梃子《てこ》を差し入れ、カンヌキをはずす方が、はるかに手っ取り早い。だからこそ、そのための梃子を自分で工夫し、こしらえたのだ。

　カンヌキがはずれると、辨介は音のしないように片側の扉を押しあけ、三人の手下に顎をしゃくった。

　静かに裏庭にはいる。

　植え込みがあちこちに散らばり、そのあいだに小さな池らしきものが、のぞいている。

「母屋の端に、手水場があるはずだ。そいつを探せ。手水場にいちばん近い雨戸を、おれがこじあける」

「へい」

　手下どもが、小さく返事をしたとき、唐突に右手の石灯籠の陰から、声がかかった。

「待っていたぞ、せせりの辨介」

　手下どもが、いっせいにあとずさりして、身構える。

　突然のことに、辨介もさすがに肝を冷やして、動きを止めた。

　勇吉だけがすぐに、気を取り直したように背筋を伸ばし、恐れるふうもなく石灯籠に、呼びかける。

「だれでえ、そこにいるのは」

　石灯籠の陰から、宗十郎頭巾をかぶった人影が、ずいと出て来た。

「火盗改の、長谷川平蔵だ」

それを聞いて、辨介は驚くよりも呆然として、その場に固まった。今夜、この刻限に待ち伏せされることはない、と信じていたのだ。

それが、もろくも打ち砕かれてしまい、さすがに足が震える。

長谷川平蔵、と名乗った男が続けた。

「せせりの辨介。神妙にお縄を頂戴すれば、怪我をせずにすむぞ」

名乗りを聞いて、同じくひるんだように見えた勇吉が、強気に言い返す。

「なぜ火盗改が、ここにいやがるんだ。おれたちが、今夜ここに押し込むことはねえと、分かっていたはずだぞ」

「あいにく、分かっていなかったから、出向いて来たのだ」

平蔵が、落ち着いた口調で言い返すと、勇吉はまた虚勢を張った。

「おめえたちは、あの徳三の言づてを見てここへ出向いた、というわけじゃあるめえ」

「いかにもな。ついでながら、われらがあの言づてを見たことを、おまえたちもまた知ったであろう」

「そのとおりよ。それだけじゃねえ。おれたちが知ったってことを、おめえたちもまた知ったはずだぜ」

「うむ、知ったとも」

「だとしたら、わざわざおれたちがつかまりに、ここへのこのこやって来るとは、思わねえはずだぞ」

男が低く笑う。

「おれは、念を入れるたちでな」

勇吉が、何か言い返そうとするのを、辨介は止めた。

男に向かって言う。

「どうやら裏の裏の、そのまた裏をかかれたようだな、平蔵どん」

「そういうことになるな。そのからくりで、おまえたちも今夜の仕事をやめるだろうと、われらがそう判断するはずと考えたなら、少々甘すぎるぞ。だいぶ、手の込んだ仕掛けを施したようだが、あいにくわれらにはむずかしすぎて、通用しなかった。これが問うに落ちず、語るに落ちるというやつさ」

辨介は、唇の裏を嚙み締めた。

平蔵に一泡吹かせようと、苦心して罠を仕掛けたつもりだったが、どうやら見抜かれてしまったようだ。

いせを使って、火盗改が見張りを立てたりあとをつけたりして、内偵を進める動きを確かめたまでは、よかったのだ。しかし、そのことまでも読まれてしまうとは、思い設けなかった。

この更紗屋に、平蔵がたった一人で出向いたとは、考えられぬ。しかし、内にも外にも大勢の捕り方が出張った、という様子はない。こちらに気づかれることを恐れて、あえて数を抑えたのかもしれぬ。

だとすれば、血路を開くことも、できなくはないだろう。

「一つだけ、教えてもらいたい。長谷川平蔵は、めったのことで盗っ人に素顔を見せぬ、と聞いた。見せるとすれば、その盗っ人を獄門に送るか、二度と娑婆へもどれぬ遠島に処すか、どちらかに決めたときだという話だ。それは、まことか」

「まことだ」

「ならば、ここへ頭巾で顔を隠して出張ったのは、何ゆえだ。まさか、おれたちを獄門へ送るつもりがない、というわけでもあるまい」

平蔵が答えるまで、少し間があった。

「おまえたちの、これまでの罪状がつまびらかでないからよ。一年ほど前に起きた、二件の押し込みがまだ落着しておらず、それとの関わりも調べねばならぬ。これまで、押し込み先で人をあやめたり、傷つけたりした形跡がないゆえ、獄門へ送るかどうかもまだ分からぬ」

辨介は笑った。

「そんな甘言を、聞く耳は持たぬ。今どき、十両盗めば首が飛ぶことくらい、三歳の童子でも知っていよう。おためごかしは、いいかげんにするがいい。こっちも、覚悟はできている」

少し間をおき、平蔵が口を開く。

「では、何ゆえわれらにかような、手の込んだ罠を仕掛けたか、そいつを聞かせてくれ」

「言うもおろかだが、火盗改に煮え湯を飲まされた、大勢の盗っ人たちになり代わり、おれがおまえさんの鼻を明かして、冥途の土産にしようと思ったまでのこと。その狙いはしくじったが、もしおまえさんの顔を拝むことができたら、もう思い残すことはない。ひとつ、その頭巾を取っちゃあくれまいか」

「取らぬでもないが、こちらもひとつ聞きたいことがある。おいせをあやめて、大川へほうり込んだのは、おまえのしわざか」

辨介が答える前に、勇吉が声を上げた。

「あのあまを始末したのは、このおれさまだ。貧乏浪人の女房だと思えばこそ、おかしらが目をかけてやったのに、火盗改を引っかけるだいじな仕掛けに、尻込みしやがった」

辨介は、それを制した。

「やめるんだ、勇吉」

「いや、やめねえ。あのあま、亭主をけしかけて火盗改と斬り合いをさせるわ、亭主におれたちのことを打ち明けて、自訴するなどと言い出すわで、手に負えなくなった。だからおれが、あの世へ送ってやったのよ」

辨介は、平蔵に言った。

「その責めは、こいつを止められなかった、おれにある。こいつが獄門行きなら、おれも同罪だよ、平蔵どん」

「いさぎよいではないか、辨介。その覚悟ができているなら、おれも約束どおり頭巾を取るぞ」

平蔵はそう言って、顔と頭をおおう頭巾をくるくるとほどき、投げ捨てた。

闇に目が慣れたとはいえ、星明かりだけではよく見えぬ。

辨介は一歩踏み出して、相手の顔をのぞき込んだ。

町人髷を見て、ほとんどのけぞる。

「お、おまえさんは」

そこで、声が途切れた。

相手が応じる。

「おう、あいにくだったな、辨介」

暗がりにぼんやりと浮かんだのは、なぜか町人髷に髪を結った、平蔵ならぬ配下の同心の顔だった。

「おまえさんは、俵井小源太」

「そうだ、俵井小源太だ」

「へ、平蔵どんは、ど、どこに」

辨介が言いかけたとき、勇吉がいきなり長脇差を抜いた。

「この野郎」

わめきながら、小源太に向かって斬りつける。

「待て、勇吉」

辨介が呼ばわったとたん、同じ石灯籠の陰から飛び出した大きな影が、闇にきらりと白刃をひらめかせて、勇吉の刃をはね上げた。

宙に舞った長脇差が、地に落ちきらぬうちに大きな影が刃先を返し、勇吉の胴をなぎ払う。

勇吉が一声叫んで、大きくのけぞった。

背後にいた、二人の手下が悲鳴を漏らして、その場にへたり込む。

辨介は、唇をきつく結んだ。

これまで、だれも手をつけられずにいた長谷川平蔵に、一泡吹かせて隠退しようとの大博打は、みごと失敗に終わった。

もはや、逃れるすべはない。

辨介は、とっさに勇吉が落とした長脇差を、取り上げた。

刃の峰に右手をそえて、みずからの首筋を掻き切る。

血の噴き出る音が、聞こえたような気がした。

十五

無傷の手下が二人、捕り手に引き立てられて、裏門を出る。

捕り手の一人が、俵井小源太に火を入れた龕灯《がんどう》を、手渡した。

長谷川平蔵が言う。

「勇吉、と呼ばれた男を、照らしてみよ」

小源太は、男に明かりを向けた。

男は、胴なかを真一文字に斬り裂かれて、植え込みの上に仰向けざまに、もたれ込んでいた。頬かむりが取れ、大きく見開かれた目が、暗い空を睨んでいる。

寒さに体が震えて、くしゃみが出そうになった。

それをこらえ、小源太は平蔵と並んで凝然と立つ、塚本弥三郎の大きな体に、目を向けた。

平蔵が、妻の仇を討たせると言って、弥三郎に更紗屋へ同行するよう、小源太に声をかけさせたのだ。更紗屋と、弥三郎の住む浅草福井町は、十町と離れていない。

腹の傷が、まだ十分に癒えていなかったが、弥三郎は妻の仇を討てるならばと、喜んで同行に応じた。

石灯籠の陰に隠れながら、勇吉の口からいせが一味に加わっていた、と聞かされたときの驚きは、ひとかたならぬものがあっただろう。

それが証拠に、仇を討ちながらも弥三郎の様子に、満足の色も安堵の色もなかった。

弥三郎が、だれにともなく言う。

「拙者は、ご法度の博打にのめり込んだせいで、たびたび朝帰りをいたしました。今思えば、その留守のあいだにいせが何をしていたか、まったく承知しておりませなんだ。

今さらとはいえ、面目ないことでござった。この者たちと、いせがどのように関わっていたのか、もはや知るすべもござるまい」

大きな体に似ぬ、消え入るような口調だった。

「そのあたりの消息は、残された二人の手下の口から、明らかになるでござろう」

小源太が慰めると、弥三郎は闇に肩を落とした。

平蔵が言う。

「せせりの辨介を、照らしてみよ」

小源太は、枯れ葉の積もった地面に倒れ伏す、辨介に明かりを向けた。

辨介は、みごとに耳の下をかっさばき、息絶えていた。

平蔵が、辨介の上体を引き起こし、鼻の下の結び目をほどいて、頰かむりを取り去る。

その下から現れたのは、思ったとおりばってらの徳三の、死に顔だった。

「こやつも、死ぬまで泥棒根性が抜けなかった、ということでございますな」

小柄な徳三が、〈ふな久〉の二階からこっそり抜け出るのは、むずかしいことではなかったはずだ。

「一度足を洗って、京都で古物商をやっていたというのは、まことかもしれぬ。ただ、一緒にいた女に死なれて、久しぶりに江戸へ舞いもどったとき、眠っていた虫が騒ぎ出したのだろう。今さら、ばってらの徳三と名乗るのもはばかられて、せせりの辨介と名前を変えたに違いない」

「〈壺天楽〉の三十両も、〈ふな久〉での言づてのやりとりも、すべてわれらをだますための、お芝居だったとは驚き入ります。よくも、知恵が回ったもの。いや、回りすぎた、というべきでございましょうな」

「なに、おれたちを買いかぶりすぎた、というだけのことよ」

小源太は、年老いた盗っ人の最期に、いささかのあわれを催した。

「徳三は相変わらず骨董ものに、目がなかったのでございましょうか」

「そうであろうな。しかし、それでは手下が集まらぬはず。こたびも三人しか、いなかったではないか」

「勇吉は、かなり荒っぽい男のように見えましたが、これまで落着せずにいた二件の押し込みでは、だれも手にかけておりませぬ。この者たちの仕事だとしても、徳三が、と申しますか辨介が、勇吉の手綱を引き締めていた、ということでございましょうか」

捕り手が、戸板とむしろを二枚ずつ、運び入れてくる。

死体が運び出されると、平蔵は小源太に声をかけた。

「この一件の後始末は、更紗屋とうまく話をつけてくれ。おれは役宅にもどって、誠一郎と一緒に〈こもりく〉へ回る」

小源太は、咳払いをした。

「〈こもりく〉には、まだ手先が何人か、控えておりますが」

「承知しておる。話がついたら、おまえも来るがよい。こんな明け方に、こごみは迷惑していようがな」
平蔵は、そう言い残して弥三郎を促し、裏門から出て行った。
小源太は思い切り、くしゃみをした。

最後の女

諸田玲子

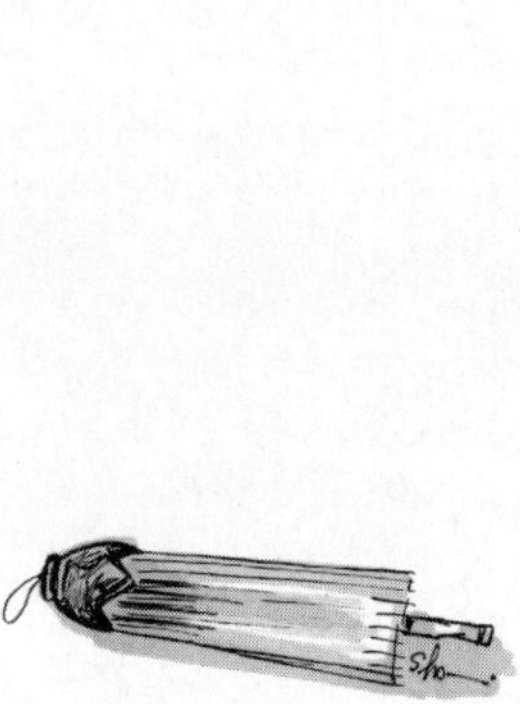

一

徳兵衛《とくべえ》とふね夫婦が、ふりしきる雨にもかかわらず神田明神へ詣《もう》でたのは、明朝、村へ帰ることになっていたからだ。

徳兵衛は上尾《あげお》村の庄屋で、村人同士のいざこざをおさめるため、三日前から公事宿《くじやど》に逗留していた。さほど厄介な話ではない。早々に終えて江戸見物でもしようと古女房をつれてきたのだが、あいにく公事に手間どり、今朝方までかかってしまった。

しかも、この雨。

「なァに、遠国ではなし、また遊山《ゆさん》にくるさ」

「そういったって、そうそうこれやしませんよ」

ふねはぜひとも明神さまにだけは詣でたいという。今生《こんじょう》のなごり……などと血の筋のうきでた手を合わせてせがまれれば、いやとはいえない。

徳兵衛は簑《みの》に笠、ふねは公事宿で番傘を借り、道順もよくよくたしかめて、二人は神田明神へおもむいた。

雨脚が強くなっている。

いつもなら混雑していると聞いていた境内も、人影はまばらだった。本殿でお参りをして、せっかくだからと裏手にある太神宮《だいじんぐう》や八幡宮《はちまんぐう》にも参拝する。裏手には人っ子ひとりいなかった。

「見ろ。ずぶぬれになっちまった。早う宿へ帰って、熱い湯に入りたいもんじゃ」

「雨があがればいいんだけど。この大ぶりじゃ、帰れませんよ」

「といって、与助《よすけ》の祝言《しゅうげん》をすっぽかすわけにもゆくまい」

あれこれいい合いながら、うらめしげに雨空をながめる。

帰りは裏門へ出ようか、などといい、歩き出そうとしたところで、徳兵衛は足をとめた。ふねの腕をつかむ。

「おい。なにか聞こえなかったか」

「え？　ええ、悲鳴のような……」

鳥の声だとおもいたいが、そうではなさそうだ。雨音に半ばかき消されていても、女の悲鳴だということはうたがいようもない。

二人は顔を見合わせた。

江戸は物騒なところだと聞いている。

天明《てんめい》の飢饉以来、食いつめた者たちが無宿《むしゅく》となって江戸へ流れ、掏摸《すり》やかっぱらい、押し込みなど、悪事をはたらいているという。お上は捕り方をふやし、人足寄場をつくって無宿者を収容しているそうだが、

――昼日中《ひるひなか》だってね、人けのないとこなんか歩けませんよ。

公事宿の女将《おかみ》もいっていた。

「帰ろうよ、おまえさん」

ふねはにわかに怯《おび》えた目になって、あたりを見まわした。

太神宮や八幡宮の裏は雑木林で、樹木が生い茂っている。社殿のあいだから見る林は黒々とした洞《ほら》のようだ。下草がびっしり地面を埋めつくして、雨のせいか、草いきれが腐りかけた魚の臭いのように生臭い。

「おまえさんってば」

徳兵衛はうなずいた。が、裏門へつづく道ではなく、雑木林へむかおうとする。

「ちょっくら見てくる」

「おやめよ。空耳ですよ」

「いや、人の声だった。知らん顔もできまい」

「だったらだれかに……」

「だれもおらんぞ」

「お待ちってば。ねえ、ごめんですよ、こんなとこにおいてかれるのは」

勇ましい口調とは裏腹に、徳兵衛は及び腰だった。

亭主の背中にはりついて、ふねもふるえている。

それでも、捨て子だろうが行き倒れだろうが見て見ぬふりのできない夫婦は、こわごわ林へ足をふみいれた。雑木の陰から陰へ、すぐに逃げ出せるようにと身がまえながら、雨煙の洞へ目をこらす。

いくらも行かないところで、

「ひゃッ」

「うわッ」

二人は同時に尻餅をついた。

目の先に女が倒れていた。

絶命していることはたしかめなくてもわかる。虚空《こくう》をにらみつけた両眼から、雨滴《あましずく》が涙のようにあふれていた。

浅黄の小紋に黒繻子《くろしゅす》の帯。裾《すそ》が乱れて、緋《ひ》ぢりめんの腰巻から不自然な格好に曲ったふくらはぎがのぞいている。雨にぬれた緋色が濃艶に見えるぶんだけ、ふくらはぎの白さがきわだっていた。足は素足だ。かたわらに傘と草履がころがっている。

それにもましておどろいたのは——。

「お、お、おまえさん……き、斬られてるよ」

左の肩口から右の脇腹まで、ざっくりと斬り裂かれていた。雨で流されたのか、血の跡はない。生々しさのないのがかえって不気味だ。

「ねえ、どうしよう」

「どうしようって……だ、だれか、人、を……呼ばんと」

徳兵衛は腰をぬかしていた。

ふねも傘をすっとばし、亭主にしがみついている。

ひしゃげた番傘にも、生きた心地もなく抱き合っている夫婦にも、無造作に投げすてられた人形のような死体にも、雨は、容赦なくふりそそいでいた。

二

ガサッと音がして、利緒《りお》は運針の手をとめた。

おもわず身をかたくする。生唾をのみこみ、四方に目をはしらせた。

物音は板塀のあたりでしたようだ。

耳をすませたものの、いつもながら、隣家の道場の木刀を打ち合う音と気合、叱責の声が聞こえるばかり。

　このところ物騒な事件がつづいていた。追いはぎや辻斬りはいわずもがなだが、先日も神田明神の境内で、近所の太物屋《ふとものや》の女房が斬殺された。下手人はまだわからない。それ以上に人々をふるえあがらせているのは、このふた月ほどのあいだに三件もつづいた押し込みだった。

　ただの押し込みではない。盗賊どもは一家全員、使用人まで皆殺しにして、その上、葵《あおい》のご紋が描かれた半紙をのこしてゆくという。

　押し込めば決まって婦女を犯す妖盗、葵小僧《あおいこぞう》は、大捕物のすえに捕縛され、獄門になった。これで安心して寝られるとほっとした矢先の出来事だけに、巷《ちまた》は騒然としている。

　葵小僧が生き返った？　まさか――。

　噂を耳にしたときは、利緒も蒼白になった。おどろきや恐ろしさは格別である。眼裏《まなうら》に二年前の忌まわしい光景がよみがえった。

　物音に怯えるのも、臆病だからではない。それなりのわけがあるのだ。

「馬鹿ね。猫か鼠《ねずみ》だわ」

　利緒は縫いかけの布をきゅっきゅとしごいた。

　白地に紺の十字絣《かすり》は嫁入り用にあつらえたものだ。そのときも古着だった。それから幾度となく水をくぐらせたので、今はすっかり色褪《いろあ》せている。

　三十俵三人扶持《ぶち》の伊賀《いが》同心《どうしん》の家は、家計を切りつめ、倹約に倹約を重ねて、どうにかこうにかしのいでいた。古着でさえ、めったに買えない。

ましてや、利緒は出もどりである。

この二年間、地獄をさまよっていた。何度、死のうとおもったか。二十七年の人生の、ありとあらゆる苦難がいちどきに押しよせてきたかのようだった。

死ななかったのは、おもいをよせた人から「死んではならぬ」といわれたからだ。その人に「死にませぬ」と約束をした。

おぞましい出来事のあとに烈しい恋情が芽生えるとは、世のなか、なにが起こるかわからない。逢えなくなった今も、生まれてはじめて知った恋は、利緒の胸の小さな灯火《ともしび》となっている。

あのお方は、どうしておられるのかしら──。

まぶたにうかんだ面影をふりはらい、針を進めようとしたときだった。

隣家から怒声が聞こえた。

「べらんめえッ。恥を知れッ」

慕わしい面影とは似ても似つかぬ、無骨な男の声である。

小柄ながら頑丈な体……にのっかった頑固一徹の顔。太い眉、鋭い眼光をはなつ金壺《かなつぼ》眼《まなこ》、どっしりとした鼻、への字に曲がった唇、角ばったあご……。

隣家のあるじは平山行蔵《ひらやまこうぞう》という。利緒の兄とおなじ伊賀同心だが、武芸百般に秀で、組屋敷内にささやかな道場をかまえていた。歳は三十代半ばで、両親はすでに亡く、妻帯はしたことがない。苛烈な鍛錬と変人ぶりでも、近頃めきめきと名をあげていた。

伊賀同心とは、伊賀組、甲賀《こうが》組、根来《ねごろ》組、二十五騎組と四組ある鉄砲隊のひとつで、百人で構成されている。江戸城の大手三の門の警備や、将軍が東叡山《とうえいざん》や増上寺《ぞうじょうじ》へ参詣する際、山門の警備にあたる役である。

伊賀組の与力や同心は、その名のとおり武芸や忍びの術に長《た》けた伊賀者の末裔《まつえい》だった。武勇には定評がある。西方からの攻撃をくいとめ、江戸城を死守すべく、組屋敷も四谷の大木戸の内側にもうけられている。

とはいえ、泰平の世になって二百年近くになろうという今、武勇はすたれかけていた。武より文。剣術の腕より学問吟味で仕官や昇進が決まる時代である。

直参のあいだでは、腕を磨《みが》くかわりに、漢詩、俳諧、川柳、狂歌、絵画や音曲などにうつつをぬかす者がいた。

利緒の兄も狂歌に親しんでいる。

一方、平山行蔵は武一辺倒。それも生半可ではない。早朝の水垢離《みずごり》にはじまって鍛錬を欠かさず、非番の日は、今では希少となった武を好む若者たちに忠孝真貫流《ちゅうこうしんかんりゅう》の剣術を教えていた。

そう。怒声は、行蔵が弟子を叱る声だ。

「他人の家をのぞくやつがあるかッ」

つづいて弟子が弁明する声がした。

「のぞいたわけではありませぬ」

擂粉木《すりこぎ》で豆を擂《す》るような、洗いざらしの足袋《たび》が足のざらついたかかとで擦れるような……そんな声。

「いや、のぞいとった」

「いいえ、断じて」

「フン。強情者めが。もう一度のぞいてみよ、叩っ斬るぞ。ほれ、とっとと稽古にもどれッ」

もとより節穴だらけの板塀である。隣家は剣術道場だ。年増の出もどりとはいえ、娘時代は男たちの憧憬の的だった利緒をひと目みようと、今でもときおり節穴からのぞく弟子がいる。

利緒が聞きとがめたのは、のぞくのぞかないではなく、弟子の声だった。

どこかで、聞いたような……。

首をひねったものの、おもい出せない。

あの顔この顔をおもいうかべているうちに師弟の足音が遠ざかり、ふたたび気迫に満ちた稽古の気配が流れてきた。

三

梅雨の晴れ間、笹倉《ささくら》家のつつましい庭に夕陽が照り映えている。

「越中《えっちゅう》さまも腰くだけ、か」

勤めを終えて帰るなり、利緒の兄、笹倉善之丞《ぜんのじょう》は嘆息した。

越中守は白河藩主、松平定信《まつだいらさだのぶ》である。六年前に田沼意次《たぬまおきつぐ》のあとをうけて老中首座となり、数々の改革を推し進めた。

倹約令はもとより、飢饉にそなえて大名家や旗本家に囲米《かこいまい》をさせたり、旗本や御家人の代々の借金を棒引きにする棄捐令《きえんれい》を発布したり、帰農令や人足寄場をもうけて無宿者の救済と治安の回復をはかったり……。

しかしながら、上々の成果を上げているとはいえない。

江戸は疲弊していた。

人々は窮乏している。治安も悪化する一方だった。

先日も、昼日中、大川端《おおかわばた》の土手で、本所《ほんじょ》小町と評判の大店《おおだな》の娘が二人、追いはぎにあった。柳の木の下で博奕《ばくち》をやっていた男どもにとりかこまれ、通行人がすくみあがっているうちに腰巻ひとつにされていた。悪党どもは戦利品を奪い合い、悠々とその場を立ち去ったという。

数日前には人足寄場から逃亡した十数人が徒党を組み、日本橋の大店へ押し込んだ。

小石川や市ヶ谷では辻斬りが横行している。

「その上に、またぞろ葵小僧だ。これでは長谷川《はせがわ》さまの面目も丸つぶれ。さぞや頭を抱えておられよう」

火付盗賊改方の長谷川平蔵《へいぞう》は、葵小僧を捕縛、獄門に処した功労者である。兄の口からおもわぬ名前が出たので、利緒は聞き耳を立てた。ちょうど白湯《さゆ》をはこんできたところである。

「それより、おまえさま……」

刀掛けに刀をかけた嫂《あによめ》の波恵《なみえ》が、ふりむいて兄に目くばせをした。波恵は二児の母である。癇性で愚痴っぽい。女にしては大柄でいかつい顔をしているせいか、物言いも高飛車に聞こえる。

「今でのうても……」

兄は気弱な目になった。

「なりませぬ」

「しかし、こういう話は……」

善之丞は痩身の優男《やさおとこ》である。野心もないし覇気もない。目と鼻の先の忍原《おしはら》横町に住んでいる田安《たやす》家の家臣、小島源之助《こじまげんのすけ》とは幼なじみだった。今や狂歌の大家、唐衣橘洲《からころもきつしゅう》となった源之助の才気にはとうていおよばぬものの、「木偶坊人《でくのぼうじん》」という狂名で、ときおり文人の集まりに顔を出している。

波恵はそれも気にくわない。

「では、わたくしが申します」

利緒にひざをむけた。

「そなたに縁談があります」

利緒はおどろかなかった。

兄の少ない禄高では、出もどりの妹を養う余裕がないことはわかっている。両親が生きていればともかく、笹倉家は兄の代になっていた。

「わたくし、嫁ぐ気はありませぬ。いえ、嫂上《あねうえ》。いつまでも厄介になっているつもりはありませぬ。仕立て直しでもなんでもして……」

「なにも追い出そうというのではない」

「おまえさま……」

「おまえはだまっておれ。よいか、利緒。このご時世、女子《おなご》ひとりでは生きてゆけぬぞ。あのような目におうたのだ、嫁ぎとうない気持ちはようわかるが、先方もそのことは承知の上。ぜひとも後妻に、というてくださった。おまえもかえって気が楽だろう」

「お歳は五十を超えておられますが、黒鍬頭《くろくわがしら》なれば暮らしむきにも多少は余裕がありましょう。そなたの器量を見初《みそ》めたといわれるのです。ここはぜひとも……」

波恵はくどくどと話しはじめた。傷物の出もどりにあれこれいう資格はないといわんばかりの口ぶりだ。

他に道がないことは利緒も承知していた。いやだといったところで逃れるすべはない。が、せめてもう少しだけ、だれにもじゃまをされずに恋しい人のことだけをおもっていたい。

「兄上嫂上の仰せのとおりにいたします。ですからどうか、今しばらく……」

利緒は両手をついた。

気が弱いだけで、善之丞は妹おもいである。

「よいよい。あわてることはない。先方も心が癒えてからでよいと仰せだ」

夫に目くばせをされて、波恵もしぶしぶうなずいた。おなじ女として、利緒を憐れむ心はもっている。

「でしたら急《せ》かしはいたしますまい。なれど、せっかくの良縁です。おまえさま、先さまにお返事だけはしておいてください」

「そうしよう」

「よろしいですね、利緒どの。災難は忘れることです。中途半端な気持ちで嫁げば、先方にもご迷惑がかかりましょう。笹倉家の恥ともなりかねませぬ」

心いたします、とこたえて、利緒はその場を逃げだした。

顔も知らぬ人のところへ再嫁する。それが自分の生きる道なのだろうか。

万にひとつ、あのお方に今一度逢う機会がめぐってきたら、真っ先にたずねてみたい
と利緒はおもった。

なにゆえ、生きよ、と仰せになられたのですか……と。

納戸の隣の三畳の小部屋へもどる。

榑縁《くれえん》に出て膝《ひざ》をそろえ、利緒は暮れゆく庭をながめた。

四

次にその声を聞いたのは、三日後である。

この日、利緒は不忍池《しのばずのいけ》のほとりの庵《いおり》へゆくところだった。庵には兄の狂歌の師、朱楽《あけら》菅江《かんこう》夫婦が隠棲している。

五十代半ばになる菅江の妻女まつと、利緒は親交があった。女ながらも狂歌や和歌に才を発揮しているまつに会い、身のふり方を相談したい。まつなら、女が自力で生きてゆくすべを教えてくれそうな気がした。

門を出たところに、男がいた。

組屋敷のなかの家は木戸門で、門番はいない。

男は二十代の半ばといった年格好の武士である。中肉中背で、どことといって取り柄のない顔をしていた。風貌に卑《いや》しさはなかったが、門内をうかがう目つきも、利緒を見たとたんに狼狽した様子も、なにやらうさんくさい。

「なんぞ御用にございますか」

利緒はたずねた。

「い、いや。ここは、笹倉どのの……」

「兄になにか？」

「あ、いやいや。一、二度、その……不忍でお見かけしたことがあっての」

「ではあなたさまも狂歌の……」

「ま、ま、そんなとこだ」

「兄は来客中ですが、よろしければなかへ……」

「いや。またにしよう。隣の道場に通うておるゆえ、そのうちに」

男はそそくさと、隣家と反対の方向へ立ち去った。

名前をたずねる暇もない。

後ろ姿を見送りながら、利緒は首をかしげた。

今の男が、先日、節穴からのぞいていて平山行蔵に叱責された弟子であることは、声を聞いたときすぐにわかった。が、それ以前にその声をどこで聞いたかは、いまだにおもい出せない。

おもい出せないのは、声だけではなかった。

どこかでお会いしたような――。

利緒はふっとおもいついて、隣家の門をくぐった。

おなじ木戸門だが、平山家の門には戸がない。薪《たきぎ》代わりにくべてしまったという。盗まれる物などないのだろう。どのみち猛者《もさ》ぞろいの道場では、戸締まりなどいらない。

弟子に取次をたのんだ。

行蔵は懐手《ふところで》をして玄関へ出てきた。

「今しがた帰ったばかりの……唐桟《とうざん》の袴《はかま》をはいた……どことい うて取り柄のない……お、それなら赤林宗十郎《あかばやしそうじゅうろう》だ」

いったとたん、こめかみに青筋をたてる。

「あやつめ、またなにか悪さをしおったか」

ひそかに焦《こ》がれていた利緒が田安家のお抱え医者のもとへ嫁いでしまった失望から、自棄《やけ》になり、ますます変人ぶりに磨きがかかった……そんな噂もあったが、利緒の見るところ、行蔵の関心は武芸の熟達以外にはなさそうだ。古武士が数百年の時を経てよみがえったかのようにガッチガチの武芸者と恋ほど似合わぬものはない。

「少しばかり腕が立つからというて、他人様《ひとさま》に迷惑をかけるとはとんでもないやつだ。べらんめえ。食い物でも盗んだか。庭木に小便でも引っかけたか」

「いえ。そうではありませぬ。どこかでお会いしたような気がして、うかごうてみたのです」

名前がわかっても、記憶はよみがえらない。

「赤林さまとはどういうお人にございますか」

「どういう……うむ。御先手《おさきて》同心の三男坊での、居合の名手だ」

「居合……」

「四、五年前だったか、腕を買われて鮫河橋《さめがはし》町の札差《ふださし》、たしか弥彦屋《やひこや》というたの……その用心棒に雇われた。ぱたりと姿を見せなくなったが、今年になってひょっこりあらわれ、またときおり通うてくるようになった」

棄捐令の発布にともなって借金が棒引きされたので、札差は大打撃をこうむった。その反撃として貸し渋りをしたことから、武家と札差の争いがひんぱんに起こった。腕の立つ用心棒が必要になったのだろう。

「兄をご存じのようでした」

「おお、そうだ。お父上の赤林さまは朱楽菅江先生とお親しいとやら。先生の口添えで、ようやく養子縁組が決まったというとった」

「朱楽先生なら、ちょうどこれより庵へお訪ねするところです」

「なれば、詳しゅうは先生にうかがうがよい」

利緒は礼を述べて、隣家をあとにした。

赤林宗十郎――。

れっきとした武家の三男で、平山行蔵の弟子である。しかも朱楽菅江が養子縁組の世話をしたというなら、身元は保証されたようなものだった。節穴からのぞいたり、家の様子をうかがっていたからといって、怪しむほどのこともない。

数年前に宗十郎が道場へ通っていたころは、利緒はすでに嫁いでいて家にはいなかった。が、里帰りをしたときにでもたまたま出会い、凡庸な風貌はともかく、妙にざらついたあの声が耳にのこったのだろう。

つまらぬことを……と、利緒は苦笑した。

朱楽家の庵で、まつに再縁の話をうちあげた。

再婚をすべきか否か。

女がひとりで生きてゆく手段はないものか。

明確な答は返らなかったが、まつは真摯に耳をかたむけてくれた。

「わたくしには歌があります。利緒どのも……なんでもよいのですよ……これだけは、とおもうものがあれば、どこでなにをしていても強う生きてゆかれましょう」

まつの言葉が胸にしみる。

帰りぎわになって、利緒は赤林宗十郎のことをたずねてみた。

「赤林さまのご子息なら、乱暴者で、ひところは親御さまも手を焼いておられました。この一、二年は上方へ行っておられたとか。それがよかったのでしょう。別人のようにご立派になられ、よきご縁にも恵まれました。養子縁組もとんとん拍子に……」

五

梅雨時は傘が売れる。

雨の日でも客が減らない商売は、傘屋くらいのものかもしれない。

神田須田町にある大野屋《おおのや》は、この午後もにぎわっていた。

江戸で五本の指に入る大店で、蛇の目傘、番傘、奴傘《やつこ》、青傘、紅葉傘《もみじ》、端折傘《つまおり》など、店頭にところせましとならべられている。大方は下職《したしょく》に出してつくられたものだが、店の奥でも、職人や手伝いの女たちが、骨に塗る渋と糊をこね合わせたり油紙を貼ったり、忙しげに立ちはたらいていた。

お内儀のおたかも店へ出て、にこやかに客の応対をしている。そうしながらも、ときおり通りに目をはしらせていた。

今日は約束がある。

家族にも店の者にも知られたくない約束だ。とりわけ亭主にはいいたくない。

といっても、浮気ではなかった。うしろめたさがあるわけでもない。

迎えがきたら、近くの柳森稲荷《やなぎもりいなり》まで出かけて、そこで待っておられるお武家さまと二、三、話をする。それだけのことでも、家人が心配するのはわかっていた。

はじめに使いの武士が訪ねてきたときは、「おことわりいたします」とこたえた。

今さら話すことはなにもない。事件があった当初は、ああだこうだとせんさくされ、好奇の視線にさらされたものだが、今は指をさされることもなくなった。

――蒸し返さないでくださいよ。すんだことなんですから。

武士は「ごもっとも」とうなずいた。いでたちや言葉づかいからみて、そこそこの身分らしい。

もしあのとき、しつこくねばられていたら、二度目もつっぱねていたはずだ。

あっさり帰られてみると、なにやら惜しい気もした。

店はもちなおした。人の噂も七十五日、今ではなにごともなかったかのように平穏な日々がもどっている。だれもあのことにはふれないし、亭主も忘れたふりをしている。

けれどおたか自身は、一瞬たりと、忘れたことはなかった。

自分は死ぬほど恐ろしい目にあったのだ。この体には生涯きえない傷痕がのこっている。一刻も早く忘れたいと願う気持ちと、そう簡単に忘れられてたまるものかという気持ちと……。

――お役には立たないとおもいますよ。それでもいいとおっしゃるんなら。

二度目に武士がたのみにきたとき、おたかはうなずいていた。

雨はいっこうにやむ気配がない。

「お足元にお気をつけて。あら……」

愛想よく客を送り出したおたかの目が武士の姿をとらえた。通りのむこう側に立って、こちらを見ている。

この前とおなじ、無紋の単衣《ひとえ》に唐桟の裁着袴《たつけばかま》といういでたちで、菅笠《すげがさ》をかぶっていた。笠の縁から水がぽたぽたとたれている。

おたかは手早く前掛けをはずした。手近な番傘をとりあげる。だれも見ていないのをたしかめて、足早に通りを渡った。

武士は先に歩き出していた。

行き先はわかっている。

手間をとらせぬよう、できるだけ近くで、しかも人目につかぬところで——そういわれていた。えらいお武家さまがわざわざ近くまで出むいてくださるのだ。おたかは自分もえらくなったような気がした。

だいいち、そのお武家さまはたいそうな人気者である。

柳森稲荷は神田川の川岸にあった。渡し場の船頭や市へ荷をはこぶ農夫がよく参拝している。このあたりの土手や小舟のなかで春をひさいでいた女たちにとっても、商売繁盛に欠かせない稲荷だったが、寛政改革で淫売の取り締りがきびしくなってからはめったに見かけない。

雨なので人影はなかった。

武士は社殿へつづく道ではなく、かたわらの道なき道を歩いてゆく。

妙なところへゆくものだといぶかりながら、おたかもあとへつづいた。

「ねえ、ちょいと、川岸に出ちまいますよ」

足場が悪いので歩きづらい。

引き返そうかとおもったとき、武士が足をとめた。

ふりむいた武士の背後は川岸である。

「長谷川さまはどこにいらっしゃるのですか」

おたかはけげんな顔になった。

武士は、おもむろに、刀の柄《つか》に手をかけた。

「ねえ、これはどうい……」

いい終らぬうちに白刃がきらめいた。

それが刀であることさえ、おたかは気づかなかった。

断末魔の呻《うめ》きだけが此岸《しがん》のなごりだ。

仰むけにたおれた死体から噴き出した血を、雨が洗い流してゆく。

六

雨の季節もようやく終わろうかという一日。

「実はの、御組頭に呼ばれた。おまえのことだった」

帰宅した善之丞にいわれて、利緒は目をみはった。

「わたくしの……」

「内々におまえと話がしたいそうだ」

「御組頭さまが、わたくしと、お話を……」

「いや。そうではない。おまえと話をしたいというお方がおられる。直々に呼び出してもことわられるかもしれぬと、御組頭に相談されたそうな」

「どなたさまでしょう」

聞き返したとき、利緒の胸がどきっと鳴った。ありえないことだとおもいながらも、なぜか、そうにちがいないと確信している。

利緒は膝の上で両手をにぎり合わせた。

「兄上……」

「うむ……」

いいかけておきながら、善之丞は言葉をにごしている。大仰に顔をしかめた。

「迷惑な話よ。心静かに暮らしておるというのに、今さら蒸し返してなんとする？　できることならことわりたいとおもうたのだが……たっての願いと頭を下げられれば、いやとはいえぬ。ともあれ、伝えるだけは伝えてくれと……」

「かまいませぬ。どなたさまか、お教えください」

「長谷川平蔵さまだ」

やはり――。

利緒は胸に手を当てた。

「おどろくのもむりはない。あれは終わったことだ。なにを今さら……」

「長谷川さまが、わたくしに、お会いになりたいと仰せなのですね」

「むろん、ごかんべん願いたいというたわ。しかし長谷川さま直々のご命ではのう。そうだ、重き病で伏せっているとでもいうてみるか」

「お会いいたします」

利緒はあわてていった。

善之丞は意外そうな顔になる。

「長谷川さまに会う、と申すか」

「はい」

「むりをすることはない。だれになんといわれようとも……」

「いいえ。お会いいたします」

利緒は身を乗りだした。

「長谷川さまには大恩があります」

「しかし……」

「長谷川さまがあのようなお裁きをしてくださらなければ、わたくしは、こうして生きてはおりませぬ。命を絶っておりました」

「しかし、離縁になった」

「それは夫婦のこと。長谷川さまのせいではありませぬ」

「そうはいうてものう……」

「恥ずべき目におうたのは、わたくしの宿命《さだめ》で、だれのせいでもありませぬ」

利緒は目を閉じた。まぶたの裏の闇から、あぶりだしのように人影がうかびあがる。

黒装束、凶悪な眼光、下卑《げび》た笑い声、幾本ものおぞましい手、そして……夫の苦悶にゆがむ顔も……。

空耳か。雨音が聞こえる。

利緒は頭をふって、幻影をはらいのけた。

「どのようなお話か存じませぬが、わたくしでお役に立つことがあるのでしょう。長谷川さまにお会いいたします」

「そうか。承知してくれるか」

善之丞は安堵の息を吐いた。

「小賢《こざか》しいだの独断がすぎるだのと悪口をいう者もおるが、長谷川さまは人情をわきまえた、話のわかるお方だ。おまえを苦しめるようなことは、万にひとつもあるまい」

「わたくしもそうおもいます」

善之丞はうなずいた。

「明日、御組頭に返答する。追ってご沙汰があろう」

利緒は一礼をして兄の部屋を出た。

胸がときめいている。

よもや、また、お逢いする日が来ようとは――。

よろこびと同時に、身を裂かれるような別れの悲しさ、その後の月日の切なさ苦しさが胸に迫っていた。

あふれるおもいに押しつぶされそうになって、利緒は両腕で我が胸を抱きしめる。

七

長谷川平蔵に呼ばれた先はひょうたん屋だった。

ひょうたん屋は北伊賀町と四谷御門のあいだの麴町《こうじまち》にある蕎麦《そば》屋で、御門内にあった享保《きょうほう》のころから饂飩《うどん》や蕎麦の出前をはじめたという老舗《しにせ》である。

伊賀組の組頭を通しての呼び出しとあって、利緒ははじめ、長谷川平蔵の屋敷か、御先手組の組屋敷へ呼ばれるものとおもっていた。

長谷川平蔵が長官をつとめる火付盗賊改方は、御先手組から二組が兼任する加役で、長谷川組の与力・同心が住む組屋敷は四谷にある。

「かたくるしい場所ではおまえも気が重かろう。人目につかぬところで、と、お気をつこうてくださったのだ」

兄がいうとおり、平蔵は下々の世情に通じ、自ら気軽に町中へ出かけてゆくと評判だった。

利緒が二年前に会ったときも、はじめこそ本所三ツ目の平蔵の屋敷だったが、以後は利緒が身をよせていた向島《むこうじま》の別荘へ、平蔵のほうからぶらりと訪ねてきたものだ。そもそも老夫婦ふたりきりのその家へ利緒をあずけたのは平蔵である。

二年前、本所の屋敷で詮議があったあと、利緒は大川へ身を投げようとした。そんなこともあろうかと、平蔵は配下の同心にあとをつけさせていた。利緒は助けられ、向島の別荘で心身の傷を癒すことになった。

——どうだ？　食わんか。

経木《きようぎ》につつんだ名物のいくよ餅をぶら下げて、平蔵その人が見舞いにあらわれた日のことを、利緒は今も鮮明におぼえている。

——お婆《ばば》にどじょうをたくした。柳川《やながわ》を食えば精がつくぞ。

——見よ。でっかい西瓜《すいか》だろう。これをの、二人でたいらげる。

事件についてはひとこともたずねなかった。面白おかしい市井の噂話などして帰ってゆく。そんな平蔵を、利緒はいつしか心待ちにするようになっていた。

あれは何度目に訪ねてきたときか。

利緒は自分から洗いざらいうちあけた。盗賊が押し入った雨の夜のことを。葵小僧になにをされたか。どんなおもいで耐え抜いたか。話しているうちに涙があふれた。

利緒はむせび泣いた。

平蔵は困惑しているようだった。どう慰めたらよいかわからず、とまどいつつ、利緒の背をなでた。

利緒は、その腕にとりすがった。

それからそう、平蔵の腕が利緒の背にまわされた。

利緒は平蔵の胸に頬を押しあてた。

大きくて、温かな胸だった。

なにもかも忘れて抱かれていたひととき――。

平蔵は両手で利緒の両肩をつかみ、静かに身をはなした。

二人は見つめ合った。

射抜くような……とおもった目はきらきらとやさしく、てれくさそうに瞬きをしていた。いたずらを見つかった子供のようにも見えた。

あのときは、それだけだった。

が、それだけでは終わらなかった。


ひょうたん屋へ招かれたその日、利緒は朝からおちつかなかった。

数少ない着物を着ては脱ぎ、脱いではまた袖を通して、ようやく青茶の小紋をえらび、黒繻子の帯をしめた。唇に紅をぬり、懐紙でふきとり、迷ったすえにまたほんのぽっちりぬる。

場所が蕎麦屋だからといって、逢い引きではなかった。長谷川平蔵はお役目上のことで話がしたいといっている。

重々承知していた。とはいえ、女心の昂《たか》ぶりは抑えられない。

仕度をととのえて待っていると、長谷川組の同心が二人、迎えにきた。

一人は兄の顔見知りで、狂歌仲間でもあるという。物騒な昨今、家人を心配させぬようにとの、平蔵らしい心づかいだ。

二人に守られ、利緒はひょうたん屋へおもむいた。

二階の小部屋へ通される。

同心の一人が障子を開けた。

利緒は廊下で平伏する。

「よう来た、よう来た」

なつかしい声がした。深みがあり、なおかつ明るい声音《こわね》は以前と変わらない。

「お久しゅうございます。長谷川さまにはお変わりなく……」

「入れ、さァさァ入れ」

「ご無礼いたします」

はずむ胸を抑えて、利緒は座敷へ入った。

「おい、蕎麦を、の。どうだ? 少しくらいはいいだろう。待て待て、酒もな。あ、いや、あわてずともよい」

平蔵は同心から利緒、そしてまた同心へと忙《せわ》しく目を動かした。

その場にのこった同心が廊下側から障子を閉める。

二人きりになったところで、平蔵は「さてと……」と口調をあらためた。

「あれからは泣かずに暮らしておったか」

利緒は顔を上げ、まっすぐに平蔵を見返した。

「はい。涙はあのとき、涸れてしまいました」

「離縁したと聞いたが……」

「長谷川さまが仰せくださいました。仰せにしたがい、夫婦で災難をのりこえるつもりでした。なれど、やはり……」

夫のせいではない。とにもかくにも、夫は向島まで利緒を迎えにきたのだ。しばらくはぎこちない日々がつづいたとしても、そのうちにまた元のような夫婦にもどっていたかもしれない。利緒さえ、昔のままの利緒であったなら。

けれど、そのときはもう、心がはなれていた。

「夫には申し訳ないことをいたしました。でも、他に道はなかった……。自分の心に嘘はつけませぬ」

しばし沈黙が流れた。

いたわりと理解のこもった沈黙だった。

「もっと早う捕らえておれば、利緒どのを……女子たちを、苦しめずにすんだ。おれのしくじりだ。あらためて詫びをいう」

「なにを仰せられます。長谷川さまが素早いお裁きをしてくださらなければ、わたくしも、他の女子たちも、塗炭の苦しみを味おうていたはずです」

「妖盗を捕らえたのは、利緒どのの力添えがあったがゆえ」

「いいえ、わたくしなど……」

最初に平蔵の屋敷へ呼ばれたときは、かたくなに口を閉ざした。すべてを話したのは向島にいたときである。あのときの自分の話が盗賊の捕縛にどれほど役だったか、利緒にはわからない。

江戸市中をふるえあがらせていた妖盗がお縄になったと聞いたのは婚家へもどってからで、そのときは快哉を叫ぶより、不安のほうが大きかった。

盗賊は吟味にかけられる。

罪科がことごとく明らかになる。

あの夜のこともさらけ出される。夫の目の前で妻をどんなふうに犯したか、妖盗は微に入り細にわたり、しゃべってしまうにちがいない。妻がどう悶え、どんな喘ぎ声をもらしたか、あることないこと尾ひれをつけて……。

いつまた平蔵の屋敷へ呼ばれるか、利緒は生きた心地もしなかった。

ところが、呼ばれなかった。

妖盗は、捕縛されて十日もたたぬうちに打ち首、獄門になった。陵辱された女たちの名が知れわたらぬよう、平蔵は記録さえのこさなかったという。

「少しでも長谷川さまのお役にたてたのでしたら、生きていた甲斐がございました」

「利緒どの……」

おもいをこめて見つめ合ったとき、障子の向こうで咳払いがした。

平蔵は苦笑する。

「急《せ》かすな。これからが肝心の話だ」

廊下の同心に声をかけておいて、利緒に視線をもどした。これまで見たどのまなざしよりも、鋭い目になっている。

「利緒どのにきてもらったのは他でもない」

口をへの字に曲げ、首を横にふった。

「葵小僧が地獄から舞いもどった噂は聞いておろうの」

「葵のご紋を描いた半紙をおいてゆくという盗賊ですね」

「いかにも」

「葵小僧は獄門になりました」

「さよう。幽霊に押し込みはできぬ。ということは、一味のなかに逃げのびた者がおって、そやつがふたたび悪事をはじめたか、でなければ、だれぞがただ面白半分に葵小僧をまねておるのかもしれぬ」

平蔵は眉をひそめている。

「葵小僧には仲間がおりました。わたくしの家へ押し入った盗賊は少なくとも四、五人。と申しましても、暗闇でしたし、定かではありませせぬ」

目の前で顔を見ても、おもい出せる自信はなかった。はっきりおぼえているのは雨音、足音、物音、怒声、卑猥な嗤《わら》い声……。

そして、賊の声――。

なにかが、利緒の胸をざわめかせる。

「いや、賊の検分をせよというのではない。実はの、気になることがあるのだ」

平蔵の声で、利緒はうつつに呼びもどされた。

「ひと月ほど前になるが、神田明神の境内の雑木林で、湯島一丁目の太物屋の女房が斬殺された。そのときはわからなんだ。が、先日、神田須田町の傘屋の女房がおなじ手口で殺《あや》められた。いずれの女房も、葵小僧に辱《はずかし》めをうけていた」

「どういう、ことに、ございますか」

利緒はかすれた声で聞き返した。口のなかがカラカラだ。

平蔵は利緒を凝視した。

「葵小僧が生き返ったゆえ、あわてた者がおるらしい」

利緒は眉をよせる。すぐにある考えがうかんだ。自分がここへ呼ばれたわけも……。

「口封じ、にございますね。葵小僧がまたもや世間の注目をあびれば、ご詮議が蒸し返されるやもしれませぬ」

「葵小僧の一件、おれに出し抜かれたと相方が臍《ほぞ》を噛んでおるゆえ、こたびは詮議もきびしゅうなるやもしれぬ」

相方とは、おなじく御先手組頭と火盗改を兼任している松平左金吾《さきんご》だ。越中守の遠縁を鼻にかけて、なにかと平蔵に挑んでくるという。その噂なら、利緒も聞いていた。

「それゆえ、知らせておかねばならぬとおもうたのよ。不愉快なおもいをさせるは承知の上。よいか、利緒どの、くれぐれも用心せよ」

狙われているのは被害にあった女たち、となれば……。

「わたくしも危難にあうやもしれぬ、と仰せなのですね」

「下手人は居合の名手。一太刀《ひとたち》だ」

「居合ッ」

利緒はおもわず反復していた。

「居合がなにか……」

平蔵が探るような目をむけてくる。

「い、いえ、なんでもございませぬ」

さっきから胸に引っかかっていた。それが今、氷解した。

赤林宗十郎の声を聞いたのは二年前の雨の夜だ。妙にざらついたあの声、凡庸に見えて荒《すさ》んだものを感じさせるあの姿……宗十郎こそ、葵小僧の一味ではないか。

それでも利緒は出かかった言葉を呑み込んだ。軽々しく口にして、おもいちがいだったら、取り返しがつかなくなる。

宗十郎の父親は御先手同心だという。朱楽菅江と親交があるらしい。宗十郎自身は平山行蔵の弟子で、目下、養子縁組が進んでいた。

利緒が今、この場で、怪しいと訴えればどうなるか。

火盗改は即行が身上、容赦はしない。宗十郎は即刻、お縄になる。赤林家ばかりか、朱楽菅江も平山行蔵もとばっちりをうける。宗十郎が盗賊のかたわれなら当然の報いとしてだれも文句はいえないが、もし無実なら……。

讒言《ざんげん》はかりしれない悲劇をもたらす。赤林家はもとより、利緒は朱楽や平山にも申し分けが立たない。長谷川平蔵の威信も地に落ち、非難の矢面《やおもて》に立たされる。それがなにより怖かった。

なにか、もう少し、たしかな決め手がないものか。

よほどおもいつめた顔をしていたのだろう。

「利緒どの……」

平蔵が呼びかけた。鋭さは消え、案じ顔になっている。

「なんぞ、いいたいことがあれば、聞こう」

「いいえ、なにも……」

「ふむ。いいとうなければ、ま、いたしかたないがの。利緒どのとおれのあいだで隠し事は水くさいとおもうが、どうじゃ」

利緒は目を伏せた。

――利緒どのとおれのあいだで。

そう。利緒は平蔵に己をゆだねた。平蔵は利緒のすべてを知っている。

ふいに、胸のおもいを伝えておきたい衝動にかられた。

赤林宗十郎は手練《てだ》れである。殺されるかもしれない。そうでなくても、平蔵と二人きりになれる機会がふたたびあるとはおもえない。

「では、申し上げます」

「うむ……」

「あのような目におうて、わたくしは死のうとおもいつめておりました。そんなとき、長谷川さまがわたくしを救うてくださいました」

あれは夫が迎えにくると聞かされたときだ。

汚《けが》れた体を恥じ、帰宅をためらう利緒に、平蔵は「本所の銕《てつ》」と呼ばれていたころの悪行の数々を面白おかしく語り聞かせた。

——利緒どのとちごうて、おれなんぞは全身これ真っ黒け、炭団《たどん》のようなものさヨ。

おどけて、平手で自分のおでこを叩いて見せた。

汚れとは、己自身のなかにあるもの。だれに、どんなに、汚泥をぬりたくられても、そんなことで人は汚れはしないと諭されて、利緒は目をひらかされたおもいだった。その反面、あまりにきれい事のようにもおもえて、少しばかり平蔵を困らせたくなった。

——わたくしが汚れていないと仰せなれば、そのあかしに、わたくしを抱いてくださいまし。さすれば、そのお言葉、信じることにいたしましょう。

平蔵には長年つれそった恋女房がいる。このときは利緒も人妻だった。二人がどうなりようもないことは百も承知の上で、それでもただ一度だけ……とおもいつめるほど、利緒は平蔵に魅かれていた。

平蔵はどうか。利緒を庇護したのも、ときおり会いにくるのも、葵小僧を捕らえるための苦肉の策だろう。が、平蔵のなかにも、それだけではない複雑なおもいが芽生えつつあることに、利緒は気づいていた。

──明日、家へ帰ります。二度とご迷惑はかけませぬ。ですから、どうか……。

利緒はあのとき、平蔵に抱かれることだけが汚れた身を清め、この先、生きてゆくための命綱になると信じたのだ。

「長谷川さまはわたくしに約束をさせましたね。命を粗末にするな、と。その約束を守るのであれば今一度だけ……」

最後までいわせずに、平蔵は障子へ目をむけた。その目が泳いでいるように見えたのは、利緒の見まちがいか。

「おい、そろそろ……」

「かしこまりました」

同心が立ち去る気配がした。蕎麦と酒を催促しにゆくのだろう。

平蔵はあらためて利緒を見た。

「おれは、ずいぶんと、いろんな女を見てきた。そうして、わかったことがある。女子というものは、いつも、目の前の一瞬だけを生きるものだ……と」

「仰せのとおり。わたくしは今、どうしたらあの一瞬を永久にとどめておけるか、それを思案しております」

「待て待て。おれは凡夫ゆえ、すぐにほだされる。いや、ほだされるのではない。利緒どののような女子には心底……」

「長谷川さま……」

「いやいや、話は蕎麦を食うてからにしよう。せっかくの蕎麦の味がわからなくなっては、ひょうたん屋へ誘うた甲斐がない」

さらりとかわしたところで、平蔵はおもむろに立ち上がった。出窓のそばへゆき、おもてを見下ろす。

その顔がにわかに引き締った。

「なにか……」

「いや、気のせいだろう」

火盗改方の長官をつけまわす剛胆な輩《やから》がいるとはおもえないが、このところ、平蔵はおもてを歩いているとき、一度ならず殺気を感じたという。

「利緒どのも、ひとりでおもてへ出ぬほうがよい」

「はい。用心いたします」

そうしているうちに、仲居が酒と蕎麦をはこんできた。

「おう、おぬしらも飲め。遠慮はいらぬ。いいから、ほれ」

あろうことか、平蔵は同心の二人を強引に招き入れてしまった。となればもう、しっぽりと……とはいかない。

わたくしが向島の話をしたので、長谷川さまはふたりきりでいるのが気づまりになられたのだわ——。

利緒は落胆した。

なにかが起こることを期待していたわけではない。ひと夜の夢は夢のまま、大切に胸の奥にしまっておくつもりだ。それでも、ひとことでいい、平蔵の胸のなかにまだ自分がいるという言質《げんち》がほしかった。

とはいえ、今は取り込み中だ。偽の葵小僧一味と居合に長けた下手人を捕らえることが急務である。

どうしたら長谷川さまのお役に立てるのかしら——。

おもいあぐねつつ、利緒は帰路についた。

意にそわぬ再婚をして、うわべを取りつくろって暮らすことは、命を粗末にすることではないのか。そもそも長谷川さまがいわれた「生きる」とはどういうことなのか。いちばん聞きたかったことは、とうとう聞かずじまいになってしまった。

八

平蔵と再会した翌日は、どしゃぶりの雨になった。

赤林宗十郎の正体をあばく——。

聞くともなく雨音に耳をかたむけながら、利緒は思案をめぐらせた。

なにかひとつでもあかしになるものが見つかったなら、すぐさま長谷川さまに知らせよう。物でなくてもいい。これならば、と納得がゆきさえすれば——。

平蔵に恩返しがしたい。平蔵のためにはたらきたい。そのときこそ、生きのびた甲斐があったとおもえるのではないか。

それが、考えぬいた末の結論だった。

この家では厄介者である。といって、今さら嫁いだところでしあわせになれるともおもえない。憐憫、体裁、無為な日々……。

それならいっそ——。

平蔵からは外出をするなと釘を刺されていた。命をねらわれているともいわれたが、利緒は死を恐れてはいなかった。自分が怯えていたのは陵辱のおぞましい記憶で、死ではない。今ならはっきりわかる。

向島の別荘で抱かれたあとだ。

——最後の女、やもしれぬのう。

平蔵はつぶやいた。独り言のようにも聞こえたが、利緒は聞き逃さなかった。

——最後の、おんな？

爪の先までけだるい陶酔にひたりながらも問い返した。

平蔵は虚空の一点を見つめている。

――かような気持ちになるのは、これが最後かもしれぬ、とおもうたのよ。人生五十年なれば、あと何年もないからの。

利緒は半身を起こした。

――なにを仰せになられます。長谷川さまはお若うございます。あと二十年も三十年も長生きをなさいますよ。なさってくださいまし。

――戯《ざ》れ言、戯れ言、ムキになるな。

平蔵は眸《ひとみ》を躍らせた。

たとえ戯れ言でも、「最後の女」といわれただけで利緒はしあわせだった。最後の女になれるなら、死んでもいい、とさえおもった。

長谷川平蔵は、女にそうおもわせる男である。

　そう。為すべきことは見えていた。

　このまま手をこまぬいていれば、葵小僧を騙《かた》る一味は四件目の押し込みを決行して、不運な一家を皆殺しにするかもしれない。本物の葵小僧に陵辱された女が、また一人、口封じをされるかもしれない。

ぐずぐずしているときではなかった。

宗十郎を探る。なんなら、こちらから会いにいってもよい。ただし、もし斬られるなら、絶命する前に下手人の名前だけは平蔵に知らせたい。

利緒は遺書を書いた。

自分が行方知れずになれば、兄はなにか手がかりがないかと妹の部屋を探すはずだ。平蔵宛の遺書を見つけ、青くなってとどける。遺書を読んだ平蔵はことごとくを理解するにちがいない。宗十郎は捕らわれ、平蔵の輝ける功績にまたひとつ手柄が加わる。

そして——。

平蔵の胸には利緒の名が、くっきりと刻まれるにちがいない。

翌朝、雨はやんだ。

といっても雲は重くたれこめ、いつふりだすか、油断はできない。

晴天を待ってはいられなかった。利緒は懐剣をしのばせ、密かに家を出た。

行き先は鮫河橋町、札差の弥彦屋である。

葵小僧が巷を騒がせていたころ、宗十郎は弥彦屋の用心棒をしていた。弥彦屋のだれかが、なにか感づいていたということもある。利緒の婚家が押し込みにあった夜、宗十郎が用心棒をしていたかどうか、それがわかるだけでも白黒の目安をはかる一助にはなるはずだ。

鮫河橋町へは伊賀組の組屋敷から南へゆく。天王《てんのう》横町をぬけて、紀伊家の広大な屋敷へつきあたる手前の町だ。

おもて通りを行きつもどりつしてみたものの、弥彦屋はなかった。

「弥彦屋さんなら、つぶれましたよ」

小間物屋の店先で留守番をしていた女が教えてくれた。

やはり棄捐令のせいらしい。旗本に貸していた大口の金が回収できなくなって店がかたむき、その後も揉《も》め事《ごと》つづきで、昨年末に店を閉めてしまった。今は株を買った別の札差が数軒先に店を出しているという。

「一家は在所へ引っ込んだそうですよ。行き先を知りたけりゃ、この道をまっつぐいったとこに稲荷がある、その裏に弥彦屋さんの別宅があるから、そこでたずねてごらんな。たしか、番頭さんかだれかがまだ住んでるはずですよ」

利緒は別宅へ行ってみることにした。

右手に大小の武家屋敷、左手に紀伊家の長大な海鼠塀《なまこべい》がつづく道を歩いてゆくと、四《し》半刻《はんとき》のその半分も行かないうちに稲荷が見えた。裏手に板塀の家が数軒ならんでいる。弥彦屋の別宅は数軒のなかでいちばん大きかった。とはいえ、庭木の手入れをする者もいないのか、生い茂った草木のあいだからのぞく家は廃屋さながら。

二の足を踏みそうになりつつも玄関の引き戸を開ける。

すると——。

「お待ちしておりました」

男が式台に両手をつき、一礼をした。

利緒はおどろきの声をもらして、おもわずあとずさる。

顔を上げた男を見て、利緒はもう一度、目をみはった。

葵小僧ッ——。

一瞬、そうおもったのである。

薄暗いせいもあった。が、小柄な体つきも、中高色白《なかだか》の小顔も、葵の御紋のついた単衣を着ているところまで、そっくりだった。

もちろん別人である。

「あのう、こちらは弥彦屋さんの……」

気を取りなおしてたずねようとすると、男は手刀を切るように指をそろえたまま、すっと片手を挙げた。首をずらしたのは、背後をごらんくださいという仕草らしい。

利緒はふりむいた。

「あッ」

声がもれたとおもうまもなく、鳩尾《みぞおち》に焼けつくような激痛がきた。

目のなかで赤林宗十郎の顔がゆがみ、その顔が闇にとけ込む。

利緒は、気を失っていた。


なぜ、他の女たちのように、一太刀で殺されなかったのか。

考えるまでもない。意識がもどるや、男の声が耳へとびこんできた。

「なんで助けに来るとわかるんだ？」

式台で利緒を出迎えた男の声である。

「長谷川平蔵は女を見捨てやしねえ。なんてったって惚れた女だ」

今度は宗十郎の声。

平蔵の名を耳にしたおどろきで、利緒は身をよじった。手首足首にくいこむだけで、縄は微動だにしない。

ここはどこだろう。

弥彦屋の別宅か、ちがう家か、それさえ判断がつきかねた。

二人は壁のむこうでいい合っている。

「しかしなァ、みすみす殺《や》られるとわかってるんだぜ」

「あいつはそういう野郎だ。てめえこそ、おれのいうことが信用できねえのか」

「ああ、できねえな。おめえは上方へずらかって、頭領《おかしら》を見殺しにした」

「行きたくて行ったんじゃねえや。親父《おやじ》に行かされたんだ。江戸へ帰ったときはもう、頭領は獄門になったあとだった」

「ヘッ。都合のいいときにずらかったもんだぜ」

「なんだとッ。そんなら、てめえはどうだ？　亀公《かめこう》、てめえだって頭領のそばにゃいなかった」

「おいらはクソ面白くもねえ人足寄場に押し込められてたんだ。それも三年も。おめえたちが頭領をそそのかして葵小僧なんてェもんに仕立て上げて、好き放題やってるときに、おいらは米俵かついでヨ、やれ搗米《つきごめ》だ、手を休めるな……なんぞとこきつかわれていたんじゃねえか」

　人足寄場にいたなら、亀公は弥彦屋の番頭ではなく無宿者か。

　長谷川平蔵の建言によってつくられた人足寄場は石川島にあった。無宿者や博奕の科《とが》人《にん》を送り込み、仕事をさせて更生の一助とする。

「だいたいよォ……」

　亀公の声はにわかにしめっぽくなっていた。

「おいらは大恩ある頭領の死に目にもあえなかったんだ。頭領に会いてェ一心で仕事に励んでヨ、ようやっと帰されたところがどうだ？　頭領は……」

「そういや、てめえは捨て子だったっけな」

「あちこちたらいまわしにされて、さんざんな目にあわされた。橋の下に住み着いてヨ、かっぱらいやら掏摸やら置き引きやら……空きっ腹かかえて死にかけてるとこを頭領に拾われたんだ。娑婆《しゃば》にいりゃ、おいらが頭領の身代わりになっていた。でなけりゃ、一緒に死んでいた」

「へん。頭領も忠義な弟子をもったもんだぜ」

「おうよ。おいらは頭領の仇を討つ。あいつのせいだ。畜生ッ、長谷川平蔵ッ、八つ裂きにしてやるッ」

　亀公の声は、今度は怒気にふるえていた。この男の感情の起伏の烈しさは、どこか常人とはちがっている。

一方、宗十郎のほうは、怒鳴ろうが喚《わめ》こうが、冷静だった。ざらついた声の底に冷え冷えとしたものがある。

頭にカッと血がのぼれば、亀公はどんなに残虐なことでもしてのけそうだ。が、本当に恐ろしいのは宗十郎だろう。人間らしい感情がない。

話はまだつづいていた。

「だったら、はじめから平蔵を殺りゃよかったんだ。頭領のまねなんぞしねえで」

「馬鹿いうなィ。それができねえから、荒手をつかってあたふたさせてやったんだ。ちようどいい稼ぎになったしな」

「しかし、そんなことをしなけりゃ、お仲間も死なずにすんだ」

「ひえッ。だったら、あ、あ、あっちの部屋の骸《むくろ》……あいつらを殺ったなァ……」

「やつらによけいなことをしゃべられちゃ迷惑だ」

「な、なんてこったッ」

会話はそこで途切れた。

が、利緒にはもう、凄惨な筋書きが見えていた。

人足寄場から帰った亀公は、崇拝する頭領の刑死に激怒、葵小僧を騙って押し込みをはたらき、平蔵に挑もうとした。そのおかげで過去が掘り返され、素性がばれることを恐れた宗十郎は、自分の顔を見た女たちの口を封じざるを得なくなった。

二人の話からして、宗十郎が口封じをしたのは女たちだけではないようだ。

あっちの部屋の骸――。

利緒は悲鳴をあげそうになった。猿轡《さるぐつわ》をかまされているので声は出ない。恐る恐る暗がりに眸《ひとみ》をこらすと、戸口のかたわらに死体があった。無造作に投げ入れられたような格好で二、三人が折り重なっている。なんの臭いかといぶかっていたものが血臭だと気づくや、吐き気がこみ上げた。

宗十郎も亀公も、人の命を奪うことに、なんのためらいもないらしい。これは冗談でも悪夢でもなかった。二人は、本気なのだ。

利緒は空しく目を閉じた。

宗十郎は利緒を囮《おとり》にして、平蔵をおびき出そうとしている。平蔵と利緒が互いに特別な感情を抱いていることに感づいているらしい。おそらく、ひょうたん屋の密会をどこかで見ていたのだろう。

平蔵が利緒を助けに来ると、宗十郎は断言した。

片や、亀公は危ぶんでいる。

どうか、おいでになりませんように――。

利緒は祈った。

もちろん女心としては「来る」とおもいたかった。が、平蔵の命を危険にさらすことになる。火盗改方の長官、それも平蔵ほどの勇猛な男を相手にするからには、宗十郎も万全の策を考えているはずだ。

わたくしはどうなってもよい。どうか、長谷川さまのお命だけは——。

こんなことになるとはおもわなかった。自分の死は覚悟していたが、平蔵を窮地に追い込んでしまうとは……。自分のために平蔵が命を落としでもしたら、死んでも死にきれない。

それにしても、宗十郎はどうやって平蔵をおびき出そうというのか。

文をとどける？　懐剣を奪われたところをみると、懐剣をそえて？

利緒は我が家へのこしてきた遺書をおもい出していた。

一刻も早く長谷川さまのもとへとどきますように——。

下手人の正体がわかれば、打つ手が見つかるかもしれない。

いずれにしても、利緒にはもう為すすべがなかった。時刻も場所もわからない混沌とした薄闇のなかで、己の軽挙を悔やみ、ひたすら平蔵の無事を念じる。

「立てッ」

どれほど刻《とき》がたったか、足の縛《いまし》めを解かれた。

宗十郎に腕をつかまれる。

足の力が萎《な》えていたので、利緒は立ち上がるなりよろけた。

あわてて体を支えた一瞬だけ、宗十郎は尋常な男の目になった。

「生まれも育ちも似たりよったりの貧乏御家人、朱楽先生とも平山先生とも縁のあるおまえだけは殺りとうなかった……が、背に腹は代えられぬ。怨むんなら、おれの代わりに、お上を怨むんだな」

貧乏御家人の次男や三男に生まれた悲哀は、利緒にもわかりすぎるほどわかっていた。貧乏でなくてもおなじだろう。がんじがらめのこのご時世、あの平蔵でさえ、一時は悪の道へ足をふみいれかけたという。

利緒は隣家のあるじを思った。平山行蔵が奇人変人といわれるほど武芸百般に熱中するのも、兄の善之丞が狂歌に入れ込むのも、やはり、胸のなかにやりきれないものを抱えているからではないか。

けれど平蔵も、行蔵も善之丞も、その怒りを他人にぶつけたりはしない。口がきけないので、利緒は宗十郎の目を見返した。怒りではなく、ありったけの憐憫をこめて。

宗十郎は二度と心を開こうとはしなかった。ふところから黒頭巾を取り出してすっぽりとかぶる。利緒を邪険に追い立てて、家の外へ引き出した。

夜だった。たれこめていた雲が晴れて、月が出ている。

短刀を腰にさした亀公が、提灯をかかげて二人を待っていた。

「行くぞ」

宗十郎が合図をした。

利緒はちらりとふり返る。

囚われていた家は、弥彦屋の別宅ではなかった。だだっ広い野原にぽつんと建っている。人の住まいというより、家畜小屋か道具小屋のようだ。

三人は黙々と歩いた。

野原の先に川があった。

暗いので定かではないが、利緒は来たことがあるような気がした。四谷の伊賀町からさほど遠くなく、それほど川幅も広くない川……といえば古川か。古川は江戸城の西方から南へ、渋谷、青山、麻布《あざぶ》へ流れ、増上寺の脇を通って海へそそぎこんでいる。

猪牙舟《ちょきぶね》がもやわれてあった。

舟に乗せられるのかとおもったが、そうではなかった。

利緒は川を背にして立たされた。

亀公が短刀を引き抜く。後ろ手に縛められたままの利緒の体を羽交《はが》い締《じ》めにして、短刀の刃を首に押しつけた。

ひやりとした感触に、利緒は背筋を凍らせる。

このときのために、宗十郎はおあつらえむきの場所をえらんでおいたのだ。ここはまさに、思惑どおりの場所だった。

見渡すかぎりの野原なら、平蔵がやって来るのが見える。助太刀を伴っていれば一目瞭然。つまり、平蔵は配下の捕り方を近場へ忍ばせるわけにはいかない。

亀公の背後は川だ。逃亡には舟が役立つ。

しかも川岸の、亀公の右手、五、六尺ほどはなれたところにひと群らの藪《やぶ》が生い茂っていた。

宗十郎は藪陰に身をひそめた。相手は亀公ひとり、と平蔵が油断をして近づいてきたところへ躍り出れば、自慢の居合が役に立つ。

「来るぞ。ぬかるな」

藪陰で宗十郎がささやいた。

利緒の胸は、いつはぜてもおかしくないほど、動悸がしていた。脇の下には冷や汗がにじんでいる。

遠方に人影が見えた。たったひとつ。恐れているようにも、ためらっているようにも見えない。悠然とこちらへ歩いてくる。

黒漆《くろうるし》の塗笠に紋付きの黒羽織はたしかに長谷川平蔵。

「畜生、おいらの頭領をッ」

亀公の体がこわばった。

利緒はほんの一瞬、歓喜に身をゆだねた。

長谷川さまがわたくしを助けに来てくださった――。

次の瞬間には、声なき声でけんめいに叫んでいる。

来ないでッ、来てはだめッ、お願い、逃げてッ――。

顔が見えるところまで来ると、平蔵は足をとめた。

これまで見たこともない、けわしい顔をしている。両眼が獲物をねらう鷹の目のように光っていた。

利緒は、貪《むさぼ》るように平蔵を見つめた。こちらを見てほしい。藪陰に敵がいることを知らせたい……。

平蔵は利緒に目をむけた。鋭い眼光が瞬時、やわらぐ。その目は「案ずるな、おれに任せておけ」といっているようだった。

——長谷川さま、お願いですから、わたくしを捨ててお逃げください。あの藪陰に居合の名手がひそんでいます。早う、ここから……。

平蔵は藪を見なかった。利緒の目だけを見ている。

——逃げろだと？　馬鹿を申すな。この長谷川平蔵をなんとおもうておるのだ？

——そのお言葉だけで、うれしゅうございます。お顔を見ることができただけで本望……。ですから、なにとぞ。

——そなたひとりを死なせはせぬよ。

——いいえ、わたくしは死にたいのです。長谷川さまのお役に立てるなら命などいりませぬ。

目を合わせたのはほんの一瞬だったのに、二人はたしかに言葉を交わした。交わしたと、利緒はおもった。

「刀を投げろ。脇差も、だ」

亀公が怒鳴った。

「よかろう。だが、その前に女を放してもらおう」

平蔵がいい返した。

「先に刀だ」

「そうはゆかぬ」

利緒はあわただしく考えた。

平蔵は刀を放る。利緒は平蔵のほうへ走る。おそらく平蔵は寸刻おかず、素手で亀公に跳びかかるつもりだろう。短刀を握りしめているとはいえ、亀公は小柄な男だ。しかも武士ではない。斬りかかられて怪我をしても、この男には負けぬと自負しているのだ。

けれど――。

利緒はさっきから何度も藪に目をむけていた。が、平蔵は気づかない。

藪陰には宗十郎がいた。宗十郎は居合の名手である。平蔵が刀を放るやいなや、藪陰から跳び出し、斬りかかるにちがいない。瞬きをするより素早い一閃で。

もはや、猶予はなかった。

平蔵を守る手段はひとつしかない。

「ほれ、女をくれてやるぞ」

亀公はちらりと藪を見た。羽交い締めを解き、利緒の背中を押す。

「よし、こっちも刀をくれてやる」

平蔵も同時に亀公の足下へ大小を投げた。

刹那――。

猿轡と手の縛めをされたまま、利緒は右前方へ躍り出た。平蔵のほうへ……ではなく、藪のほうへ。

流れ星のような尾を引いて閃光が流れた。

あッ――。

と、おもったとき、胸から腹に燃えるような衝撃がはしった。

利緒はのけぞる。背後から平蔵の腕に抱きとめられた。下肢の力が抜け、もたれかかったまま、ずるずるっとくずおれる。

宗十郎がふたたび腕をふりあげたそのとき、利緒は豪雨のような音を聞いた。

四方から、おびただしい数の捕り方が、すさまじい勢いで駆けてくる。

悪党どもは抗戦をあきらめ、舟へ飛び乗ろうとした。無数の捕り方がどっとばかり襲いかかる。

そんなこともう、利緒には遠い出来事だった。

薄れてゆく意識のなかで、利緒は自分の名を呼ぶ声を聞いている。

「利緒ッ、しっかりしろ、目を開けてくれ、利緒ッ……」

利緒どの、ではなく、利緒――。

それは、最後の女に呼びかける平蔵の哀切きわまる声だった。

隠し味

土橋章宏

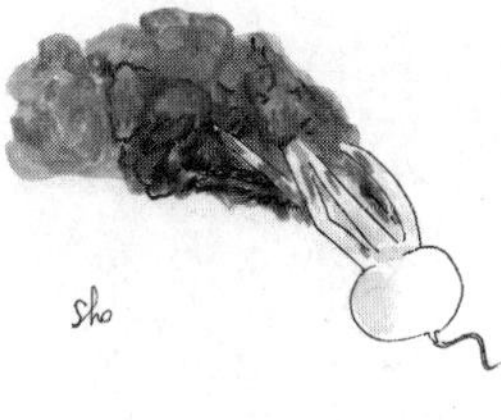

一

「また来てやがるぜ」
調理場から店の中をのぞき、利吉《りきち》は眉をひそめた。
着流し姿の、初老の浪人が一人、ゆっくりと飯を食っている。
深川は仙台堀のそばにある一膳飯屋〔萩屋《はぎや》〕の中であった。
利吉はそこの料理人である。
浪人の他には、近くの河岸《かし》で力仕事を生業《なりわい》としている男の客ばかりであった。

「よほど食い意地が張っているんでしょうね」

下働きの亀蔵《かめぞう》が苦笑まじりに言った。

「だからって毎日来るやつがあるかい。武士のくせに」

「ま、旦那がいっておっしゃっているんだから」

「でもなぁ。ここはもともと町人のための飯屋だからな」

利吉はまたぶつぶつと言った。

この店には献立がない。いつも一日一品の膳である。

とはいえ、出すものは日によって変わる。その日の旬の食材を見て利吉が決めるのだ。

料理は早朝から仕込み、めいっぱい手をかける。選ぶ食材もすべて一級品だった。

そこらの気取った料亭ではとうてい真似のできない味なのである。

この日は、山葵《わさび》丼に墨烏賊《すみいか》の刺身であった。山葵丼の鰹節《かつおぶし》は、カビ付けをした土佐節で、山葵は伊豆のものを使い、へたのすぐ下のもっともおいしい部分をすりおろしたものである。熱い白飯の上に、細かい鰹節を惜しみなくかけ、湯気で踊っているところに、すりたての山葵を載せる。味付けは出汁《だし》醬油のみだ。墨烏賊は今朝あがったばかりのものので、きっちり水を抜いて締めてあるから、身は透けて見える。生け簀《いす》に水や墨が混じっていると烏賊の身は白くなるから、腕のいい漁師から仕入れねばならない。

しかしこれだけ手をかけても、出す料理の値段はあたりの一膳飯屋より五文ほど安い。

これは萩屋の主人、善次郎《ぜんじろう》の考えによる。若くして材木の商いで財を成した善次郎は、もともと働く必要などない。ただ、世の中に対する奉仕として安い飯を提供している。採算をとろうとは考えていない。

といっても、この店に来る庶民には、味の違いなどそうわからない。そもそも料亭で料理など食べたことがなく、とにかく腹を満たせればいいという者ばかりだ。ただ少し安いからというだけで来ている者も多かった。

善次郎は、

「でもいいんだ。貧しくてもな、精一杯働く者たちに、金持ち連中の食うような、うまいものを食わしてやりたいんだよ」

と、よく言う。

給金はたっぷり出るので、利吉にも否《いな》やはない。

ただ、毎日来るあの浪人だけはどうもこの店の特別な味をわかっているようなのである。安くてうまいと知っているから、毎日来るのだろう。その根性が卑《いや》しいし、善次郎の方針にもそぐわない。このままでは貧しい者を押しのけ、味を知った者たちばかりが来るようになるのではないか。

そんな不安もあった。

「利吉さん。そろそろ休んでくださいね」

善次郎の娘、お光《みつ》がやってきて明るい声をかけた。

「ええ、夜の仕込みも、もうすぐ終わりますから」

利吉は声のほうを見ないで返事をした。

顔の火照《ほて》りを悟られないようにするためである。店の一人娘でありながら、奉公人にも気さくに接するし、顔も色白で愛嬌がある。利吉はそんなお光に憧れていた。

しかし手を出すことはできなかった。店主の娘と一介の奉公人では釣り合わないし、
何より、利吉にはもう一つ別の顔があったからである。


「ちょっと煙草《たばこ》を吸いに行ってきやす」

そう声をかけて、利吉は店から半町ほど離れた川べりに行った。手頃な石に腰掛け、煙管《きせる》をふかしていると、女が近づいてきた。

お種《たね》という名の女である。

「首尾はどうです？」

お種が近くの石に腰をかけ、利吉と同じように煙管を取り出した。

「ああ。あいかわらずさ」

「親分は今、小田原にいるそうです」

「じゃあもうじき江戸だな」

「ええ。いよいよおつとめに入りますよ」

「そうか」

利吉は広い川面《かわも》を見た。昔から水の流れを見るのが好きだった。川原にはまだ冷たさを含む初春の風が吹き渡っている。もうすぐ桜の花も開くだろう。利吉は長かった萩屋での日々を思った。

だがもうすぐ終わる。

利吉は盗賊の〔引き込み役〕であった。

利吉もかつてはただの料理人で、浜松で父と一緒に小さな店を切り盛りしていた。しかし十八になったとき、

「よその釜の飯を食ってこい」

と、父に言われ、伊豆の高名な料理人について修業した。父もかつては京の名店で修業したという。親子なら情が入るが、師が他人ならばそれもない。他の弟子たちと一緒に、利吉は何百個もの芋の皮を毎日むいた。父といられないことをさびしくも思ったが、厳しい修業がもともと性に合っていたらしい。めきめきと腕を上げ、日々の献立も利吉の裁量に任せられるようになった。

しかしある日、父が侍に斬られた。出した料理の中に、嫌いな梅肉が入っていたというのである。

侍は浜松藩の身分の高い藩士であり、そのとき店にいた者は、あとを恐れて誰も奉行所に言い立てなかった。その結果、利吉の父は正体不明の者に斬られたということで、

早々と埋葬されてしまった。店の許しをえて急ぎ故郷に帰った利吉は訴え出ようとしたが、誰も証人になろうとせず、泣き寝入りするしかなかった。

利吉はその日以来、料理の修業をやめた。酒に溺れ、博打場《ばくち》で身を持ち崩し、そのまま死のうかと思ったとき、盗みに誘われたのである。

男の名は〔凪《なぎ》の藤兵衛《とうべえ》〕といった。

「かんたんなものさ。段取りはすべてつけてある。お前さんは千両箱をかついで運ぶだけでいいんだ」

藤兵衛は優しく言った。

利吉は泥棒などまったくする気はなかった。しかし、盗みの相手を聞いて気が変わった。

「お前さん、仇《かたき》を取る気はないのか」

藤兵衛が言った。初めはなんのことかわからなかったが、盗みに入る先は、父を斬った侍の屋敷だという。

「相手は侍だぞ。そんなことできるのか？」

「侍だからむしろいい。町方の連中もおいそれと中に踏み込めないからな」

藤兵衛はふてぶてしく笑った。その侍は田沼時代の賂《まいない》を溜めたのか、たいそうな金持ちで、蔵には小判が唸《うな》っているという。

利吉は仲間に入ると言った。どんな形でも相手に痛手を与えてやりたい。

月のない夜、藤兵衛一味に加わり、武家屋敷に忍び入った。驚いたことに、屋敷に着くやいなや門がするりと中から開いた。見張りもおらず、人々は深く寝入っている。石切《いしきり》の源助《げんすけ》という男が、できたてで銀色に光る鍵を懐から取り出し、蔵の錠前《じようまえ》に差し入れると、鍵はかちりと開いた。

（なんだこれは）

利吉は目をみはった。盗みというのは、こんなにたやすく行われるものなのか――。藤兵衛の言うとおり、利吉は千両箱をかついで歩くだけで、盗みは成功し、たっぷりとした分け前にもあずかった。

「こんなにたやすくいくものなんですね」

利吉が言うと、源助が鼻で笑った。

「お前、何か勘違いしてるんじゃないか」

一味の見張り役をつとめるお種も厳しく言った。

「このおつとめには三年もかけたんだからね。あんたはいいところだけを見たからそう思うんだよ」

詳しく聞くと、凪の藤兵衛の一味は、まず盗みに入る商家などを見てまわる「嘗《な》め役」を使って狙いを定めた屋敷に引き込みを入れる。引き込みの者は、錠前の蠟型《ろうがた》を取って源助に渡し、合い鍵を作らせる。準備万端整えたあと、警戒のゆるい、春や秋の寝やすい晩を選んで忍び入る。それでようやく盗みは成功するのだという。

「お前を誘ったのは、仇を討たせてやりたかったのもあるが、うちの引き込み役にもぴったりだと思ったからなんだよ」

藤兵衛がうまそうに酒を飲みながら言った。今の一味の引き込み役は、もう七十を超えるので、そろそろ引退させようと思っていると言う。その後釜にどうか、という誘いであった。

「こうやって無事引退し、畳の上で死ねるのは、俺が盗みの三ヶ条をきっちり守ってるからさ」

藤兵衛は重々しく言った。

「人を殺《あや》めぬこと。女を手込めにせぬこと。そして盗まれて難儀をする者へは手を出さぬこと。こいつを守らねえやつは盗人《ぬすっと》の風上にも置けねえ。ましてやいきなり押し込んで、中の者を殺してまわる急ぎ働きなど、とんでもねえことだ」

頭《かしら》の言葉を聞いて、一味の者もみな頷《うなず》いた。三ヶ条を守るためには手間もかかるが、それが成功すれば家の中の者が誰も忍び入られたことにも気づかず、いく月もたってからようやく盗まれたことがわかることもあるという。波風を立てず、静かに盗むのが凪の藤兵衛といわれる名の由来ということだった。

利吉の仇の侍のほうでも、金を盗まれたことにしばらく気がつかなかったようで、藩の参勤交代のために出金する段になり、ようやく蔵が荒らされていることがわかった。

そして藩の裁きにより、

「盗人に大事の金を奪われるとは、士道不覚悟なり」

と、家はお取り潰しとなった。

利吉は痛快であった。父を斬った侍に、この手で仇を討てたのである。

それ以来、利吉は藤兵衛一味に入り、引き込みとして働くようになった。

二

お種と別れ、萩屋に戻ると、お光が額に珠のような汗を浮かべ、鍋を洗っていた。

慌てて声をかけたが、

「お嬢さま、俺がやります」

「いいんです。私にもやらせてください」

と、お光は手を休めない。

しかたないので利吉は、他の鍋を急いで洗った。お光の、あかぎれもない白い手が傷むのが嫌だった。

お光は狭い洗い場で真横に立ち、熱心に鍋を拭いている。うなじの襟元あたりから、ほのかにいい匂いが漂ってきた。

（いい娘だ。生まれてからずっとまっすぐ育ってきたんだろうなぁ）

こんな女と夫婦《めおと》になれたら、などと頭の端でちらりと思う。しかし、自分は汚れた根無し草であるし、何より、この店に盗人の引き込みとして入っている。お光と結ばれるはずもない。

そう自分に言い聞かせても、お光は美しく、愛らしかった。

利吉はそんなお光と、ただときどき言葉を交わすだけで十分だと思った。やがて離れるときが来る。

ようやく鍋を洗い終わり、お光に、もうあがるように声をかけようとした。

きっとお光は輝かしい笑顔を見せてくれるだろう。

だが期待を込めて、お光のほうを向いた瞬間、

「勘定をたのむ」

と、声がした。

毎日やって来る、あのしつこい浪人である。

お光の笑顔が見られず、むっとしながらも、

「へい。ありがとうございやす」

と、笑みを向けた。料理人としても、そして盗人としても、たっぷり修業をつんでいる笑顔である。

卓に置かれた銭を受け取ろうとしたとき、いつもは寡黙な浪人が口を開いた。

「待て」

「えっ？　なにか……」

「お主、盗んだな」

浪人は利吉の目を見据え、ずばりと言った。

「は……？　そ、そんなこと……」

声が我知らず震えた。なぜおつとめのことがばれたのか。

「いや、盗んだに違いない。知っているぞ」

そう言って、浪人が急に人なつっこく笑った。

「この味、盗んだであろう」

「味……、ですか？」

静まらない胸の高鳴りを感じながら利吉はかろうじて答えた。どうやら、盗人稼業のことがばれたのではないらしい。

「どこで食べたかのう、これは。確かに同じふろふきの大根よ。お主、盗んだであろう」

利吉はようやく胸をなで下ろして答えた。

「いえ、これは私にしか作れないものです。きっとお侍さまの勘違いでございましょう」

「そうか。おかしいのう。たしかに食べたことがあるのだが」

浪人は腕組みした。真剣に悩んでいるらしい。

この料理は昔、父に教わったとっておきのものである。大根の輪切りの中心を丸くくりぬき、そこにすっぽりと同じ大きさの蕪《かぶら》が入っている。食べ始めはぴりりとするが、端から食べるうちに蕪に至り、柔らかくなる。外と中では歯ごたえと味が違い、一つの料理で二つの旬を味わうことができるのだ。

「似たような料理の工夫を誰かが考えついたのかもしれませんがね」

種明かしせず、利吉は言った。

「ははは、これはしたり。盗んだとは言い過ぎたな」

浪人は頭を掻いた。何やら愛嬌のある侍である。

しかし浪人は最後に言った。

「まあ確かにあれに比べると、お主のふろふきには一つ足りぬものがある。惜しい」

「足りないもの？」

「うむ。しかしこれも悪くなかった。また来よう」

浪人は珍しく、代金の他に心づけも置いていった。

「今日は懐《ふところ》が温かかったようですね」

亀蔵がにやにやしながら言った。

利吉は心づけをそのまま亀蔵に渡した。

「とっておけ」

「えっ、いいんですかい？」

「ああ。侍は嫌いだ」

利吉は言って、川べりに向かった。

（おつとめは半年後か）

川岸の石に腰掛け、利吉は煙草の煙を吹き出した。

萩屋に来て、もう二年半になる。

引き込みの三年は長い。しかしそれだけあれば、他の使用人と気心を通じ、いわば家族のような存在となる。盗人《ぬすっと》の〔三ヶ条の掟《おきて》〕を守るためには、それくらいの下ごしらえをしないとうまくいかない。

利吉は料理人として誠心誠意尽くしてきた。大金を盗みに入るのだから、働くのはその代償でもある。熱心に働くと、それは店の者にも通じ、よけいに家族に近しい存在となる。

利吉も、なかば自分が引き込みであることを忘れて働くようになっていた。それでいいのだ、と藤兵衛も言う。自らが盗人であることを忘れるくらいなら、他の者が警戒するはずもない。

時がすぎ、店の者の名も、それぞれにどういった家族がいるのかもすっかり覚えていた。同じ釜の飯を食っている。このままいけば、おつとめはうまくいくだろう。

しかし事件が起こった。

藤兵衛が急死したのである。

「ぽっくりいっちまったんだ。あわてて医者を呼んだけど、どうにもならなかったんだよ」

お種が、やつぎばやに言った。

お種は盗みのときには見張りをやり、普段は子分たちとの連絡役《つなぎ》である。

「なんで死んだんだ。卒中か？」

「たぶんそうだろうね」

三

「じゃあ、このおつとめはやめかい？」

利吉はたずねた。おつとめをしないなら、この二年半は無駄になる。

「いえそれが、石切の源助さんが一味を引き継いで、おつとめはやると言ってます」

「源助さんが？」

源助は藤兵衛より少し若く、如才ない男である。俊敏に忍び入って錠前も軽々と開けるし、開かないときは、鍛え上げた鋸《のこぎり》で錠前の閂《かんぬき》を切ってしまう。

「そうか。ならそれでいい。しかしこうなったら、せめて頭の葬儀には出てえところだが……」

「もう葬っちまいましたよ」

「えっ？」

「早くしないと死体が腐るからって」

お種が言った。

「だからって何もすぐ埋めることはねえだろう」

利吉は顔をしかめた。お種の言うとおりなのだが、自分を拾ってくれた藤兵衛に、ひと目だけでもあいたかった。

みなは頭に別れを告げたのか――。そこまで考えて、一つ気になることが浮かんだ。

「跡目は揉めずに決まったのかい？」

利吉は聞いた。

「ええ。すんなりと。誰も反対はしなかったよ」

「ふうん」

意外に思った。藤兵衛は若く、跡目のことなど誰も話し合っていなかったはずだ。

その考えを見透かしたように、お種が言った。

「頭は死ぬ前に言をのこしたんだ。跡目は源助に、って」

「そういうことか」

利吉は息を吐いた。

「とにかく、今度暇《いとま》を取れれば墓参りに行くよ。墓は小田原のほうかい？」

「ええ。だけど、そうのんびりもしてられないんだよ」

「なんでだ？」

「おつとめよ」

「は？　おつとめはまだ半年先だろ」

「それがね、予定が変わったんだよ。やるのは十日後だ」

お種がぴしっと言った。

「十日後？　嘘だろ。なんでそんな急に……。まだ蠟型も取ってねえし、季節も早い。寒さが緩んで、店のみんなが安心して眠るようになってからじゃねえと危ねえだろ。そんなことお前だってよくわかってるじゃねえか」

「利吉さん。もう時代が変わったんだよ」

「えっ？」

「あんたは十日後、扉の内側から閂をあけるだけでいいんだ。それが源助さんの言づてさ」

「だから、それじゃあ誰かに気づかれちまうかもしれねえって言ってるんだ」

「いいんだよ。気づかれたって」

「馬鹿。それじゃあ急ぎ働きみてえじゃねえか」

そう言ったとき、利吉の腹の奥がすっと冷たくなった。

「おい。まさか源助さんは……」

「そうだよ。あたいらもこれからは急ぎ働きをやるんだ。新しいお頭の決めたことさ」

「そんな……。嘘だろ。誰も反対しなかったのか」

「ええ。みんなももう、まだるっこしいおつとめは嫌だってさ」

「そんな馬鹿な」

利吉は呆然とした。一味はみな藤兵衛のやり方に心酔していたのではなかったのか。藤兵衛の下にいると、おつとめを罪と感じることが少なかった。むしろまっとうな生業のようなものにさえ思えた。

しかし、急ぎ働きは違う。他人の血など見たくない。

「俺は反対だ。急ぎ働きなんて屑《くず》のやることだ。今まで掟を守ってきたからこそ、お頭も畳の上で死ねたんだ。そうだろう？　お種さん、あんたまで急ぎ働きがいいっていうのかい」

「まあね」

お種は目をそらして煙草を吹かした。

「そうか。あんたまで変わっちまったのか」

「……まあ、嫌ならぬけてもいいよ。べつにあたいらは引き込みなんていなくてもいいんだ。力ずくで押し入って、騒ぐやつはみんなあの世行きにするのさ」

「お種さん……」

「女はね、すぐ年を取っちまう。若いうちに稼いで、あたいもしこたま遊んでみたいんだよ」

利吉は思わずお種の顔を見つめた。ずいぶん血色がいい。ちょっと前とは見違えたように腰つきも丸くなっている。

藤兵衛のいうことをよく聞く朗らかな女だと思っていたが、それは表の顔で、腹の中は前から違っていたのだろうか。利吉は人に対する無垢《むく》な信頼のようなものが、ぐらりと揺らぐのを感じた。

「ただし、ぬけたら覚悟しなよ、利吉さん。一味の掟に従えないなら、源助さんが放っておかないだろうからね」

「だろうな」

利吉はうつむいた。急ぎ働きをやるくらいなら、裏切り者は躊躇なく殺すだろう。

「わかった……。俺もやるよ」

もはや、凪ではない。とりあえずそう答えるしかなかった。

（どうするか。どこかに逃げるか？）

しかしあてなどなかった。また、一味には全国をまわる嘗め役がいるから、ふとした偶然で見つかってしまうかもしれない。そうすれば、すぐに殺しに来るだろう。盗人の掟とはそういうものだ。

利吉はそのままふらふらと帰ったが、その晩はよく眠れずに次の朝を迎えた。

「どうしたんだい、利吉さん。目の下にくまなんて作ってさ」

亀蔵が驚いたようすで聞いた。

「はは、ちょいと夜更かししちまってな」

利吉はそう言うと冷たい水で顔を洗った。

「へえ。もしかしていい人と会っていたのかい」

「そんなわけねえだろ。俺は毎日の料理のことで頭がいっぱいだよ」

「そんなこと言わずに、嫁を取ってここでずっと働きなよ」

亀蔵がそうしてほしそうに言った。

「俺に嫁なんて大それたことは考えてねえよ」

それはここで働くようになって、よく言われてきたことだ。ずっと断っていたが、今になってみると、ここに骨を埋めるのもいいような気がしてくる。口入れ屋を通して雇われたが、利吉の料理の評判はよく、客も途切れることがない。主人の善次郎も気っ風のいい男で働きやすいし、お光もいる。利吉は今、盗人になったことを初めて後悔した。

このままでは善次郎もお光も殺されてしまうかもしれない。

(俺はどうすればいいんだ)

悩みつつ、河岸に行き、夜の料理に使う食材を探していたとき、

「おい、利吉。お前、利吉じゃねえか」

と、声をかけてきた男がいた。

「あっ。大滝《おおたき》の五郎蔵《ごろぞう》親分!」

その大柄の男は、凪の藤兵衛の知り合いで、一度おつとめを助けたことがある大滝の五郎蔵という男であった。盗賊の中でも名の通ったお頭である。もちろん、おつとめのやり方は、きっちりと盗みの三ヶ条を守るものであった。

「おい、どうした。そんな青い顔をして」

「親分……」

利吉の目が潤んだ。仲間がみな急ぎ働きと変わった今、利吉の居場所はもうどこにもなかったのである。

「こんなところじゃなんだ。一緒に来い」

力強い声で言われ、利吉は五郎蔵の後をついて歩いた。この男なら藤兵衛の志をしっかりとわかっているはずである。どうにもならないとしても、せめて愚痴を聞いてもらいたかった。

五郎蔵が利吉をいざなったのは横川近くの船宿であった。

「粂八《くめはち》さん、あの部屋は空いてるか？」

「ああ。空いてるとも」

五郎蔵の馴染みの店のようで、二人はすぐ奥の部屋に通された。

「実は、藤兵衛親分が亡くなっちまいましてね」

利吉はそう言って肩を落とした。

「そうかい……。そりゃ早いなぁ。まだ老け込む年じゃなかったろうに」

五郎蔵も残念そうに言った。

「ええ。俺もまさか親分が死んじまうなんて夢にも思ってませんでした」

「それで、跡目はどうなったんだい」

「石切の源助さんが後を継ぎなさったんです」

「ほう、源助がな。まあまずは藤兵衛さんのやり方をついで、みなで力を合わせるしかねえな」

「それがね、五郎蔵さん。みな、急ぎ働きをしたいと言い出したんだ」

「なんだって？」

五郎蔵の顔色が変わった。

「俺はてっきり、今までと同じようなおつとめをすると思っていたんですよ。それが急ぎ働きをやるなんてね。まっぴらです」

「ひどい話だな。確かに近ごろはやたらと急ぎ働きが増えていやがるが……。筋金入りの藤兵衛さんの下にいても、そうなっちまうのかい？　嫌な世の中だぜ」

「でしょう？　そう思いますよね」

利吉は百万の味方を得たような気がした。

（やはり俺は間違ってなかった）

体がほんのり暖かくなった。やはり急ぎ働きなど、まともな者のやることではない。

「五郎蔵親分！」

利吉は畳に手をついた。

「どうでしょう。俺を仲間に入れてくれませんか。急ぎ働きなんかやりたくねえんです」

「お前、一味をぬけるっていうのか」

「はい。もうあんなところにはいたくねえんです」

「しかしなぁ。やめるにしても、今のおつとめだけはやりとげねえと駄目だろう。それが盗人の掟ってもんだ」

「それをやりたくねえから言ってるんじゃねえですか」

利吉は苦々しく言った。

「いったいどこを狙ってるんだ」

「萩屋っていう料理屋です。主人は材木で一財産築いて、今は道楽で店をやってるようなものですがね。俺は料理人としてもう二年半も入ってるんです」

「そうか……」

五郎蔵が腕組みした。

「三ヶ条をないがしろにするなんて、俺にはできねえ」

利吉は畳を拳で叩いた。

「よし、わかった」

五郎蔵が言った。

「お前の身元、この俺が引き受けよう。引き込みが終わり次第、この船宿に来い。手下を待たせておく」

「ほんとですか？」

「俺の言葉が信じられねえってのかい？」

「い、いえ、ありがたいことです。けどもしかしたら源助さんが何か言ってくるかもしれませんが……」

「この五郎蔵、一度引き受けたからには、誰にも四の五の言わさねえ。安心しな」

真《まこと》の盗賊の、値千金の言葉である。利吉はふっと肩が軽くなるのを感じた。

「はい！」

「それにな、俺の仲間にはとびきりの剣の使い手もいる」

五郎蔵が言ったとき、

「ゴホッ」

と、誰かの咳の音が遠くから聞こえた。

「他にも客がいるんですかね」

利吉は警戒して声をひそめた。

「まあ、そうだろう。ここは近ごろ、はやりの船宿でな」

五郎蔵がまったく動じない様子で言った。

「お頭、粋なところを知っていなさる」

「まあいろいろとな。それより、源助が盗みに入るのはいつだ。そのあとは俺がしっかりと面倒見てやる」

「それは……」

言いかけて躊躇した。今のところ、源助の一味にいる以上、言ってはいけないことである。

「すみません、五郎蔵さん。その日を漏らさないのも盗人の掟ですから。もう狙い先まで話しちまってるんで勘弁してください」

「そうだったな、まだお前は源助の身内だ。でもな、抜けたらこの船宿に来て、主人に言づけてくれ。俺に届くようにしておく。なに、大船に乗ったつもりでいろ」

「へい、よろしく頼みます」

利吉は深々と頭を下げた。

四

押し込みの前日、利吉はいつもと同じように料理を作り、客が食べ終わるのを待っていた。献立は鯵《あじ》の南蛮漬である。あの初老の浪人もやはり店に来ていた。

(味が一つ足りないなんて言いやがって。俺の料理は誰にも負けねえんだ)

あの浪人はどうせ通ぶったことでも、何か言いたかったのだろう。あるいは毎日通い詰めていることをひそかに恥じているのかもしれない。だとしたら少し愛嬌もある。

利吉は少し余った鯵を干物にするため、背開きにした。

(新鮮な鯵が入ったら、なめろうにして出してやろう。飯にかけたらとびきりうめぇやつだ。あの浪人、さぞかし驚くだろうな)

そんなことを考えてにやにやしていると、

「利吉さん。ついにいい子が見つかったよ」

亀蔵が笑みを浮かべて寄ってきた。

「亀蔵さん、だから俺のような根無し草に嫁なんか……」

「旦那さまが、お前に話があるってさ。部屋においでって。いい縁談を探してきてくれたみたいだぜ」

「えっ、旦那さまが？」

利吉は心苦しかった。善次郎からの話とあれば断りにくい。もう店を去ろうというときに、こんな申し出が来るとは。

利吉はのろのろと二階へ上がった。

「利吉。お前は見所がある」

座るなりすぐに、善次郎が言った。

「そうでしょうか」

「毎日熱心にやっているし、人のいないところでもけして手を抜かない。わたしの見る目をなめてもらっては困るよ」

「はあ……」

利吉は生返事をした。縁談など持ち込まれても迷惑なだけである。どこの娘か知らないが、断る理由を探すのが大変なのだ。

「だからお前に、お光の婿《むこ》になって欲しいと思っている」

善次郎が言った。

「お光さん、というと……」

利吉は一瞬、誰のことかわからなかった。しかし次の瞬間、輝くような笑顔が脳裏に浮かんだ。

「えっ、まさかお嬢さんとですか⁉」

「嫌か？」

善次郎が心配そうにたずねた。

「いやいやその、嫌じゃないですが、そんなこと立場が違いすぎます。ありえません。どうしたっていうんですか」

利吉は慌てて言った。

（いったい何が起こってやがる。こいつは夢か）

頬をつねりたい気分であった。

「嫌じゃないならいいだろう。お前にはこの先、店を切り盛りして欲しいんだ。お光と一緒にな。わしもそろそろ年だ」

「しかし、他にもいろいろおられるでしょう。番頭さんとか、他の家の旦那さんとか……」

「私はね、お前が調理場でコメを一粒一粒拾って、洗っているのを見たことがある。雇い人の身分で、ふつうあそこまでできないものだよ」

「そんな……」

それはこれから盗人に入るからこそ、出た誠意である。

「私は根っからのけちですからね」

茶化すように利吉は言った。しかし善次郎の顔は真剣そのものだった。

「謙遜しなくていい。うちは料理屋だ。料理のことを一番知っている者が店をやるべきだろうと思ってる」

「でも俺は帳簿のつけ方もわからねえし……」

「それは後づけのきくものだよ。だがね、人のよさというものは生まれつきのものだ。私はあんたがよい人だと見込んだのだが、どうかね。さっきから嫌がっているように見えるんだが……」

「もったいなすぎる話ですから、なんかふわふわしちまって……。ちょいと考えさせてくれませんか」

善次郎が利吉の瞳を見つめた。そこには紛れもない信頼の光がある。

「いいとも。一生のことだ。いい返事を期待しているよ」

善次郎は利吉にきちんと敬意を払って接してくれた。


調理場に戻り、椅子に腰掛けると、利吉は腕組みした。

（こんないい話は一生のうちでもまずないだろう。富くじが当たったようなもんだ）

たとえ凪の藤兵衛が生きていたとしても、大いに迷った話だと思う。そして藤兵衛ならきっと足抜けを許してくれたに違いない。なぜか、そんな気がする。

（でもこの店は明日、急ぎ働きでやられちまう）

利吉は唇を噛んだ。善次郎は殺されるだろう。もしかするとお光は手籠《てご》めにされるかもしれない。そう考えると、無性に腹が立った。

（お頭、なぜ死んだ！）

心の中の藤兵衛の面影に叫んだ。藤兵衛が生きていれば、心をかき乱されることもなく、次のところに流れて行けたのだ。

しかし今さらどうしようもない。もう急ぎ働きの源助が一味を束ねてしまっている。

自分の身は五郎蔵に預かってもらえばなんとかなるだろう。しかし、萩屋はどうなるのか。善次郎は流れ者の自分を婿に迎えようとまで言ってくれたのだ。

（俺はてめえのことばっかりで、あの人たちのことをきちんと考えてなかった）

利吉は自分に嫌気がさした。

時は迫っている。

ふと天井の梁《はり》を見た。

（こうなりゃいっそ、首でもくくるか）

利吉は苦く笑った。死んでしまえばこの世のことにわずらわされることもない。あの世で藤兵衛に会い、なんで早死にしたと責めることもできる。父にも会えるだろう。

（よし。いざとなれば死ねばいい。たやすいことじゃねえか。なるようになれだ！）

気持ちが楽になると、利吉はようやく眠ることができた。


翌朝、いつものように初老の浪人が来た。この日はもう一人、別の浪人を連れてきていた。

「利吉さん。あの浪人、仲間を連れてきたみたいだね」

亀蔵が言った。

言われて利吉も店をのぞくと、ふくよかな体つきの若い浪人が一緒に座っている。

「なんだあいつ。侍のくせに、しまりのない顔だな」

「だろ？　歌舞伎の女形《おやま》みたいな奴だぜ」

「まったくだ」

見ていると、初老のほうの浪人が立ち上がり、こっちに向かってきた。

「おい、今日は、あれはないのか」

「あれっていうと……」

「ふろふきだ。この前、出してくれただろう」

「ああ……。今日は仕込んでないんで」

「そうか。なんとなく、もうあれが食べられない気がしてなぁ」

「まあ旬も終わりやすしね」

「残念だ」

浪人は本当にがっかりした様子で言った。

「……もしよかったら、作り方をお教えしましょうか」

利吉は言った。

「なに？ いいのか」

「ええ。俺がぽっくり逝っちまう、なんてこともありやすからね」

「馬鹿な。ちゃんと体に気をつけろ」

「へい。ありがとうございやす」

浪人の声にこもった真摯な響きを感じながら、利吉は話し出した。

「あれは大根のまん中に蕪を仕込んであるんです。だから歯ごたえも風味も変わりやす。あと、米のとぎ汁で下茹《したゆ》でると大根も蕪も柔らかくなりますね。出汁は鰹と昆布。炒《い》り子《こ》も少し。大きな鍋で一気に煮込まないと、この味は出ません。味噌は尾張の麴味噌《こうじみそ》を使うのがこつといえばこつです」

「おめえ、いいのかい」

浪人がじっと利吉の目を見た。

「えっ？」

「作り方は料理人の命だろう。剣術で言えば奥義《おうぎ》みたいなもんだ。それをたやすく教えちまってよ」

「でもご浪人さまは料理人にはならないでしょう」

利吉は微笑《ほほえ》んだ。

「わからねえぜ。なにせ職がねえから浪人してるんだ」

「ま、使ってもいいですよ。俺一人のもんでもねえと思うし」

利吉はさばさばと言った。誰か一人くらい、自分の味を知っていてくれてもいい。この浪人はずっと自分の料理を食べに来てくれていたのだ。

「ああ、思い出したぜ」

浪人が明るい声で言った。

「なんでございますか」

「味が足らねえといったろ」

「ああ、あのことですか……」

「俺はな、あれを一度、京で食べたことがある」

「京でですか？」

「そうだ。もう二十年以上も前になるか……。そこの料亭であれと同じものを食べた。たしか〔山里《やまざと》〕といったな。作ったのは若い料理人だった」

「山里といえばあの有名な……」

それは父がかつて修業していた店の名だった。

「で、俺はそいつに聞いたんだ。今まで味わったことのない出汁だってな。もう江戸にもどるから、最後に聞かせてくれとこう、ずうずうしく頼み込んだわけさ」

「へえ……。で、出汁は何だったんですか」

「鰹と昆布と炒り子。そしてあと一つ」

「あと一つ？」

知らぬ間に、話に引き込まれていた。その料理人は父だったかもしれない。

自分のふろふきに足りないものはなんだったのか。

「もう一つはあごよ」

「あご？」

「飛び魚のことだ。あれを干したものを隠し味に使ったと言っていたな。ま、誰にも話さないでくれと言っていたが」

「そうですか。そいつは知りませんでした。たしか長崎あたりではよく使う出汁だと聞きますが」

「へえ、そうなのかい。しかし、あれはうまかったなぁ。で、その料理人は言ってたぜ。小さな子のために稼がなきゃならねえ。母親は子を産んだときに死んじまったから、ってな」

利吉の顔がこわばった。やはりそれは父だった。

「それはたぶん、私の父です」

「そうなのか？」

浪人は驚いた顔をしていた。

「そうかい、あんたがなぁ。そりゃ同じ料理も出るわけだ。親子の間なら盗みも罪じゃねえ。ふふ、やっぱり悪いことを言っちまったなぁ。なるほど、親子だったのか」

「はい。ご浪人さま。あの、ありがとうございました」

「なんでお前が礼を言う」

「父はもう死にましたから。ほんとうの作り方を教えていただきました」

「そうか、死んじまったか。惜しいことをした。じゃあな」

浪人はたっぷりと心づけを置いていった。

「利吉さん、それ……」

亀蔵の目が期待に輝いたが、

「今日は半分だ」

利吉は初めて侍の心づけを受け取った。

しかしこのとき、ふくよかな体つきをした浪人がいつの間にか消えていたことに、利吉はついに気づかなかった。

五

夜の勤めが終わったあと、利吉は寝床に寝ころびながら、父のことを考えた。

(なんであごのことを教えてくれなかったんだろう)

浜松では手に入りにくい食材だったのかもしれない。あごは北海のほうで漁師がよく獲る。浜松には浜名湖があり、他にいろいろな名産物が取れた。

闇の中、考え込んでいると、丑《うし》三つ時が迫って来た。

利吉はゆらりと立ち上がった。天井の梁を一瞬見つめたが、迷いはもう消えていた。

父がはぐくんでくれた命である。無駄にはできない。

利吉は足音を殺して庭に出ると、板塀の戸を開けた。

「よくやった、利吉」

声とともに源助が入ってきた。

「これでもくらえ!」

利吉は源助に包丁で切りつけた。

「あっ！」

源助は顔を押さえたが、指の間から血がほとばしった。

「てめえは盗人の風上にも置けねえ。急ぎ働きなんぞ、犬畜生のすることよ！　藤兵衛のお頭にかわって、俺が盗人の掟を果たしてやったんだ！」

叫んで利吉は走り出した。あとは「火事だ！」と叫べば人が来て、盗みどころではないだろう。

しかし、

「か……！」

と、叫びかけたとき、みぞおちに強烈な一撃を受けた。うずくまり、見上げると、見知らぬ浪人が立っていた。

「なんだ、てめえ」

「凪の源助の相棒、高坂主膳《たかさかしゅぜん》」

「なんだと？」

知らない男だった。一味に加わった新しい男なのか。

しかしその読みは大きく外れていた。

浪人は笑いながら言った。

「いいことを教えてやろう。藤兵衛は俺が斬った。一味のほかの奴もすべてな。今、残ってるのは、お前ひとりだけだぜ」

「なんだと……」

利吉は黒装束の一味を見た。覆面の下の顔はみな知らぬ者たちだというのか。

「あたしはこの人にぞっこんだから生きてるけどね」

お種が高坂の後ろから顔を出した。どうやらこの男の情婦《いろ》になったらしい。

「源助がくたばっても別にいい。これからは俺が頭だ」

高坂が言った。

「くそっ」

利吉は立ち上がろうとした。しかし浪人に踏みつけられ、身動きが取れない。

「お前は藤兵衛と同じところに行くのだ。きっと皆も待っているぞ」

浪人が笑みを漏らし、刀をふりあげた。

「くそっ！」

最後に少しでも抵抗しようと力を込めたとき、

「待てい！」

という大音声《だいおんじょう》が響いた。

「誰だ、てめえは！」

高坂が振り向いて叫ぶ。利吉もそちらに目をやると、道の真ん中に侍が立っていた。

「俺かい？　俺はな、この店の常連よ。つぶれちまったら困るじゃねえか」

「あっ……」

利吉は驚いた。それはまさに毎日来るあの浪人だった。

しかもその姿が異様だった。陣笠をかぶり、火事羽織と野袴《のばかま》をつけ、手には長十手《ながじって》を持っている。

後ろには『火盗』と記された提灯がいくつも並んでいた。

「ま、まさか。てめえ、長谷川平蔵《はせがわへいぞう》!?」

血だらけの顔を押さえた源助が声を震わせた。

あの浪人が火付け盗賊改め方の長官、長谷川平蔵だったのか――。

利吉の足が、がくがくと震え出した。

「凪の源助。凪と名乗るのもおこがましいが、もはや調べはついておる。おとなしく縛《ばく》につけい!」

火盗改めの役人たちがいっせいに、一味に襲い掛かった。

高坂は抵抗したが、平蔵の長十手の、ぶんと唸る重い一撃で地に沈んだ。屋内に入り込んだ一味の者は、中から叫びながら出てきたふくよかな体つきの浪人に斬られ、捕らえられた。昼間からずっと屋敷内に潜んでいたらしい。

ほかの同心たちも捕縛に加わり、抵抗する一味の血があたりに飛び散る。

急ぎ働きが成功していたら、店の者たちがこんな風に血まみれになっていただろう。

(そんなことにならなくてよかった)

利吉が夢うつつのような気持ちになって倒れそうになったとき、強い力で抱き止められた。

「利吉。大事ないか」

平蔵が言った。

利吉はおとなしく両手を差し出した。

六

「騙《だま》してすまなかったな。五郎蔵は俺の手下よ。許してやってくれ」

平蔵が頭を掻きながら言った。

「えっ⁉ 五郎蔵親分が？」

利吉は呆気にとられた。

しかしあの五郎蔵が密偵となっても慕うなら、この盗賊改めの長官もひとかどの男なのだろう。

「お前が萩屋へ引き込みに入ったのを五郎蔵が少し前に見つけてな。萩屋は我らがずっと張り込んでいたのさ」

「それで毎日来られていたのですか」

「ま、それもあるが、だんだんお主の料理がやみつきになってしまってな。ずいぶん贅沢な張り込みであったわ」

「そんな……」

「だが、粂八の店じゃ俺の手下が咳をして、ぶち壊しになりそうだったがな」

平蔵が低く笑った。

「ちゃんと萩屋の人たちは守ったじゃないですか」

歌舞伎の女形のような同心がぷりぷりして言う。

「しかしどうして押し込みの日がわかったのです。五郎蔵親分にも言わなかったんですが」

「それはな、お前がふろふきの作り方をしゃべったからだ。もう死ぬつもりだったんだろう？　だから押し込みは近いと思ったのさ」

「なるほど、そうでしたか……」

「それで、利吉。お前の父親だが、侍に斬られたんだってなぁ」

「はい」

「そいつはすまなかった」

平蔵がいきなり頭を下げた。

「そんな。長谷川さまが謝られることでは……」

利吉は慌てて腰を浮かせた。斬ったのは浜松の武士である。

「いや、今の世の中はな、武士が心得違いをしてやたらと威張っておる。それも幕閣につらなる我らのせいよ。地道に、額に汗して暮らす者ほど尊いのだ。お前の父のようにな」

「はい」

利吉は我知らず目頭が熱くなった。父は無実の罪で斬られ、一言の詫びも言われずに死んだが、ちゃんと父を見てくれていた人もいたのだ。

「しかし、利吉。わかっておるな。たとえ人は殺さずとも、盗みの罪は罪だ」

「はい。どうなりとなされてくださいませ」

利吉はしずかに言った。

「うむ。見事な覚悟よ」

「ただ、ひとつだけ……ひとつだけ願いがあります。最後に、あの料理を作らせて頂けませんか」

利吉は言った。

「なに？　あのふろふきをか」

翌日の昼、平蔵のいる部屋にふろふきの料理が運ばれた。

利吉は縁側を隔てた庭からその姿を見つめた。

平蔵はものも言わずに、大根に箸をつけた。

「うむ……」

その口から呻《うめ》きが漏れる。

「利吉」

「はい」

「お主、父を超えたな」

「はっ」

「何を使った？」

「利尻《りしり》の昆布を使いました。あごは日本橋の問屋で見つけたものでして。あごとの相性は、これのほうが上にございます」

「ふ。ふふ。なるほどのう。いや、見事よ」

利吉は微笑んだ。

「ありがとうございます。これで思い残すことはございません。萩屋の人たちが痛い目を見なくて本当にようございました」

「よし。俺が引導を渡してやろう。そこに直れ」

「はい」

利吉は目を閉じ、手を合わせた。藤兵衛も父も待っている。

「ええいっ！」

気合の声とともに、鋭い風が吹いた。

しかしなかなか痛みはおとずれなかった。

どうなっているのか、と利吉はおそるおそる目を開けた。

「盗賊の利吉は今死んだ」

平蔵が言った。

「えっ⁉」

「お前は今日から萩屋の利吉だ。善次郎はお前が店を救ってくれたとたいそう喜んでいたぞ。それにな、父を超えた腕利きの料理人の命を、俺は奪うなんてできねえ」

平蔵が笑った。ちぃんと刀が鞘《さや》に収まる音がする。

「そんな。私はただ……」

「お前も浜松で地道に暮らしていたかったんだろうよ」

「えっ」

「しかし父が死に、盗賊とならざるをえなかった。だがな、なぜお前が盗賊に身を落としても最後まで大それた真似をしなかったかわかるか」

「いえ……」

考えてみたが、まるでわからない。

「なんとなく、としかいいようがないのですが……」

「違う。お前はな、父親の背中を見て育った。男手一つでお前を育てるため、ひたすら勤めに励んでいた父の背中をな」

「はい」

「よいか。その背中がずっとお前を支えていたのだ。いわば、それがお主の隠し味よ」

平蔵が片頰にえくぼを浮かべ、笑った。

「はい……、はい」

利吉は何度もうなずいた。

「わかればいい。これからまたうまいものをみなに食わせてやんな。そいつがお前の罪滅ぼしよ」

「長谷川さま……！」

「さ、行け。行っちまえ」

清水門外の役宅の門から出され、利吉の足は浮いた。

父がずっと助けていてくれたのだ。

「おとっつぁん！」

歩きながら、利吉はむせび泣いた。目の前に広がった江戸の町にはようやく桜の花が開こうとしていた。

前夜

上田秀人

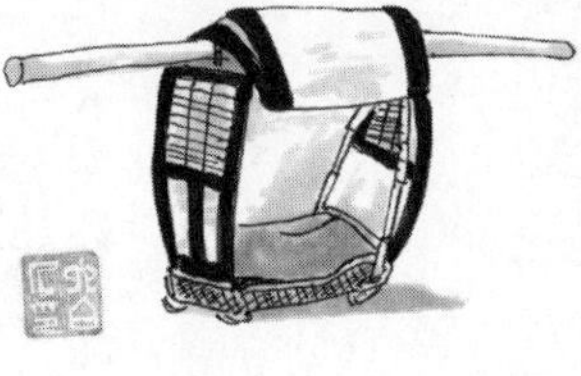

一

江戸城白書院《しろしょいん》下段の間、中央襖《ふすま》寄りで長谷《はせ》川《がわ》平蔵《へいぞう》宣以《のぶため》は畳の目を数えていた。

「……よし、まちがえてはいない」

位置のずれがないことを確認して、長谷川平蔵は安堵のため息を漏らした。

戦国が終わり武で天下を押さえたことで、幕府も変化をした。刀や槍で言うことをきかせていた時代から、規範礼儀で縛る世になった。

その総本山ともいえる江戸城内には、格式に応じたいろいろな定めがあった。

惣登城《そうとじよう》の際の席、役職任免の折りに座る場所、それこそ出入りの襖から何枚目の畳の縁からいくつめの目に平伏したときのどこに指先が来るかまで定められている。これをまちがえただけで大事になった。

今も平蔵の一挙一動を目付《めつけ》が見張っている。作法違いをすれば、鋭い叱責を受ける。それですめばいいが、事と次第によっては下城停止から謹慎になる。その先はお役御免、小普請組《こぶしんぐみ》入りである。

「……」

平蔵は緊張を解くわけにはいかなかった。

「午前中のお呼び出しは慶事のはず」

すでに呼び出しの刻限は過ぎている。平蔵は不安を感じだした。いいことは少しでも早く報《しら》せたい、悪いことはできるだけ遅くにしたいのが人情である。

平蔵は今日の呼び出しに、さらなる出世を期待していた。

長谷川平蔵は、旗本として順調に出世の道を進んでいた。いや、本禄四百石のわりには、良すぎるといえる立身を重ねて来た。

父備中守宣雄《びっちゅうのかみのぶお》の死を受けて二十九歳で家督を継ぎ、翌年水谷伊勢守《みずのやいせのかみ》支配西の丸書院《しょいん》番《ばん》として十代将軍家治《いえはる》の嫡子家基《いえもと》に仕えた。

書院番は小姓番《こしょうばん》と並んで両番と呼ばれる役目で、大手門の警固、将軍外出の供などを担当する。ちなみに最後の盾として将軍側へ仕える小姓番より格下とされている。

両番とも裏切りなどがあっては大事なため、譜代名門のなかから選ばれる番方旗本あこがれの役目である。名門番方旗本の初役となることも多く、そこから目付や遠国奉行《おんごくぶぎょう》などへ出世していく者も多い。

平蔵も翌年には進物番《しんもつばん》へ、そこから九年で西の丸徒頭《かちがしら》へと上った。大名や旗本からの進物を受け取り、確認して報告する進物番から、徒頭への異動は稀なもので、江戸でも話題になり、一躍平蔵の名前を城中に広めた。

しかし、出世はこれだけで終わらなかった。

徒頭となったことで従六位《じゅろくい》格となる布衣《ほい》を許され、高級旗本の仲間入りをした平蔵は、二年で先手弓頭《さきてゆみがしら》に任じられた。

先手弓頭は、役高一千五百石に足される番方の花形で、与力十騎、同心五十人を支配した。江戸城諸門の番、将軍外出時の警固、城下の治安維持などを役目とした。

平蔵の父宣雄がやはり先手弓頭に任じられたとき四十七歳であったことに比して、四十二歳での就任はかなり早い。

まさに旗本のなかでも出色と言っていい。

その平蔵にまたもやの呼び出しであった。

「父はお先手弓頭から京都町奉行へ栄転した」

京都町奉行は遠国奉行のなかでも格上になる。長崎奉行のような一度務めれば三代にわたって裕福にくらせるというような余得はないが、公家というわけのわからない連中が支配する京の町を安寧に保つというかなりの手腕を求められる難しい役目である。

だが、活躍次第では、勘定奉行《かんじょう》、あるいは町奉行へ出世できた。

勘定奉行、町奉行のどちらも役高三千石、従六位に任官し、幕政に大きくかかわることができる。なにより、勘定奉行、町奉行のどちらかを務めれば、まずまちがいなく寄《より》合《あい》格にあがれる。

寄合格は、その名前の通り寄合と同様の扱いを受ける。旗本には大きく分けて、寄合と小普請という二つの格があった。寄合はおおむね三千石以上の高禄あるいは、譜代のなかでも名門の旗本が配される。それ以外の旗本、御家人が小普請組に入る。

当然だが、数が違う。寄合は格を入れても数百もない。数千どころか万をこえる小普請組とは比べものにならない。

必定《ひつじょう》、幕府の扱いも変わってくる。

寄合はまさに役目に就《つ》くまでの一時的な居場所であった。

家督を継いだ者を家格と本人の向き不向きなどを勘案して、適当と思われる役目を見つけ出し、空くまで待たせるのが寄合の目的であった。

対して小普請組は選抜のための場であった。

能力、家柄、経済力などに優れた者を拾い上げるのが目的で、凡百《ぼんぴゃく》な者など端から気にもかけていない。

なにせ旗本や御家人が家格にふさわしいとして就ける役より、小普請組に属している人数がはるかに多いのだ。一つの役目を百人で争うというような状態になる。

とても尋常な手段で抜け出せる場所ではなかった。

長谷川家は、父宣雄の活躍で寄合格にたどり着く寸前までいった。

だが、その夢も父宣雄が、赴任先の京で急死したため潰《つい》えた。

二十九歳で家督を継ぐことになった平蔵は、小普請組へと入れられた。

「ふん」

小普請組に仕事はない。石高《こくだか》に応じた小普請金、江戸城の細かい修理の費用を納めるだけ。平蔵は無為に毎日を過ごすしかなくなった。

すでに妻を娶《めと》り、子もいる。屋敷もあり、禄《ろく》も入る。なにもしなくても日々の生活には困らないが、小普請組にいる限り、なんの変化もない生涯をこの先送ることとなる。

「お父上は立派なお方であったのに……」

代々番方で書院番や小姓番をしてきた長谷川家にあって、父宣雄は出色の人物であった。

宣雄は先々代長谷川宣安《のぶやす》の弟宣有《のぶあり》の息子で、跡継ぎのいなかったいとこ宣尹《のぶただ》の養子になった。養子に出ず本家の厄介者となった父宣有の息子として肩身の狭い思いをしてきた宣雄は、養子に迎えられて一念発起した。

旗本といったところで、嫡男でない息子に別家《べつけ》を立てさせる余裕などないのだ。次男以降はどこかの旗本のところへ婿に出すか養子に入れるかしないと、無駄飯食いを抱え込むことになる。宣尹の死を密かに喜んだ者もいた。しかし、跡目にはいとこの宣雄が選ばれた。

これで平蔵の父が無能であれば、それを理由に血筋を排除し、己の息子なりをあてはめられただろうが、備中守宣雄は有能であった。

長谷川家の家格としては雲の上だった京都西町奉行に登った。

家督を継いだ平蔵が、比べられるのは仕方のないことではあった。

「やはり妾腹の子は……」

また、平蔵の出自を卑《いや》しむ者もいた。

かつて跡継ぎのなかった長谷川宣尹の家督を狙っていた一族も少なくない。

宣雄が死んで、平蔵が家督を継いだ。親戚連中にしてみれば、長谷川家の家督へ介入する好機が再来した。

小普請組で数年無駄に過ごせば、名門長谷川家の名に傷を付けると一門が介入して来かねなかった。

「なんとかせねばならぬ」

当主となれば安泰と思っていた平蔵は、そのことに気づいた。いや、気づかされた。

「なにとぞ、お引き立てを」

能吏であった父宣雄の伝手《つて》を平蔵は頼り、なんとか小普請組から抜け出した。

一度役目に就いてしまえば、なんとかなるのが役人の常である。日々書院番士として当番、宿直番、非番を繰り返し、失策さえ犯さねばいい。いかに一門の長老たちとはいえ、役付で失点のない者を排除することはできない。

そう考えていた平蔵が予想以上の出世を重ねてしまった。

人というのは、増長するものだ。

平蔵は西の丸書院番、進物番、西の丸徒頭、先手弓頭と立身を重ねていくうちに、さらなる高みを目指し始めた。

「このままでいけば、父の京都西町奉行どころか、その先、江戸町奉行も夢ではない」

平蔵は欲を掻いた。

そこへ新たなお呼び出しである。平蔵は心を躍らせながら江戸城へと登った。

先手弓頭は若年寄の支配を受ける。今、平蔵は若年寄太田備中守資愛《おおたびっちゅうのかみすけよし》の登場を待っていた。

「太田備中守どの、お見えである」

当番の奏者番《そうじゃばん》が声をあげた。奏者番は旗本や大名が目通りや役目を命じられるときに、名乗りを代弁してくれる役目であった。

「畏《かしこ》まれ」

平蔵の所作を監察する目付が厳しい声を出した。

「はっ」

旗本に取って目付は鬼より怖い。平蔵はただちに両手を畳に突き、頭《こうべ》を垂れた。

「相違ないな」

書院に入ってきた太田備中守が、将軍代理としての格で上座に立ち、奏者番に問いかけた。

「相違ございませぬ」

奏者番がそこで手を突いているのが平蔵だと保証した。

「うむ。お先手弓頭、長谷川平蔵。盗賊追捕《とうぞくついぶ》の役を命じる」

うなずいた太田備中守が、懐から出した書付《かきつけ》を拡げ、読みあげた。盗賊追捕とは火付《ひつけ》盗賊改方《とうぞくあらためかた》を意味した。

「お伺いをいたしてもよろしゅうございましょうか」

疑問があっても、上役へいきなり問いただすことは礼に反する。まずは、質問してもよいかの許可が要った。

「申せ」

太田備中守が認めた。

「そのお役目は加役《かやく》としてでございましょうか」

もともと火付盗賊改方には、先手頭よりもこちらを本職とする本役とそれを手伝う加役の二種があった。加役とは本役に対するもので、手が足りないときに命じられる。

平蔵が本役ではなく加役と考えたのは、火付盗賊改方を命じられる先手頭のほとんどが五年から六年目で、かなり役目に手慣れ、配下の掌握もできた者から出る慣例であったからであった。まだ先手弓頭になって一年と少しの平蔵に本役が任されるとなれば、また異例になる。

「そなたは増《まし》加役として出務になる」

「増加役……」

平伏したまま聞いていた平蔵が、予想していなかった事態に思わず驚きの声を漏らした。

増加役とは、本役と加役だけでは手が足りないと幕府が考えたときに設けられる助役《すけやく》の扱いになる。

増加役も火付盗賊改方には違いないが、本役や通常の加役とは違って、江戸の治安が不安定になりやすい冬から春の終わりまでの短い期間だけのものになった。半年ていどでは、はっきりいってなにもできない。いきなり命じられた者が活躍できるほど火付盗賊改方は生やさしいものではなかった。

「ごほん」

目付が咳払いで、声を発した平蔵を叱った。

「……………」

平蔵は、あわてて額を畳に押しつけた。

「……慎んでお受けいたしまする」

一呼吸置いてから平蔵が応じた。

「うむ。重畳《ちようじよう》である」

太田備中守が書付を畳み、近づいてきた御殿坊主に渡した。

「加役の期間は、この冬から春までと心づもりしておけ」

「承りましてございまする」

正式な辞令の行事は終わった。ここからは実務になる。平蔵は少し顔をあげて太田備中守と話をした。

「本役の堀帯刀《ほりたてわき》、加役を経験した横田源太郎《よこたげんたろう》らとよくあい計らい、お役を無事果たすようにいたせ」

太田備中守が、先達たちのいうことを聞くようにとの指示を出した。

「重々心得ておりまする」

平蔵が言うとおりにすると述べた。

「長谷川、そういえば、そなたの父も火付盗賊改をいたしておったの」

ふと思い出したように太田備中守が口にした。

「ご記憶をいただき、亡父も恐縮いたしておりましょう。仰せのとおり、父も明和《めいわ》八年（一七七一）冬より一年の間、加役を務めておりました」

平蔵が告げた。

「そなたの父は見事なる者であった。どの役にあってもお役に忠実であり、常に力を尽くすことを惜しまぬ。そなたも父を見習い、その名を汚さぬようにいたせ」

「心いたしまする」

太田備中守が父宣雄のことを口にしたのは、あまり馬鹿なまねをして亡父の名前を汚すようなことをするなと釘をさしたのだ。ここにも平蔵に対する幕府の扱いが見えていた。

平蔵は深く礼をした。

「うむ。下がってよい」

そう言って、太田備中守が書院から去った。

「坊主衆、書付を長谷川へ」

辞令に当たる書付を奏者番が御殿坊主へ平蔵に渡せと指示した。

「こちらを」

近づいた坊主が奉書紙に包み直された書付を平蔵の前に差し出した。

「ちょうだいいたしまする」

書付よりも頭を低くして、平蔵が受け取った。

「よろしいか、目付の衆」

終わってよいかと奏者番が書院の隅で端座している目付へ確認をとった。

「よろしかろうと存ずる」

問題はなかったと目付が首肯《しゅこう》した。

「……」

途中の失態はなかったことにしてもらえたと平蔵は安堵した。

「では、立ちませい」

いつまでも書院に居続けるわけにはいかない。目付が平蔵を促した。

二

先手弓頭は、江戸城躑躅《つつじ》の間に詰め、諸門の警固を交代でおこなった。

言い渡しを受けて躑躅の間へ戻った平蔵を、好奇の目が迎えた。

「お戻りじゃぞ」

「どうでござったのかの」

躑躅の間は先手頭だけではなく、徒頭、小十人頭《こじゅうにんがしら》、京都代官などの詰めの間でもある。京都代官のように滅多に登城しない者、当番でいない者もあるが、それでも多くの旗本が詰めている。

そのどれもが役人なのだ。他人の出世に興味津々なのは当然であった。

「……」

無言で己の座へ腰を下ろした平蔵の様子に、周囲が顔を見合わせた。

「朝の呼びだしは吉事であったはずじゃ」

「出世したとは思えぬ顔色だの」

あちこちでこそこそとした話が交わされた。

「まだ長谷川がお先手弓頭になって二年になるかならずかであろう。さすがに出世はあるまい」

「いや、わからぬぞ。あやつは進物番から徒頭という八艘《はっそう》飛びをしてのけた男だ」

「あれは田沼《たぬま》の引きだったと聞いた。田沼が落ちた今、出世はなかろう」

別の旗本たちが平蔵を横目で見た。

「どうしたものか」

平蔵は周囲の声を聞いてはいたが、それに応じる気はなかった。

「増加役を命じられるとは思ってもおらなかった」

平蔵がため息とともに独りごちた。

「……増加役と言われたかの」

さきほど太田備中守の話にも出た、先手弓頭兼本役火付盗賊改方の堀帯刀秀隆《ひでたか》が平蔵に声をかけた。

「これは堀さま」

相手は二年前から火付盗賊改方を務めている先達である。平蔵がていねいに頭を下げた。

「さきほど若年寄太田備中守さまより、半年の増加役を命じられましてございまする」

平蔵がうなずいた。

「なんじゃ、増加役か」

「出世ではなく、加役か。それも増しでは、加厄じゃな。扶持《ふち》も満額もらえず、手柄も立てられぬ」

周囲が一気に興味をなくした。

「……」

周囲の反応に平蔵は一層落ちこんだ。

「長谷川どの、そう腐られるな。二十人近くいるお先手頭のなかからとくに選ばれたとお考えなされよ。就任して二年目で増しとはいえ加役を与えられたは、未聞のことだ」

堀帯刀が慰めた。

「しかし、なにをどうしてよいのやら」

平蔵は困惑から立ち直れなかった。

数年以上務める本役、一年を通じて任じられる加役と違って、おおよそ半年しかその役にない増加役は手柄を立てることが難しい。

平蔵はもとより、配下の先手組士たちが、火付盗賊改に慣れるころには任期が終わってしまうからだ。

もともと火付盗賊改というのは、町奉行所では対処できない武家の横暴を押さえるために設けられた。

応仁の乱以来、長く続いた戦乱は織田信長《おだのぶなが》、豊臣秀吉《とよとみひでよし》という二人の英傑が出たことで終わりを告げ、徳川家康《とくがわいえやす》によって天下泰平は成った。

とはいえ、百年以上続いた戦乱で、人心は荒廃した。

力ある者が、力ない者を喰う。

徳川家康が大坂に豊臣家を滅ぼし、元和偃武《げんなえんぶ》は成った。天下は徳川幕府のもと、秩序を取り戻し、百姓は田畑を焼かれることなく、庶民は財産を奪われることなく、安寧の日々を過ごせる。

だが、そうならなかった。

たしかに戦はなくなった。武士は無用の長物になった。しかし、いなくなったわけではなかった。刀や槍を振り回し、敵を屠《ほふ》って生き抜いてきた武士たちに、天下泰平の世は住みにくい。

「金目のものをよこせ」

金銀財宝を庶民から奪い取ることは禁じられた。

「抵抗するな」

見かけた女を犯すことも、許されなくなった。

「庶民のくせに、生意気である」

気に入らない家屋敷を燃やすこともできなくなった。

「ものを盗《と》るな、女を犯すな、火を付けるな」

掌《てのひら》を返した。

昨日まで、敵の領地でそれらをすることを推奨していた徳川を初めとする大名たちが掌《てのひら》を返した。

家臣たちはまだいい。禄があるので食べてはいける。仕官している間は、屋敷も与えられる、家を残すために妻《めと》も娶れる。

問題は徳川に敵対して滅ぼされた大名の家臣だった者たち、浪人にあった。禄はない、住むところもない、明日喰うことも危うい。性欲を発散させる余裕などこにもない。それどころか、未来の展望さえもてないのだ。

食欲と性欲それに先の見えない不安が加われば、自暴自棄になるのも当然といえば当然である。

主を失った浪人は、武士ではない。田を耕す道を選んだ者はまだいい。ふたたび仕官をして武士になろうと思う者は、その機会を求めて天下の大名すべてが集まる江戸へと出てくる。

持っていたわずかな金など、路銀と江戸での生活であっという間に尽きる。残るのは腰の刀だけとなってしまえば、やることは二つしかない。

刀を売って、当座の糊口《ここう》を凌ぐか、刀を使って他人を襲うかのどちらかになる。

結果、江戸は辻斬り、強盗が闊歩した。

江戸の治安は南北の町奉行の任である。しかし、町奉行所には南北合わせて、与力五十騎、同心二百四十人しかいない。その与力、同心のなかで治安維持にかかわる吟味方、廻り方となるとさらに少ない。

とても巨大な江戸の町をどうにかできるほどの力はなく、浪人たちが乱暴狼藉を繰り返した。

将軍のお膝元、江戸が不穏になってはまずい。将軍の権威に傷が付いてしまう。そう考えた幕府は、火付盗賊改方を創設、これを先手組にさせた。

「手に余らば、討ち果たしても苦しからず」

捕縛して裁きにかけ、法度《はっと》に照らし合わせて罪を定め、咎《とが》めを与える。町奉行所では厳密におこなわれるこれらの手続きを、幕府は火付盗賊改方に課さなかった。

手続きよりも即効性を幕府は求めた。それほど江戸の治安は悪かった。

とはいえ、ときが経てば、戦場を知る者はいなくなり、武張《ぶば》ったものより、おだやかなものが好まれるようになる。

江戸の治安は、かつてのように日が落ちれば武士でも外出は控えたほうがいいといったものから、女の一人歩きは危ないというていどに落ち着いた。

それでも火付盗賊改方は廃止されなかった。

年によって、本役と加役が任じられるかどうかの違いは出たが、まず役目は残った。

一度作った役目は、なかなかに廃止されないという役人の習性もあったが、やはり町奉行所だけでは対応できない部分があったからであった。

こうして火付盗賊改方は、幕府の武を体現するものとして続いてきた。

「ですが、わたくしには盗賊追捕の経験などございませぬ」

堀帯刀に平蔵は自信がないと告げた。

「わかっておる。拙者も本役を命じられたとき、同じ思いをいたした」

首肯して堀帯刀が同意した。

「ただ火付盗賊改方は手柄の立てがいのあるお役目でござるぞ。この泰平の世、お先手組の出番はござらぬ。市井に詳しい長谷川どのならば、ご存じであろう。城中の戯《ざ》れ歌を」

「城中の戯れ歌と言われますと」

平蔵が首をかしげた。

「お先手組は布衣の親爺の捨てどころ」

「それは……」

小声で囁《ささや》かれた平蔵が、周囲を見回した。

先手組は布衣格、役高は一千五百石ながら、なかなか名門旗本の初役にはなりにくかった。家禄が一千五百石をこえる譜代の旗本となると、うまみが少なく出世しにくい先手頭より、小姓組頭、書院番頭などになる。どうしても五百石から千石ていどの旗本が長年役を務めて出世して任じられる形、言い換えれば歳を取り、家格からいってこれ以上の出世がない者が褒美代わりの布衣格を与えられるために先手頭に補《ほ》されることから、陰ではそう呼ばれていた。

「これは、お先手頭で還暦に至っておらぬ者は捨て布衣ではなく、御上が期待しているということの裏返しでござる」

「むううう」

平蔵はうなった。

「半年ほどで手柄が立てられましょうや」

旗本は誰もが出世を望んでいるといえる。少なくとも役目に就いている者は、さらなる上を狙っている。平蔵も父をこえたいと考えていた。

「それは貴殿次第でございましょう」

そこまでは知らぬと堀帯刀が突き放した。

「さようでございました」

さすがに失礼であったと平蔵は詫びた。

「まあ、突き放してしまうのも先達として申しわけもなし。新しき者を指導できて初めて、先達と偉そうな顔ができる」

堀帯刀が表情を緩めた。

「拙者の組内から、手慣れた者を幾人か、お貸しいたそう」

「……かたじけなし」

平蔵は厚く礼を述べた。

三

刻限を迎え、江戸城から下った平蔵は、配下の先手組与力を呼んだ。

「増加役を命じられた」

平蔵は与力伊尾木佐兵衛《いおぎさへえ》に、今日命じられた人事を伝えた。

「……おめでとうございまする」

一瞬の間を空けて伊尾木が祝いを述べた。

「うむ」

一応平蔵は祝意を受けた。

「期間はこの九月から来年の春過ぎまでであろうと、若年寄太田備中守さまより御懇切なお話をいただいた」

「半年と少しでございますな」

伊尾木が指を折った。

「しかし、どのようにいたせばよろしいのか、いささか戸惑いまする」

わざとらしく伊尾木が難しい顔をした。

「それについては堀帯刀どのより、手慣れた者を幾人かお貸しくださる」

「堀帯刀さまのお組内から」

ちらと伊尾木が額にしわを寄せた。

「気に入らぬのか」

平蔵が伊尾木の態度を咎めた。

「他の助けを借りねば、やれぬのかとお頭さまのお名前に傷が付くのではないかと案じましただけでございまする」

伊尾木が平蔵のためだと言った。

「己だけでしようとして、お役を果たせぬほうが恥であろう」

「さようでございました。気がつきませず」

言い返した平蔵に、あっさりと伊尾木が引いた。

「とにかく、同心どもを組み分けいたせ。五人一組がよかろう。与力が一人頭として同心どもを統率せよ」

「承知いたしました。ところで、堀さまより合力いただく方々の組み分けはいかがいたしましょう」

首肯した伊尾木が、その先を問うた。

「組み分けはせぬ。その者たちは、余の側に置く」

平蔵は堀帯刀から貸し出される者たちを手元で使うと告げた。

「お心のままに。では、早速」

伊尾木が一礼して、平蔵のもとから下がった。

「……」

その態度に平蔵は憮然《ぶぜん》となった。

「もう二年になるというに、まだしこりを残しておる」

平蔵は口をゆがめた。

「いつまでもしつこい奴らじゃ」

大きく平蔵はため息を吐いた。

平蔵と配下の与力、同心との間に溝が入ったのは、天明《てんめい》六年（一七八六）七月のことであった。

西の丸徒頭から、先手弓頭へ出世した長谷川平蔵が、幕府へ一つの願いをあげた。

「組替えをお願いいたしたく」

平蔵は配下となる弓組を、別の組と入れ替えてくれと求めたのだ。

これはままあることであった。

先手組は戦場でもっとも敵に近い陣取りになる。つまり、敵からの圧力をもっとも受ける場所であり、最初に矢合わせ、鉄炮の撃ち合いをおこなう。

手柄を立てやすい場所であると同時に、命の危険が高い。

飛んでくる矢、撃ちこまれる鉄炮に動じることなく、前進、攻撃、退却などの組頭の命に応じなければならない。

そのためには組頭への信頼が必須であった。

命を預けても大丈夫だと思っていれば、組は一つになり敵と十二分に渡り合えるが、こいつの指揮では無駄死にになると感じてしまえば、たった一発の鉄炮で陣形が崩れてしまいかねない。

これでは戦にならない。

乱世のころは、組頭と配下のもめ事は日常茶飯事であった。なかには刃傷沙汰におよんだときもある。

そんな状態で戦などできない。どころか、組頭は背中に気をつけなければならなくなる。

そこで組替えがおこなわれた。組頭同士が納得するか、徳川家が認めるかすることで、配下を総入れ替えする。

戦という特殊な状況のもとでの特例であったが、それがそのまま泰平になっても続いた。

慣例になった。とはいえ、戦がなくなれば背中を心配する意味はない。組頭が組替えを願っても、かなえられないことも増えた。

当たり前だ。組替えを命じられた配下たちにしてみれば、おまえたちは信用できないと言われたも同然なのだ。

何年か配下として務め、どうしても合わない、あるいは失敗があったなどがあれば、まだ配下たちも納得する。配下たちからしても、機嫌の悪い組頭のもとで務めるのは辛い。

それを平蔵は任官してまもなく願い出た。

かつて父長谷川宣雄が先手弓頭を務めていたときに預かっていた組との組替えを求めたのだ。

気心の知れた配下を得て、出世の足場固めをしようと考えた。

「父は勘定奉行を狙えるところまで行かれた。あいにく客死を遂げられたが、いかほど無念であったろう。その思いを、吾は継ぐ。きっと父よりも出世し、長谷川家を寄合格に押しあげて見せる」

先手弓頭に四十歳そこそこという若さで就いた平蔵は決心した。

主として出世していく先手頭は五年から六年くらいで異動する。いわずもがなだが、先手組の活躍する戦場はもうない。先手組は交代で江戸城諸門の警固をするだけ、三日に一日働けばすむ。まさに閑職中の閑職であった。

ただ、番方旗本栄誉の役と言われるだけあって、注目は浴びやすい。直属の上司である若年寄はもとより、老中たちも気にしてくる。それは、幕政にかかわる重要な役目を任せても良いかどうかを見極めるためであった。

「この者に何という役目をさせてはいかがか」

こうやって推挙した者が活躍すれば、己の評価もあがる。

若年寄ならば、京都所司代、大坂城代といった老中への階段をあがれる。老中ならば、勝手方、あるいは老中首座へ就ける。

逆もある。推挙した者が失策を犯せば、足をひっぱられることになる。

では、戦場での手柄がない先手頭がどうやって己の手腕を見せつけるのか。任を忠実に果たすのだ。淡々と門の警固をおこなう。

江戸城の諸門は大名や役人の通過がある。そのとき、配下たちの動きが機敏であったり、堂々としていたり、やる気に満ちていれば噂になる。その噂があの先手頭は、組内をよくまとめているとの評判に繋がる。

父の配下だった者たちが、そのまま現役でいるとは限らなかった。父宣雄が先手弓頭になったとき、平蔵は二十一歳、二十二年も前の話なのだ。とはいえ、まだ与力、同心のなかには先手弓組衆として務めている者もいた。それもかなり老練な者として、組内において重きをなしている。

京都町奉行のとき、宣雄は配下たちを大事にしてきた。宣雄の死に際しては京都西町奉行所の与力、同心はもとより京都の庶民も、泣いて別れを惜しんでくれた。先手弓頭のときも同じであった。非番の日に配下たちを屋敷に招き、酒食を出してねぎらうこともままあった。その場に嫡男として平蔵も同席していた。そのときの与力、同心は父宣雄のことを、平蔵の顔を覚えてくれている。

少なくとも、まったく知らない与力、同心を配下として、任を果たすよりは楽である。なにより、父宣雄を京都西町奉行へと押し上げてくれた配下たちなのだ。

平蔵が組替えを願い出たのは当然であった。

「つきあいもせず、いきなりとは。今度のお頭は情のないお人らしい」

預けられるはずだった弓組の一同が不満を漏らしているのを知っていても、組替えがなればかかわりはなくなる。平蔵は気にもしていなかった。

「願い出の儀、よろしかろう」

こう許可が下りると平蔵は疑っていなかった。

平蔵は飛ぶ鳥を落とす田沼主殿頭意次《とのものかみおきつぐ》の引きを受けていたからである。

大老格田沼意次と平蔵のかかわりは、安永《あんえい》八年（一七七九）の五月に遡る。

この年、十代将軍家治の嫡男家基が品川へ鷹狩りに出た後病を発し、十八歳という若さで急死した。

聡明で壮健であった家基は、田沼意次の幕政壟断を強く非難していた。だけでなく、十一代将軍となったおりには、幕閣から田沼意次を排除すると公言していたこともあり、当初は毒殺も疑われたほどであった。

そのとき平蔵は西の丸書院番兼進物番をしており、諸大名から病床にいた家基への見舞いの品を差配していた。

「主殿頭め」

「よくもお世継ぎさまを」

西の丸は世子家基の住まいでもあった。そこに詰めている旗本たちは、家基が将軍となったとき、本丸へ移り、新しい幕府の中核を担う。まさに将来を嘱望された者たちだったが、それも家基が生きていてこそである。家基が死ねば、西の丸にいる者たちの出世はなくなる。なにせ、十代将軍家治には家基以外に男子はいない。次の世子は、御三家、御三卿からやってくることになる。となれば、まちがいなくすでに仕えてくれている側近たちを西の丸に連れてくる。今いる連中は不要になってしまう。

田沼意次への恨みが西の丸に満ちたのは無理のないことであった。

そんななか、平蔵は淡々と任を果たしていた。

「家基さまへのお見舞いの品、いかがいたしましょうや。生ものなどは畏れ多いことではございますが、廃棄させていただきました。それ以外のものをどういたせばよろしいかをお伺いいたしたく」

平蔵は使う者がいなくなった見舞いの品の扱いについて田沼意次へ問い合わせた。

「新しきお世継ぎさまにお使いいただくというわけにはいかぬかの」

「いささか、縁起が悪いかと」

田沼意次の発案を平蔵が止めた。

「新しいお世継ぎさまには、またお祝いが参りましょう」

次期将軍が決まらないのは、幕府として困る。幕府は徳川家康の血筋に朝廷が征夷大将軍の地位を渡すことで継続していく。将軍がいなくなれば、幕府は消え去り、老中を初めとするすべての役人はその意義を失ってしまう。

家基の死を受けた老中たちはただちに候補の検討を開始、日をおかず御三卿一橋《ひとつばし》家嫡男豊千代《とよちよ》を家治の養子にすると決めていた。

「たしかにそうじゃの。しかし、そうなるとこれらの品物が困る。さすがに捨てるわけにもいかぬであろう」

見舞いとはいえ、次の将軍へのものだ。刀などの武具も多い。当たり前だが、天下の銘刀ばかりであった。

「ご墓所の寛永寺《かんえいじ》に奉納なされてはいかがでございましょう。ご供養にもなりましょうし、見舞いの品をよこした大名どもも供奉《ぐぶ》の形を取れることになりますゆえ、満足いたすのではないかと」

「妙案である。そなた、もう一度名前を申せ」

「長谷川平蔵でございまする」

「覚えた」

膝を叩いた田沼意次が平蔵の名前を覚えておくと言った。

ときの権力者田沼意次と縁のできた平蔵は、それにすがった。それこそ田沼の屋敷に日参し、雑用を引き受けるなどして機嫌を取った。

「愛《う》いやつじゃ」

田沼意次に気に入られた平蔵は、将軍世子となり西の丸に入った豊千代の境遇が落ち着いた天明四年（一七八四）十二月、西の丸徒頭へと推された。

進物番から徒頭への異動は異例中の異例であった。進物番は書院番士からの出向であり、出世というより左遷に近い。

将軍の警固を担う旗本誉《ほま》れの役目、武をもって務める書院番のなかで、献上物の取次をする進物番は裏方扱いになる。一度、進物番となった者は、番方としての出世は望めなくなるのが慣例であった。

しかし、平蔵は田沼意次のお気に入りとなったことで復活した。

徒頭は将軍あるいは世子が外出のおり、その先触れをおこなう徒士《かち》をとりまとめる役目である。徒士は行列の先頭で「下におろう、下におろう」と背筋を伸ばし、左右の手を振りながら進み、将軍あるいは世子の権威を示すのが仕事である。

その誇りある役目の取りまとめに平蔵は就いた。

また、徒頭は、新番頭《しんばんがしら》、小十人組頭などと並んで、番方旗本が最初に布衣を許される役目でもあった。

布衣とは儀式のときなど旗本が身につける無紋の狩衣《かりぎぬ》のことである。無役の旗本や御家人が素袍《すおう》であるのに比べて従六位相当の扱いを受ける布衣をまとうのは、旗本の憧れであった。

進物番から徒頭へ、平蔵は一気に何段も出世の階段をあがった。

そしてその徒頭も通過点でしかなかった。

二年にならずして平蔵は、本禄千石未満の番方旗本としては最高の役目とされている先手弓頭に任じられた。これも田沼意次と近かったおかげであった。

「あと少しで寄合に届く」

平蔵が、有頂天になったのも当然であった。

田沼意次が後ろに付いている。平蔵はすべての要求は通ると信じ切っていた。

いや、田沼意次の権を吾が力だと勘違いしていたのだ。

「萬《よろず》の入れ替えは認めず」

それが一カ月ほどで、幕府は平蔵の願いを却下した。

それも萬が付いた、組全部の交換だけでなく、一人、二人などの個別の引き抜きもしてはならないとの厳しい拒否であった。

「わかりましてございまする」

決定に平蔵は一切の苦情を申し立てなかった。

いや、できなかった。

平蔵が威を借りていた田沼意次の後ろ盾だった十代将軍家治が病に伏し、その権に陰りが見え始めていた。

もともと寵臣として傲慢を極めた田沼意次は、多くの者の反感を買っていた。出が紀《き》州《しゅう》徳川家の小身者だったというのも、徳川の一族や名門譜代大名から憎まれていた。

それらを十代将軍家治の寵愛が押し潰していた。

将軍の絶大なる信頼のうえになりたっていた田沼意次の力は家治の死をもって崩壊した。

幸い、平蔵は田沼意次に代わって、天下の権を握った松平越中守定信《まつだいらえっちゅうのかみさだのぶ》から相手にされないほどの小者であったおかげで、役を失い小普請組へ戻されるという最悪の事態は避けられたが、その願いはかなうことなく潰えた。

「田沼の犬が転んだわ」

傲慢だった平蔵の評判は、田沼意次の失脚とともに地に落ちた。

「お頭さまの思うがままになされよ」

与力、同心がそっぽを向いた。

「背筋を伸ばし、目を動かさず、一点を見つめよ」

諸門警固のおりの理想とされる姿勢を平蔵が求めても、誰も従ってはくれない。かといって復讐とばかりに露骨な手抜きや、欠勤などをすると己たちの首を絞めることになりかねない。平蔵がいなくなった後も、与力、同心は先手弓組に残るのだ。後任が、平蔵の配下だったときの態度を見ていたらまずいことになる。

結果、残ったのは平蔵と組内の与力、同心との間にできた溝だけであった。

「半年のしんぼうだ」

伊尾木の態度を思い出した平蔵はため息を吐いた。

四

堀帯刀から派遣された与力と同心二人は、火付盗賊改として新任の先手弓頭が出たとき、その指導に当たる役目を担った者であった。

「町奉行所の与力、同心と同じでございましてな。身分はお先手組与力ではございますが、代々世襲として火付盗賊のことをやっております。そうでなければ、町方のまねはできませぬ。目の前で盗賊や火付を働いてくれるならば、お先手組の武をもって制するだけですみますが、焼け跡から下手人の痕跡を探し、それをもとに追い詰めていくなど、昨日今日、役目に就いた者にはとてもとても」

与力が事情を説明した。

「それは増加役ていどで張り切るなと言いたいのか……」

「無理はなさらぬことこそ、肝心かと」

平蔵の穿《うが》った読みを与力が肯定した。

「本役になられたとき、お力を発揮されればよろしゅうございましょう。今は、まず、江戸の町を知られるべきでございまする」

与力が助言を続けた。

「江戸ならば、十分に知っておる。とくに深川《ふかがわ》、本所《ほんじょ》あたりならば、どこの裏路地でも知らぬところはない」

平蔵は胸を張った。

「お頭のお若い時分のお話は噂で聞いておりまする」

与力がうなずいた。

「しかし、それから十年以上経っておりまする。江戸の町は日々変わり続けておりますれば、実地に歩いてご覧になられることをお勧めいたしまする。盗賊どもは、盗みに入る前に十分下調べをいたしまする。どこに空き家があるか、あの路地は突き抜ければあそこに繫がるなど熟知してから仕事をおこないまする。火付盗賊改方も同じくらい知っていなければ、追うことさえできませぬ」

「そういうものか」

言われた平蔵は首をかしげた。

平蔵は父宣雄の長男ではあったが、妾腹であった。正室との間に次男が生まれたことで、家督を継げないと拗《す》ね、長く放蕩を重ねて来た。とくに長谷川家の屋敷のあった本所では、遊郭、賭博場などの悪所への出入りも激しく、見かねた父が地元から引き離すため、平蔵を京まで連れて行ったほどであった。

しかし、役目を得てからの平蔵は、まったく遊びからは離れた。役人はなにもしなければ、日々平穏に過ごせる。そのためには傷はまずかった。役人が夜な夜な、あるいは非番ごとに遊女を抱いている、博打《ばくち》をしているなどと噂されれば、たちまち小普請組へと逆戻りになる。そして悪評の付いた旗本は、二度と浮かびあがることはできない。

「それと組内の和をお計りになられますよう。火付盗賊改方が相手をするのは、乱暴狼藉を尽くす悪辣な者でございまする。呼吸が合わねばおおきな損害を出しまするぞ」

しっかり与力は平蔵と配下たちの不仲を見て取っていた。

「そうしよう」

平蔵も改善しなければならないと思っていた。助言に平蔵はうなずいた。

「……あと」

言いにくそうに与力が平蔵を見た。

「先手与力や同心は手柄を立てても出世できませぬ。異動も加増もないのでござる。何《なに》卒《とぞ》、その分をご考慮願いたく」

与力が、平蔵に配下への気遣いを求めた。

「わかった」

平蔵も受け入れた。

「最後に……上を目指されるならば、あまり熱心になさらぬよう」

「どういうことだ」

「堀帯刀さまではなく、横田源太郎さまをよくご覧になられますよう」

与力はそれ以上言わなかった。

堀帯刀の火付盗賊改方としての評判はいい。今年天明七年五月十日に米の高騰から始まった打ち壊し騒ぎを見てもわかる。十日経っても町奉行所では押さえきれなかったものが、堀帯刀らが出動した途端収まった。この後老中になった松平越中守定信が、堀帯刀を賞したとまで噂されるほどの手腕を振るっている。

「……」

意味がわからなかった平蔵は、首をかしげるしかなかった。

「横田源太郎どのを……」

すでに横田源太郎は火付盗賊改方を辞めている。どころか、先手組からも異動していた。

話はすんだと与力は、平蔵のもとから去った。

「なにが言いたいのだ」

与力の残した言葉が、平蔵の脳裏にこびりついた。

だが、役目は待ってくれない。

太田備中守から命じられた日から、役目は始まっている。のんびり横田源太郎のことを調べている余裕はなかった。

「すまぬことをした」

平蔵は配下の与力、同心を屋敷に集め、しっかりと頭を下げて詫びた。

「これからは、皆を頼りにしていく。勝手なことをと腹立たしく思っておるだろうが、お役目のためだと飲みこんでくれ」

謝罪をすませた平蔵は、暇を見つけては江戸の町を歩いた。

「ここに路地があったはずなのに……」

「岡場所が一丁ほど動いている」

若いころ屋敷から博打場へ通った裏路地が、いつのまにか大きな商家の敷地に取りこまれていたり、馴染みの妓《おんな》がいた岡場所が移転していたり、十五年を超える空白は平蔵の思い出を消していた。

「一からじゃ」

平蔵は移りゆく江戸の姿を、脳裏に刻んだ。

さらに平蔵は火付盗賊改方の費用として与えられる六十人扶持、増加役の期間が七カ月のため、実質は三十五人扶持を一切私することなく、配下に分配した。

もっとも一人扶持は一日玄米五合、一年で一石八斗、金にしておおよそ二両、三十五人扶持で七十両ほどではとても火付盗賊改方の費用として足りるものではない。

与力、同心の禄は火付盗賊改方になったからといって増えないのだ。それでいて、町奉行所の与力、同心が抱えている御用聞きのような、江戸の町に通じた連中を雇わなければならない。他にも探索で出向くときの費用なども要る。

「これを使え」

不足分を平蔵は自腹を切った。

まず自らが率先して働き、そのうえで配下を労《ねぎら》い、上前を撥《は》ねない。これだけでかなり状況は変化する。

増加役が終わるころには、平蔵と配下の与力、同心の仲は大幅に改善された。さすがに忠義心を持ってくれるところまではいかないが、指示をまったく聞かないなどはなくなった。

もちろん手柄を立てることはなかった。しかし、在任中に太田備中守から精励不足を咎められずにすんだ。

「盗賊追捕の任を解く」

翌天明八年（一七八八）四月二十八日、平蔵は火付盗賊改方増加役を無事に終えた。

この間にあったのは、十一月九日、吉原《よしわら》から出た火が大川《おおかわ》をこえて小梅村《こうめむら》まで及んだものの後始末くらいで、本役の堀帯刀の手助けをしたていどですんだ。

「皆、ご苦労であった。おかげで助かった。この後は通常のお先手組としての任に戻るが、これからもよしなに頼むぞ」

任を終えての慰労の宴席をもうけた平蔵は、配下たちを労った。

しかし、ほっとする間は与えられなかった。

「長谷川平蔵、盗賊追捕の任を命じる。本役として励め」

半年経たずして、堀帯刀が弓頭から持筒頭《もつつがしら》へと横滑りをした後を受け、平蔵は火付盗賊改方本役となった。

「本役でございますか。承知いたしましてございまする」

幕命を拒むことはできない。平蔵は火付盗賊改方本役を引き受けた。

「吾が出世は終わった」

平蔵は愕然とした。

かつて堀帯刀から借りた与力の言ったことを増加役の半年で平蔵は理解していた。

火付盗賊改方をして出世するには、手柄を立てなければならない。多くの盗賊を捕らえ、死罪にする。こうすれば、平蔵の名前はあがる。しかし、それは同時に、江戸の治安を預かる町奉行の手柄を奪うことになる。いや、火付盗賊改方に及ばないと町奉行を貶《おとし》める行為であった。

町奉行は三千石格諸大夫に任じられる旗本最高の役目であった。また、三奉行の一人として幕政にも深くかかわる。老中たち執政とも親しい。

手柄を立てれば、その町奉行に嫌われる。

かといって、町奉行の鼻息を窺ってばかりだと、やる気がない、無能との烙印を押されてしまう。

火付盗賊改方の本役は、出世を目指す旗本にとって本厄であった。

「横田源太郎さまも哀れであった」

少し調べれば横田源太郎の顚末は知れた。

石抱きという責め問いのとき、折り曲げた膝の裏に三角に尖った棒を入れて、苦痛をより強く与える。俗に横田棒という拷問道具を開発し、多くの凶賊を死罪にした横田源太郎はその功績で作事奉行へと出世したが、数年で火付盗賊改方のころの勤務態度芳しからずとして、新番頭へと降格されていた。

「堀帯刀どのも……」

真面目にやり過ぎず任を果たし、天明の打ち壊しを終結させるという手柄をあげた堀帯刀は、火付盗賊改方を外された後、先手弓頭と同格の持ち筒頭へ移されただけで、出世はなかった。

「夢は潰《つい》えたか。ならば、火付盗賊改方の鬼と言われてくれる」

平蔵は出世を捨て、名前を江戸中に広めるのを新しい夢とし、職務に挑んだ。

本役となった長谷川平蔵はじつに七年もの間、火付盗賊改方を務める。

寛政《かんせい》元年（一七八九）四月、関八州を荒らしまわっていた神道徳次郎《しんとうとくじろう》一味を一網打尽に、寛政三年五月には、強盗や強姦を繰り返していた凶賊葵小僧《あおいこぞう》を捕縛するなど、多くの手柄を立て、江戸の庶民からは鬼の平蔵と慕われたが、やはり出世との縁はなかった。

平蔵の後ろに田沼意次の影がつきまとったのも一因ではあったが、それ以上に幕府の老中、若年寄に火付盗賊改方は嫌われていた。

「血なまぐさい」

先祖が多くの敵を殺し、手を血で染めたことなど忘れ果てた泰平の執政たちは、盗賊追捕を汚らわしいものと忌避した。

「武を振るうしか能のない者に、政《まつりごと》はできぬ」

己たちが押しつけたというのを忘れたかのように、老中たちは長谷川平蔵を遠ざけた。

「なにをしておる」

そうでありながら、少し江戸で盗賊がはびこると、呼びつけて叱りつける。

労苦の報いがないと悟ってはいたが、あまりの扱いを受け続けた平蔵は失意のなか病を得た。

「鬼の平蔵が倒れた」

噂は将軍のもとにまで届いた。ときの将軍家斉《いえなり》は、平蔵が西の丸進物番をしていたときに、一橋家から入った豊千代である。平蔵のことを覚えていたかどうかはわからないが、家斉は側衆加納遠江守《かのうとおとうみのかみ》を見舞いとして使わした。

「かたじけなし」

将軍から病床見舞いを受ける。これは旗本にとって大きい。その功績を将軍が認めてくれたことになるのだ。

しかし、これを一期《いちご》の幸せとして、その三日後、平蔵は急逝した。

寛政七年（一七九五）五月十日、享年五十一。

京都西町奉行に在任中五十五歳で死んだ父宣雄に及ばぬこと四年、平蔵も役目に倒れた。

跡継《あとつぎ》なしは改易の咎めを避けるため、遺族はその死を隠し、平蔵が生きている風で役目を辞退した。

「長年の功を愛で、火付盗賊改方を解く。お先手弓頭も免じる」

事情は幕府もわかっている。形式さえ整っていれば問題にしない。願いはすぐに聞き届けられ、家督相続も問題なく認められた。

長谷川の家を継いだ嫡男宣義《のぶのり》は書院番を皮切りに世子家慶《いえよし》の身のまわりを世話する小《こ》納戸《なんど》へ転身、その寵愛を受け、後に父をこえる従五位下山城守《やましろのかみ》に任じられた。

浅草・今戸橋

門井慶喜

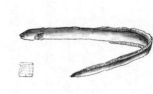

一

それは、夏の盛りのことであったが……。

火付盗賊改方《ひつけとうぞくあらためかた》同心・木村忠吾《きむらちゅうご》の市中見廻り担当区域は、本所《ほんじょ》と深川である。いつものごとく着ながしに浅めの編笠という浪人のなりで小名木《おなぎ》川ぞいの道を左へまがり、浄土宗の名刹《めいさつ》・道本山霊巌寺《どうほんざんれいがんじ》の門前へ入ると、とたんに、

「ああ、もう……近ごろの世は、嘆かわしい」

まだ三十になるかならぬかの年齢《とし》のくせに、古老のように首をふった。

左右の店の軒下に、
〔丑《うし》〕
とか、
〔土用　うなぎ〕
などという貼り紙がしてある。
はなはだしきに至っては、「う」の字のかたちに体をまげた鰻の絵を彫りこんだ柘植《つげ》の看板までぶら下がっている。店の前では、
「ええ、うなぎ……」
「夏やせによし、蒲焼、肝吸い……旦那、どうです」
などと、呼びこみの男女の声がかまびすしい。忠吾はそれらを、いちいち顔をしかめていなしつつ、
「どいつもこいつも流行《はやり》になびき、他人の尻馬に乗りおって……。夏の土用の丑の日に鰻を食うなぞ、ここ十数年の習慣《ならい》にすぎぬではないか。われら客には、いやしい商人《あきんど》のたくらみに惑わされず、おのれを持すという心意気が肝要だぞ」
ひとりで、ぶつぶつ言っている。稽古不足の役者のように舌っ足らずな口調だった。
が……。
腹は、正直である。
こっくりとただよう蒲焼のにおいに反応して、あたりに響くような音《ね》を鳴らした。忠

吾はおもわず周囲を見て、

（おれも、昼めしにしよう）

手近な〔三津屋《みつや》〕という一ぜん飯屋へとびこんだ。

客の数は、そこそこである。

板敷きの入れこみへ上がり、あぐらをかくと、小女《こおんな》が出てきたのへ、

「この店は、蒲焼は出さぬか？」

「ええ、出しません」

「それはよい」

「昼は、定食《おきまり》で」

「定食は何を？」

「麦めしに味噌汁、胡瓜《きゆうり》のお漬物に、きょうのお菜《さい》はこんにゃくと茄子《なす》の煮もので二十五文です」

「持ってまいれ」

出されたものは、心がこもっていた。

ことに忠吾は、茄子が気に入った。一本を縦に割ったものが二きれ。皮にこまかく網のように切れ目が入ってい、やわらかく煮汁の味がしみている。

麦めしと、じつによく合う。忠吾は、

「うまい、うまい」

三度おかわりし、四杯目は、のこりの煮汁をぶっかけて掻き込んでしまった。

腹がふくれ、着物の帯のしめつけが、きつくなった。われながら、

（じつに、ひさしぶり……）

気がつけば、かたわらの土間に、小太りの男が立っている。

前かけで手をぬぐいながら、にこにことお辞儀をして、

「気もちのいい召し上がりようで、ご浪人はん。せいせいしましたわ」

「この店の、あるじか？」

「へえ」

「感心したぞ。これからは、ちょくちょく寄せてもらう」

偽名を告げた。こういうときは本名はもちろん、所属先である火付盗賊改方の、

「お名前は？」

「金杉忠太郎《かなすぎちゅうたろう》」

（ひの字も、出さぬ）

それが、鉄則なのだ。

何しろこの組織の職務というのは、江戸市中を巡回し、そこにひそむ盗賊や放火犯、
博徒などを、白日の下に、

「さらけ出す……」

という一種の秘密警察なのである。ほかの四十名ほどの同僚とくらべても、成績優秀

などということは、

「断じて、ない」

などと長官・長谷川平蔵《はせがわへいぞう》にかねがね揶揄《やゆ》される忠吾であっても、こうしたところ、抜かりはない。

あるじは愛想よく、

「おおきに」

頭をさげた。

どうやら、上方者《かみがたもの》らしい。忠吾はからっぽの小鉢を手で示して、

「茄子の煮ものが、ことによかった。出汁《だし》は何だい。昆布とも、かつぶしともちがう。干し椎茸《しいたけ》でもないような……」

「さすが、目敏《めざと》うおますなあ。半助だす」

「はんすけ？」

忠吾は、目をぱちぱちさせた。あるじは自慢そうに、

「鰻の頭のことを、上方ではそない言いますのや。きょうは土用の丑の日ですやろ、まわりの店では落とした頭がぎょうさん出ますよって、それを集めて、醬油と酒で炊いて……」

「何だと」

忠吾の目の色が変わった。

あるじのほうへ向きなおり、

「それでは、だまし討ちではないか」

こんどは、あるじが目をぱちぱちさせる番である。忠吾はぐっと顔を近づけて、

「ああ、そうだ。卑怯この上ない。世には鰻なぞまっぴら御免、おのれを持するを欲する硬骨漢もあるのだ。そういう男に、それと知らせず食わせるなどとは……」

「鰻が、おきらいで」

意外そうな顔をした。忠吾はいよいよ説教くさく、

「そういう話をしているのではない。おれは鰻がきらいなのではなく、はやりものが嫌なのだ。ましてやお前は、蒲焼どころか、その食いのこしを……」

「食いのこしと違《ちご》て、料理の前にもろて来ます。あての故郷の船場《せんば》では、頭もりっぱな材料だす」

言い返されたのが、かえって癇《かん》にさわった。忠吾はあるじの胸を指でついて、

「これだから、大坂者はいやなのだ」

「四杯食うたやろ」

「言うな」

「大坂者にも、意地はあります。あんさんごとき、こんにゃく浪人に……」

「何だと」

口論になったとき、それまで黙って忠吾のうしろの卓でめしを食っていた二十そこそこの男が、箸を置いて立ちあがり、

「まあまあ」

ふたりのあいだへ割って入った。

町人である。忠吾がもう顔をまっ赤にして、

「口を出すな」

と言ったけれど、男はすばやく耳もとへ口を寄せてきて、

「さわぎを起こしたら、お役目にさわるんじゃありやせんか、木村さん」

「え、おれは……」

「存じてますよ。火《か》盗《とう》改メの木村忠吾さん」

「げえっ……」

忠吾はのけぞり、男の顔をまじまじと見る。

異相である。焼き栗をさかさにしたような頭のかたちで、小さな目鼻が底に沈んでいる。

「お前は、も、茂《も》七《しち》……」

忠吾が言いかけるのへ、

「いつぞやは、相済みませんでした。おつむに糠《ぬか》味《み》噌《そ》をぶちまけちまって……」

「よ、よせ」

忠吾がまわりを見たのに気づいたかどうか。茂七はふところへ手を入れ、財布を出し、

あるじへ、

「じゃましたな」

ふたりぶんの勘定を支払うと、忠吾が、

「お、おい……」

自分のぶんの銭を出そうとしたのもかまわず、

「ちょいと話をしましょうか、金杉さん」

巨大なひたいを出口のほうへ倒し、さっさと行ってしまった。

二

火付盗賊改方が、盗賊〔黒鹿《くろじか》の初兵衛《はっぺえ》〕一味十四名を捕縛・処刑したのは、二年前の秋のことだった。

黒鹿の初兵衛は、典型的な、

「急ぎばたらき」

の盗賊だった。

商家へこれと目をつけると、手下をやり、七日ないし十日ほど店のまわりを徘徊させる。そうして主人夫婦の顔やら、奉公人の数やら、逃げ道の様子やらをひととおり呑みこんでしまうと、雨の晩をえらんで押し込むのである。

押し込みは、酸鼻をきわめた。

かたっぱしから女中を犯し、奉公人を殺害し、主人に、

「金のありかへ案内しろ。案内すれば、いのちは助けてやる」

言ったときにはもう女房子供をひとところに集め、手下でかこんで何本もの匕首《あいくち》の刃を向けているのだ。

主人がやむなく土蔵なり、納戸《なんど》なりへ、かれらをみちびく。錠前《じょうまえ》をあける。大量の小判の存在をたしかめると、黒鹿の初兵衛は、

「ありがとうよ。うふ、うふふ……」

低い声で笑ってから、手下たちに、

「もう一汗かいておくれ」

と、女房子供の殺害を命じるのだった。

もちろん、主人も惨殺する。

万が一にも命をとりとめてお上に証言することのないよう、死体は女中、奉公人もふくめ、すべて一か所にあつめて、首を胴から切りはなす。

初兵衛はみょうに几帳面なところのある男で、胴は胴の山をつくり、首は首の山をつくって数をたしかめる。そうしておいて、雨のなかを、

（ゆうゆうと……）

行方をくらますのだった。

浅草聖天町《しょうでんちょう》の瓦《かわら》問屋〔浜田屋《はまだや》〕や両国の質屋〔垣森屋《かきもりや》〕をはじめ、これまで六、七軒の商家がこの手口でやられている。何年もかけて奉公人をもぐりこませ、主人の信頼を得、こっそりと図面を書き取って女房子供を殺すどころか指一本ふれることなく金だけを盗んで霧のように消えてしまう、いわゆる、

「本格の、お盗《つと》め」

とは類を異にする、畜生同然の連中だった。

火付盗賊改方は、これを全力で捜査した。いっときは全同心の半分にあたる二十名余を割《さ》くまでした。けれども何しろ生存者がいないのでは証言も得られず、雨の晩では近所の目撃者もないため、人相書きの一枚もなかなか刷るのがむつかしかった。

かろうじて、かつて盗賊の首領をしていた密偵・大滝《おおたき》の五郎蔵《ごろぞう》が、長官・長谷川平蔵へ、

「胴の山と、首の山……うわさには聞いたことがあります。たしか黒鹿の初兵衛っていう、下野国《しもつけ》雀宮《すずめのみや》から来たやつのしわざです」

と告げたことで、首領の名が判明したくらいだった。

そうこうするうち、べつの商家で事件が起きる。

またしても一家みなごろし。長谷川平蔵は、

「うぬ!!」

めずらしく憎悪の念をかくしもせず、筆頭与力・佐嶋忠介《さじまちゅうすけ》へ、

「きっと捕らえろ」

　厳命し、みずからも市中を巡回したが、数年のあいだ、捕らえるどころか有力な手がかりも得ることができなかったのである。世間の人々は、

「盗賊どもを震撼させる『鬼の平蔵』も、黒鹿の前じゃあ、しょせんは小鬼だったなあ」

　などと言った。

　解決は、急だった。

　或る早朝、平蔵の清水門外《しみずもんそと》の役宅へ、

「お助けを。お助けを」

　駆けこんで来た長次《ちょうじ》という初老の男が、ほかならぬ黒鹿の初兵衛の、

「右腕」

　だと名乗ったのである。

　門番からの報告を聞くと、平蔵はみずから応対した。お白洲へ長次を据えて、

「黒鹿の初兵衛に、いのちを狙われてるな？」

　ずばりと聞いた。

　長次は、でっぷりと肥《ふと》っている。腹の肉をゆらして身をよじり、

「ええ、さすがは長谷川様、そのとおりなのでございます。ゆうべ、あっしが、千住《せんじゅ》の盗人宿《ぬすっとやど》で寝ていたら、若い奴《の》が三人、いや四人……」

「襲うて来たか」

「ええ、ええ、たまたま少し前にしょんべんに行っていて、目がさめてたんで、廊下の板がぎしぎしいうのに感づいたんでさ。身を起こしたら……」

「起こしたら？」

「枕に、匕首が立ってました」

その瞬間を思い出したのだろう、長次は、肩をきゅっとちぢめた。平蔵は、

「首領《おかしら》のさしがねか？」

「まちがいありません」

「ひでえ話だなあ」

にわかに砕けた口調になり、慈愛のこもったまなざしで、

「原因は何だ。なぜ勘気をこうむった。ははあ、あれか、金の分け前の多い少ないで
……」

「そんなんじゃありやせん」

長次は即答し、腕まくりまでしてみせて、

「はばかりながら、あっしも黒鹿の初兵衛を三十年ささえてきた男だ。そんな卑《いや》しいことでいさかいは起こさねえ。お頭《かしら》は、お頭は……風邪をひいたんでさ」

はじめは、微熱が出ただけだった。

大したことないと見られていたところ、熱はひかず、体はうごかず、初兵衛はとうとう七日も床《とこ》を上げられなかった。

快復してからも、よほど意気消沈したのだろう、

「わしも、もう五十八。こんなことじゃあ、じきおむかえが来る……」

そう言い言いしたあげく、とつぜん手下をあつめ、自分の横に二十五歳の息子をすわらせて、

「わしはもう先がない。これからは、お盗めの指図はこの七五三太《しめた》にまかせる故、そう心得るように。これまで同様、いや、これまで以上に忠誠《まこと》をつくせよ」

そう宣言したのだった。

おのれ一代で築いた組織をそっくり息子に継承させるのは、それ自体は人情の自然といってよい。現に、盗賊の世界でも、けっしてめずらしくない習慣だった。問題は、この七五三太というのが、

（徳が、ない……）

ことなのである。

かねてから首領の息子であることを笠に着て、ちょっとしたことで仲間を蹴る、なぐる。金を借りて返さない。

誰ひとり逆らえないからますます増長する。そのくせ初兵衛に対しては、わざわざ巣《す》鴨村《がもむら》まで行って、農家から生みたての卵をもらって来て、

「おとっつぁん、ほら、体にいいよ。たんと食べなよ」

みずから醤油と砂糖を入れて、焼いてやったりするのである。

こんな二枚舌のどら息子が黒鹿の二代目になったりしたら、すぐに組織の箍《たが》がゆるんで、盗めをしくじり、

（みんな、お縄になっちまう……）

長次は、そう確信した。

勇を鼓して立ちあがり、生まれてはじめて、諫言《かんげん》というものをした。

「お頭のお気もちは、よくわかりまさ。七五三太さんは血筋がいいし、何ごとにもおもいきりのいいお方だが、いかんせん、まだ若い。もうちょっと人が錬《ね》れれば盤石《ばんじゃく》でさ。それよりもあっしは、いまのところは、源造《げんぞう》のほうを薦めたいんですが……」

場が、ざわついた。

いちばん戸惑い顔をしたのは、当の源造だった。こういう場面で名が出るとは、

（おもいも、しなかった……）

という顔である。

年のころは三十すぎ、盗賊としても、男としてもあぶらが乗りつつあるし、実際、これまでも初兵衛、長次につぐ若頭のような恰好で仲間をたばねてきた。

もとより性格にうらおもてがない。実力、人望、ともに文句なしである。個人的にも長次とは仲がよく、これまで何度、居酒屋で酒を酌み交わしたかしれぬ。

初兵衛は、仏頂面である。

しぶしぶという感じで、

「どうおもう？」

一同、誰ひとり声を出す者がない。

まよっているというより、目立つことを恐れているのだ。初兵衛はぷいと横を向き、立ちあがって、

「この件は、しばらく仕掛かりにする」

出て行ってしまったその晩に、つまり、長次が寝こみを襲われたことになる。

あるいは暗殺を命じたのは、初兵衛ではなく七五三太かもしれない。真相はわからない。とにかく長次は最初の一撃をのがれ、寝間をとびだし、盗人宿をとびだし、そのまま南へ走って日暮里をぬけ、根岸をぬけ、上野の山にもぐりこんだ。

山のなかは、手つかずの森である。木立のあいまにうずくまっていると、暗殺者どもが、がさがさ下草を払いつつ、

「どこだ。逃がすな……」

「早いとこ、源造のもとへ送っちまえ」

などと言うのが聞こえたので、長次は、

（ああ、源造は殺《や》られたのか……。すまぬ、源造、すまぬ。おれが不用意に、あんなことを言ったばっかりに……）

涙を、土にしみこませた。そのまましばらく身をひそめ、夜があけるころ、ふたたび駆けだして、

「ここのお役宅まで参ったのです、長谷川様。あっしはもう、あの連中とはつきあえねえ」

それが、長次の話だった。平蔵はにこにこと、

「よしよし、よう申した。ありがとうよ。さすれば長次、おぬしらの盗人宿は、千住のどこだえ」

「長谷川様」

長次はにわかに疑わしげな細い目になり、

「申し上げたら、わしの罪は減じてもらえますな？」

「むろんじゃ」

即答である。ひたと長次を見すえ、すずやかな顔で、

「しばらくこの役宅の牢内ですごし、ほとぼりがさめたら世にまた出よ。わしの狗《いぬ》となってはたらけ」

「いぬ？」

「つまり、密偵じゃ。うどん屋の一軒も持たせてやるから、そのあるじとして渡世しつつ、世の中のことに目を光らせる。何かあれば告げてもらう。盗人どもの内情を熟知しているおぬしのような者こそが、われらの目になり、手足になるのじゃ。たよりにしてるぜ」

破格の厚遇である。長次は平伏し、肩をふるわせて、

「あ、ありがとうごぜえます、長谷川様」

その、黒鹿の初兵衛の盗人宿は……。

隅田川にかかる千住大橋の、やや河口寄りの河原にあった。

屋敷も船つき場もない松林にうずもれるような一軒家。そこを平蔵は、おなじ日の五ツ半（午前九時）にはもう二十余名の同心、小者でとりかこんでしまうと、

「それっ……」

みずから下知して、いっきに打ち込んだ。

内部《なか》にいた初兵衛、七五三太親子をふくむ十一名は、夜っぴての長次さがしに疲れたものか、全員ねむりこけてい、平蔵たちは大した苦労もなく四名を斬殺し、七名を捕縛することができた。

初兵衛、七五三太、ともに縄を打たれた。七五三太などは顔をぐしゃぐしゃにして泣きながら、

「いのちだけはお助けくだせえ、長谷川様。おたのみ申します。おれは……おれは、ふるさとの下野国雀宮に、女房と、二歳の女の子がいるんでさ。あいつらは、おれが盗人だってことさえ知らねえ。おれが死んだら、どうなっちまう……」

父親の初兵衛のほうは、平然たるものだった。平蔵はこれら捕縛者を全員、ひととおりの取り調べの上、打ち首にした。迷いのない裁きだった。

長次にも、おなじ刑を申し渡した。

長次は血相を変えて、

「うどん屋の話は、どうなった。長谷川平蔵ともあろう者が、たばかりを吐《こ》きやがったか!!」

お白洲の砂へつばを吐《は》いたが、平蔵は烈火のごとく、

「たわけ!! うぬらの仕業《しわざ》をよくよく思い出せ!!」

こうして黒鹿の初兵衛一味はこの世から消え、人々はふたたび、

「長谷川様は、やっぱり小鬼じゃねえや。大鬼だったよ」

などと、手のひらを返したように喝采したのである。

ところで……。

平蔵はこの打ち込みののちも、しばらく、千住河原の盗人宿の張り込みをつづけさせた。

取り調べをした捕縛者のなかに、

「ほかにまだ、七五三太さんの女房と娘へ金をとどけに行ったやつが、三人ほど……」

と証言した者があったためである。

この三人は、二日後にたしかに宿へかえって来て、待ち受けていた同心の沢田小平次《さわだこへいじ》、小柳安五郎《こやなぎやすごろう》ほかに斬り捨てられたけれども、椿事《ちんじ》は、その直後に起きた。

松林から若者がひとり、ひょっこりと姿をあらわしたのである。

木綿の青縞《あおじま》に白の前かけ、いかにも町家の奉公人である。年齢《とし》は十八、九といったところか。

「何だ、おぬしっ」

呼ばわりつつ、刀を抜いて向かったのは、木村忠吾だった。

強者《つわもの》ぞろいの火付盗賊改方でも一、二をあらそう軟弱者であり、この日の捕物には何の貢献もしていなかったが、それだけに、相手が町人と見るや、にわかに威勢がよくなったのである。

若者の顔は、いちど見たら忘れられないものだった。

焼き栗をさかさにしたような頭の底に、ちまちまと目鼻が沈んでいる。その口がにわかに縦に赤くひらいて、

「わあっ……」

若者は、白い風呂敷づつみを抱えていた。それを放り投げてしまうと、きびすを返し、いっさんに逃げだしたのである。

もっとも、これは小野派一刀流の剣の達人・沢田小平次がすばやく行く手をふさいで、

「貴様も盗人の一味か。名を名乗れ」

若者は立ちどまり、泣きそうな声で、

「あっしは浅草今戸町《いまどちよう》の「くいな屋」という船宿で、下ばたらきをしております。茂七という者です」

「船宿が、こんなところに何の用だ」

「三日に一度、こちらの家へ、米や、野菜や、漬物なぞをおとどけに上がるのです。こ

ちらの家の方々は、いちいち土手をのぼってめしを食いに行くのも面倒だとおっしゃるので……それよりも、おさむらいさま、いま盗人と申されましたか？」

「申した」

「ああ、やっぱり。こんな人目を避けるような場所で、むさくるしいなりの方々が十幾人もたむろしてたから、そうじゃないかと……」

はじめて恐怖をおぼえたのだろう。茂七は、わなわなと唇をふるわせはじめた。

「とにかく来い、茂七とやら。忠吾、行くぞ」

首をのばし、忠吾を見るや、ふだんは謹厳な小平次が、

「ちゅ……忠吾、お前……」

ぷっと吹き出したものである。

「沢田さん……笑わないでください」

忠吾のなさけない顔が、べったりと、泥のようなものをかぶっている。

糠味噌だった。茂七の投げた風呂敷づつみが忠吾のひたいを直撃し、結び目がほどけ、木箱のふたが取れ、ばらばらと米やら野菜やらが落下した、そのなかに更に小さな箱があり、胡瓜の糠漬が、糠床ごと入っていたのである。

異臭があたりを支配した。川べりの風と相俟《あいま》って、腐った酢のようななまぐささである。

沢田小平次は、なおも笑いをかみ殺しながら、

「どうやら、茂七。おぬしはまことに船宿のはこび屋らしい」

その後しばらく、忠吾は、同心仲間から、

「漬物屋」

とか、

「おい、糠忠《ぬかちゅう》」

などと呼ばれるようになったのである。茂七は、釈放された。二年前のことだった。

三

忠吾は、市中見廻りから役宅へもどった。

着ながしに編笠の変装のまま、小者に、

「長官《おかしら》に、お会いしたい」

と取り次がせた上、中庭へまわり、この日のできごとを逐一報告した。

平蔵は、縁側に出ている。

脇息《きょうそく》にもたれ、たばこを吸いつつ耳をかたむけていたが、忠吾がすっかり話し終えると、

「つまり、忠吾、おぬしは茄子の煮ものの出汁の味の好ききらいで、めし屋のあるじと悶着になったと……?」

「はあ、まあ」

「そうして、たまたま居あわせた町人にその場をおさめてもらったばかりか、勘定まで

持たれたと……？」

平蔵は、澄んだ音を立てて煙管《きせる》の灰を落とした。この上司がこうした物言いをするときは、これはもう、

（叱言《こごと》が、来るぞ）

そのことを、忠吾は長年のつとめでわかっている。身をちぢめて待ち受けていると、案《あん》の定《じょう》、怒気《どき》をふくんだ声で、

「市中見廻りの最中に、くだらぬことで波風を立てるばかがあるか。変装の意味がないではないか」

「申し訳ありません」

平伏した。われながら、じつに慣れたしぐさである。平蔵は苦笑いの音《ね》を立てて、

「まあ……結果としては、その波風のおかげで茂七とふたたび会《お》うたわけじゃが……。茂七とは、それからどうした。話をしようと誘われたのであろう？」

「それが」

忠吾は顔をあげ、叱られたことなど百年も前にわすれたような元気な声で、

「それが、何もなかったのです」

「何も、なかった？」

「はい」

忠吾は、説明した。たしかに茂七はその店を出ると、忠吾をいざない、参道ぞいの茶

店へ入ったのだが、出された葛《くず》まんじゅうをむしゃむしゃと食いながら、

「二年前は、木村様、まことに相済みませんでした。千住河原で糠味噌を……」

「もうよいと言っただろう」

「あっしはいまも、あのころとおなじ、浅草今戸町の〔くいな屋〕に奉公してます。きょうはたまたま主人の用で他行した帰りでして……。近いうち、ぜひ泊まりに来てください」

泊まりに来てくださいと言われても、江戸に住む者が江戸の船宿に泊まる理由はない。

「まあ……機会があったら……」

などとあいまいな返事をしていると、茂七はなお、

「例の、糠味噌のお詫びでさ。宿代はあっしが持ちますから。ここのお代も」

茶をすすり、さっと立って、

「きっとですよ。待ってますよ」

小女に金をわたし、ひとりで行ってしまった。

「……とまあ、本当にそれだけなのです、お頭。話も何もあったものじゃない」

忠吾がそう話をしめくくると、平蔵は煙管を置き、腕組みをして、

「……みょうだな」

「へ？」

忠吾、きょとんとして、

「いま、何か言われましたか？」

「茂七は〔三津屋〕の昼めしも、茶店の葛まんじゅうも、おぬしに馳走してやった。おぬしを火付盗賊改方同心・木村忠吾と知りながら、〔くいな屋〕の泊まり賃まで出すという。たかが船宿の下ばたらきが、これはまたずいぶん世間ずれした為様《しよう》ではないか。二年前には恐怖のあまり、おぬしに風呂敷づつみを投げたひよっこがだぞ」

「ああ、たしかに……」

平蔵はしばし沈思して、

「忠吾」

「はい」

「きょうは〔くいな屋〕へ泊まれ」

「えっ……」

忠吾は、返事をためらった。

この平蔵への報告が終わったら、あすの夜まで非番なのである。谷中《やなか》あたりの岡場所へもぐりこんで、なじみの女を、

（いじめてやろう……）

などと、じつは鼻の下をのばしていたところだったのだ。平蔵は、しごくまじめな顔つきで、

「それだけ熱心に誘うなら、茂七め、何か下ごころがあるのやもしれぬ」

「まさか」

忠吾、おもわず口に出してしまった。平蔵はうなずいて、

「まあ、わしも、大したことはないと思う。念のためだ。ひとりで行って、報告しろ」

「は、はあ……」

「何をしている。さっさと支度せい」

犬でも追うように手をふると、忠吾はようやく立ちあがった。

四

浅草今戸町は、もともと今戸村である。

村域のほとんどが水田で、村高《むらだか》は約百石、年貢《あがり》は幕府の蔵米《くらまい》になる。

いわゆる天領というわけだが、しかし何しろ、

「山谷《さんや》堀」

という水路をはさんだ向かい側がかの浅草寺《せんそうじ》の広大な寺域であり、また堀を少しさかのぼったところには江戸唯一の公認の遊里・吉原もある。にぎわいが堀をこえてきて、村へおよぶようになり、とうとう隅田川に面した一部の土地が、正式に、

「町」

となったのが平蔵の生まれる少し前である。都会が農地を侵蝕したのだ。

いまでは川べりに窯《かま》をすえ、みやげものの人形や茶道具などをこしらえる陶芸師《すえものし》なども多いという。工業地帯にもなりつつある。

〔くいな屋〕も、やはり隅田川の川べりにあった。さほど大きな構えではないけれども、猪牙《ちょき》船《ぶね》で来た客をじかに招き入れるための船つき場は、白い石の石段が、なかば川に沈むかたちでもうけられている。

客は、足をよごさずにすむ。忠吾もそこから宿に入った。

裏玄関の土間に立つと、五十がらみの夫婦が出てきて、

「これはこれは、ようお越しを。手前はこの宿のあるじ、勘《かん》右衛《え》門《もん》と申します。こちらは女房のおみち」

「それがしは武州浪人、金杉忠太郎である。奉公人の茂七をたずねて参った」

「はい、ただいま」

おみちが、茂七を呼んでくる。茂七はさっき会ったときよりも腰をひくくして、

「これはこれは、金杉様。さっそくお越しくださり、かたじけのうございます」

「うむ」

「旦那様」

と、茂七は、勘右衛門のほうへ体を向けて、

「こちらのお方は、先ほど申し上げましたとおり……あっしが子供のころ、親がたいへんお世話になった方でして。丹誠つくしたもてなしがしたい。お泊まり代《しろ》は、あっしの

お給金から出してください」

勘右衛門はにこにこと、

「いい心がけだね、茂七。お前はほんとうにまじめな男だ。それじゃあ四阿《あずまや》にお通ししなさい。お代は少し値引《ぶび》きしよう」

「ありがとうございます。さあ、金杉様」

忠吾は茂七にいざなわれ、前庭にまわり、四阿に入った。

四阿といっても、要するに離れの小家《こいえ》なのだが、草履《ぞうり》をぬいで座敷へ上がれば、なかなかに数寄《すき》がこらしてある。

床の間には浅草寺の僧の筆《て》になる「亀鶴寿」の軸。床柱は皮つきの赤松。違い棚には青磁の香炉が置かれてい、上質の緑茶を焙じたようなお香が薫じられている。

(ふうん……これは、なかなか……)

忠吾は内心、おどろいた。この宿いちばんの部屋なのだろう。違い棚を背にしてあぐらをかき、庭のほうへ目をやると、陽《ひ》がかたむきはじめている。

じき暮れるだろう。茂七が、

「木村様」

と忠吾を本名で呼んで、

「すぐに膳の支度をします。今宵はたんと酒をのみ、肴《さかな》を召し上がれ」

と出て行ってしまおうとするので、忠吾は手をさしのべ、

「おいおい。話があるのではないのか？」

「そうしたいのは山々なんですが、さっきも申し上げたとおり、あっしはただの下ばたらきです。まだまだお客が来る。酌は、妓《おんな》にさせますよ」

「何？　おんな……」

「いい夢をご覧なさいまし。お話は、あすの朝にでも。じゃあ」

ほどもなく、食膳とともに、白粉《おしろい》くさい妓がふたり来た。

まさか吉原から呼んだわけでもあるまいが、客あしらいは慣れたもので、

「さあさ、金杉様……」

だのと言ったり、あるいは、

「まあ、ごりっぱな体つき。さぞや剣のお稽古をなさって」

などと袖へ手を入れて二の腕をなでまわしたりするものだから、忠吾め、たちまちぐんにゃりとして、

（ああ、もう、たまらぬ……）

お銚子をつぎつぎと空っぽにした。やがて膳がかたづけられ、床がのべられると、忠吾はふたりを相手に精勤したあげく、汗まみれのまま、眠りこけてしまったのである。

その、夜ふけ……。

忠吾がだらしなく涎《よだれ》をたらし、目じりを垂らして、

「あれ、おきよ、そんなところを……」

などと寝言をつぶやいていると、とつぜん、

「起きやがれ。鮒《ふな》ざむらい」

忠吾の腰を、したたか蹴りとばした者がある。忠吾は、

「わっ」

身を起こした。

茂七が、ひとり立っている。忠吾の横へしゃがみこみ、脇差をぎらりと頬につきつけて、

「こんなのが、ほんとうに火盗改メの同心なのかね」

「も、茂七……」

「立て」

「貴様……おれに何をしようと……」

せいいっぱい威厳ある声を出したけれども、茂七はただ、

「立てと言ってるんだ。ぐずぐずするな」

犬猫に対するような、しかしみょうにかん高い声である。忠吾はなるべくのろのろと腰をのばしながら、必死で目をうごかし、情況を把握しようとした。

妓は、いない。

枕もとの煙草《たばこ》盆も、ない。両刀はここへ入るとき女将《おかみ》のおみちへ預けてしまったから、

(ない)

忠吾がすっかり立ちあがると、茂七は白刃をひるがえし、押しころした声で、

「おれといっしょに来い。貴様には、べつのところで眠ってもらう」

「外へ出るのか？」

「ああ」

「行くよ、行く……。だから、せめて」

「せめて何だ」

「下帯だけは、つけさせてくれ」

裏口から出ると、せまい路地である。忠吾はどんと茂七に背中を押された。

「あっ……」

前へよろめき、そこに立っていた浪人の胸にぶつかる。浪人はむやみと背が高く、脂肪《あぶら》太りした、人相のわるい男だった。茂七はそいつへ、

「それじゃあ、小川《おがわ》さん……よろしく」

にわかに、口調がへなへなとなった。小川とよばれた浪人は、勇気づけるように、

「おぬしも、うまくやれよ」

「わかってまさ」

「よし」

浪人は脇差をぬき、さっきまでの茂七とおなじように忠吾の頬に切っ先をつきつけた。

その切っ先を、背中へまわし、

「歩け」

「あ、あっ……」

歩かざるを得ない。忠吾は、足をふみだした。

路地をぬけ、火除地《ひよけち》をわたると、べつの町家のあつまりがある。

新鳥越町《しんとりごえちょう》である。寺のあいだの路地へ入り、瑞泉寺《ずいせんじ》の裏手にさしかかったところで、

「左へ」

うしろから、小川の声がした。

刃のつめたさが背中に沁みる。忠吾は、言われたとおりにした。左へまがると、表通りに出る。そこで、こんどは、

「右へ」

忠吾は、右へまがった。

いわゆる日光・奥州《おうしゅう》道中だった。五街道のうちの二つまでもが重なっているわけだが、江戸府外ならともかく、府内では少し幅のひろい街道のひとつにすぎず、刻限も刻限だから人と出会うことはない。

まっすぐ行くと山谷町の街なみがつづき、それを抜けると、風景がにわかに広やかになる。

夜風がやわらかくなる。いちめんの田地に出たのである。

月は、背後にある。

三日月ほどの細さのため、明るくはなかった。

(走って、逃げようか)

と、忠吾はおもったけれど、小川はさっきから、ふりかえって見ずともわかるほど濃厚な殺気をはなっている。

(こいつ、人を、殺し慣れている……)

忠吾は、そのことを確信した。

それでなくても、こっちは下帯ひとつの裸なのである。逃げれば小川は長刀を抜き、ためらうことなく忠吾をあの世へ送るだろう。剣の腕も、おそらく、

(そうとうなもの……)

さらに行くと、前方、道の左右に、ふたたび街の灯が見えた。

小塚原町《こづかはらまち》である。品川・鈴ケ森とならんで幕府の刑場があることで有名だが、江戸の人々のあいだでは、それよりもむしろ、

「安価な、繁華街」

という印象がつよい。

居酒屋も多く、飯盛女《めしもりおんな》を置く旅籠《はたご》も何軒かある。要するに小塚原は、

「吉原へ行く、金がない……」

者のための、いわば庶民の吉原なのだ。

そこまで行けば、さすがに、

(誰かと、すれちがう……)

　忠吾は一抹の期待をもったけれども、小川はあらかじめ考えに入れていたのだろう、ささやくように、

「右へ、逸《そ》れろ」

　右は、田んぼの畦《あぜ》である。忠吾は返事をためらったが、小川はただ、

「逸れろ」

　忠吾は、畦にふみこんだ。

　きのうの雨で、土がすべりやすい。田んぼに落ちぬよう気をつけて、ほとんどすり足で前へ行くと、しばらくして、忠吾の背丈よりも高い山が、えんえんと左右にのびるのに突き当たった。

　隅田川の、堤防《つつみ》だった。

　草をわけて堤防をのぼると、風がつよくなり、視界がひらけた。左のほうには弓なりの大きな橋がかかってい、川のなかへ無数の木製の脚《あし》をつっこんでいる。

　巨大なむかでにも見えるそれは、

（まさか）

　忠吾は、どきりとした。

　見紛《みまが》いようもない、千住大橋。かつて江戸中を震撼させた急ぎばたらきの盗賊・黒鹿の初兵衛が盗人宿をかまえていたのは、あの橋の下、やや河口《こちら》寄りの松林ではなかったか。

「おいおい、ここは……」

おもわず口走ると、小川はにやりとして、

「どうやら、わすれておらぬようだな。おりろ」

忠吾は、まっすぐ堤防をおりた。

松林にふみこみ、わずかに橋のほうへ行くと、あの家は、まだそこにあった。

忠吾もその一員だったわけだけれども、二年前、火盗改メの捕方《とりかた》に打ち込まれてからは、乞食も住まなかったのだろう。いまは板《いた》屋根がなかば落ち、すだれ状になって月光を粗漉《あらご》ししている。

壁には、穴があいている。

小川は、忠吾をその前に立たせ、

「入れ」

蹴りとばした。忠吾は、

「あっ……」

闇へとびこんだ。木の床のようなものに鼻をしたたか打って、しかしすばやく仰向《あおむ》きになり、身を起こそうとしたときには、小川は、忠吾に馬乗りになっている。

「残念」

にやりと笑うと、二度なぐった。一度目は鼻っぱしらを、もう一度はこめかみを。

その二度目で、忠吾は、意識がふわりとした。

小川の顔が、にわかに霧になる。その霧が、

「おれの名は、小川楠五郎《くすごろう》。もっとも、あすには名前が変わっているがな、ふふふ……。あすからは、二代目・黒鹿の初兵衛だ」

とうそぶいたのが、聞こえたかどうか。忠吾はわずかに手足をふるわせて、

「お、お頭……」

首をころがし、気をうしなった。

五

おなじころ……。

清水門外の平蔵の役宅に、投げ文をした者があった。

どこから飛んできたものか、それは夜勤の門番の足もとでこつりと音を立ててころがった。

「……ん？」

門番がひろいあげると、それは粗悪ながらも四角に折りたたまれた白い紙で、まんなかのあたりが、着物の帯のように黒いひもを巻かれている。そのひもの、やや長く余らせた先には松ぼっくりがゆわえてあった。

「誰だっ!!」

あたりへ誰何《すいか》したけれども、人影はない。門番は、ただちに当直中の同心・沢田小平

次に注進した。

沢田は一読して、

「これは」

顔色を変え、平蔵の居間に直行した。

六

平蔵は、居間で床に入っている。

もう四ツ半(午後十一時)をすぎている。ふとんの上でうつぶせになり、枕ごしに煙草盆をひきよせながら、

(いまごろは忠吾め、さだめし茂七に馳走され、いい気もちになっているかな……?)

ひとり、苦笑いした。

そこへ、戸障子の向こうから、

「お頭。沢田です。お寝《やす》みのところ申し訳ありません」

「む」

平蔵は身を起こし、ふとんの上にあぐらをかいた。この男がこんな時間に来るのなら、よほど重要な事件が、

(起きたか……?)

その勘ばたらきである。

「申せ、沢田」

「はっ。いましがた、門前に投書がありました。……浅草今戸町〔くいな屋〕の裏口から、男ふたりが路上に出て、何やら人目を避けるかのごとく、府外のほうへ歩み去ったと。男のひとりは浪人ふう、もうひとりは、その……」

「はっきり申せ」

「その、下帯のみの……裸だと」

（忠吾か）

平蔵は、顔色を変えた。そんなぶざまな恰好で、しかも裏口から出たということは、

（拉《らっ》せられた）

その上さらに、浅草今戸町から府外方面へということは、

「そのふたり、表道をまっすぐ行ったとすれば……」

平蔵がつぶやくと、沢田の声が、

「いかさま。千住大橋にぶつかります」

沢田もまた、二年前のあの黒鹿の初兵衛の捕物では獅子奮迅のはたらきをしたのである。なればこそ、このたびの投げ文にも何かを感じ取り、ただちに平蔵へ取り次いだにちがいなかった。もともと投げ文などというものは、十中八九、いや、百のうち九十九までがいたずらで、まじめに相手をするには値しないのである。

「投げた者は、わからぬのだな？」

平蔵が問うと、

「門番が気づいたときには、もう……」

「よし」

平蔵は立ちあがり、戸障子をさらりとあけた。

沢田を見おろし、凜々たる調子で、

「当直の者、全員あつめろ。千住河原へ急行する。おおい、久栄《ひさえ》。久栄」

妻女の名を大声で呼んだ。久栄が来ると、着がえを命じ、

「忠吾のやつを、助けに行く。もっとも、もう命はないかもしれぬが……」

「まあ」

久栄が、口に手をあてた。久栄もまた、口ではいろいろと言いながら、忠吾の剽軽《ひょうきん》な人柄を、

（愛らしく……）

おもっている。

七

沢田は、千住河原に到着した。

同心六名、および数名の小者をつれている。二年前の記憶はまだ鮮明だから、問題の家は、すぐにわかった。

高張提灯《たかはりぢょうちん》でとりかこませ、刀を抜き、壁の穴から、

「御用である‼」

おどりこんだ。

やわらかいものが足にあたる。小者にひとつ提灯をさしこませると、下帯ひとつの男の体が、大の字になっている。まぶたは見ひらかれ、白目があざやかに提灯の灯《ひ》を反射させた。

「忠吾……おい、忠吾‼」

しゃがみこみ、頬をぴしゃぴしゃと叩いた。忠吾は、

「う、うーん……」

顔をゆがめ、目をつぶった。

ふたたび薄目をあけたときには、黒い瞳がもどっている。

「ああっ……沢田さん……」

あわてて片ひざ立ちになろうとして、

「痛いっ」

左のこめかみを両手でおさえた。沢田は顔をしかめて、

「痛いではない。何という情ないなりをしている。ん？　何だ？……これは白粉《おしろい》のにお

いか?」

「え、ええ……」

「ばかめ、少しはしっかりしろ」

一喝しつつも、心のどこかで、

(ぶじで、よかった……)

安堵してしまう。

いや、させられてしまう。こういうあたり、木村忠吾という男は、

(まことに、とくな……)

人柄としか言いようがなかった。

沢田は小者に、何か着るものを持ってくるよう命じてから、

「とにかく忠吾、わけを話せ」

「そ、そのことです、沢田さん。そもそも私は〔くいな屋〕で、酒肴を出されて……」

語りはじめた。まだ話しぶりが混乱している。終わるのは、少し先になるだろう。

八

そのころ〔くいな屋〕では……。

いや、〔くいな屋〕の裏口から歩いて一、二分のところ、隅田川にそそぐ直前の山谷

堀にかかる、

「今戸橋」

という橋の、今戸町側のたもとでは、茂七が、

「まだか……まだか……」

足ぶみしている。

だいぶん焦《じ》れた様子である。そこへ、新鳥越町のほうから堀ぞいに来た浪人が、手をかざして、

「待たせたな」

「あっ、小川さん……ご首尾は？」

「造作もない」

上きげんで言うと、茂七の前で立ちどまり、

「あらかじめ申し合わせたとおり、ころがしておいたよ……例の河原の、あばら屋へな」

「殺しは、しなかったでしょうな？」

と、茂七が、気が気ではないというふうで念を押すと、

「案ずるな。そっちはどうだ？」

「ええ、投げ文してきましたよ……清水門外の、火盗改メの役宅へ。ちゃんと門番がひろったのを見ました」

「そうかえ」

「これで、まず算段どおりですな、小川さん。火盗改メの連中はただちに河原へ行き、木村忠吾のやつを見つける。めざめた木村はたっぷりと話をするでしょう。そのすきに、こっちが〔くいな屋〕で仕事をする……」

小川にというより、自分自身に言い聞かせるような口調だった。小川はからかうように、

「ああ、そういえば、どうだったかな。殺さなかったつもりだが、少々、力がつよすぎたかもな……。打ちどころによっては、あの男のいのちの火は、消えぬでもないぞ」

「げえっ……。それじゃあ河原で話もできず、火盗改メは、すぐにこっちへ……」

「冗談だ」

小川は、はずみ声である。歌うような口ぶりで、

「で、〔くいな屋〕のほうは？」

「裏木戸は、あけてあります」

「主人夫婦は？」

「ぐっすり寝てまさ。ほかにもあっしを除いた奉公人ふたり、女中三人、あわせて七人

……」

「その七人の首を、要するに、かたっぱしから斬ればいいのだな」

「へえ」

「そうして死体《むくろ》をひとところに集め、胴は胴の山をつくり、首は首の山をつくる。……朝めし前だよ。大根を切るより骨が折れぬわ。前にも話したが、茂七よ、わしにはそれ

は初めての仕業ではない」

「たのみましたよ」

「おぬしも、手伝うか？」

「とんでもねえ」

茂七は、身をふるわせた。小川はくっくっと笑って、

「どっちにしろ、これで〔くいな屋〕の金はみな手に入り、わしらはしばらく遊んで暮らせるわけだが……それよりも、江戸中の評判になるのがたのしみじゃ。二代目・黒鹿の初兵衛あらわるとな。うわさを聞きつけ、たちまち諸国から手練《てだ》れの盗賊どもが参集するであろう。わしはその頭領《おかしら》になる。つぎのお盗めは、もっと大きなものになるぞ」

視線が、遠くを向いている。茂七は急《せ》かすように、

「さあ、やっつけましょう」

「うむ」

ふたりは体の向きを変え、相《あい》前後して〔くいな屋〕への道をたどりはじめる。或る意味、夢への第一歩だった。

と……。

ふたりの背後から、

「待て」

「……む？」

小川楠五郎が足をとめ、ふりかえった。

何かが闇を飛来して、ぴしりと小川の眉間を打つ。

「あっ……」

小川がのけぞり、顔を手でおさえた。地にころがったのは、松ぼっくりひとつ。

「誰だ‼」

「おれさ」

橋の上に、ひとりの武士があらわれた。

冷静な、というより淡々とした調子で、

「火付盗賊改方長官、長谷川平蔵。わしのお役目は、つとに存じておろう」

「げえっ……」

うめいた茂七を見て、笑みをもらし、

「なるほど、お前が茂七か。忠吾の申したとおり、かわいい顔じゃ」

「なぜここに？　千住河原へ行ったんじゃあ……」

「ということは、あの投げ文は、貴様が書いたのだな？」

「……」

平蔵は、一歩、ふたりへ近づいて、

「なかなかよく書けていたが、茂七よ、残念じゃったな。わしはあの一枚でおぬしのはかりごとに感づいたのじゃ。もしもおぬしがほんとうに何も知らず、ただ忠吾が浪人に拉致《らち》されたのを見たのなら、おぬしは投げ文などせず、じかに門番にうったえればよいのだからな」

「あ、ああ……」

「おぬしは二年前、まさにあの役宅において取り調べを受け、放免になっている。敷居の高い場所ではあるまい。……忠吾の拉致は、めくらましじゃ」

「たあっ‼」

小川楠五郎がいきなり間合いをつめ、刀を抜きざま、大上段から振りおろした。

平蔵は、橋の上である。ぱっと飛びしさったが、その刃先は、鼻先ですさまじい風を起こした。

（速い）

平蔵は内心、ぎくりとした。

「まいる」

平蔵も刀を抜き、正眼にかまえる。

そのあいだにも小川は手を休めず、下段、中段と打ちこんでくる。平蔵は刃を合わせ、火花を散らしつつ、後退せざるを得なかった。

今戸橋には、木の欄干《らんかん》がある。

それが、尻にぶつかった。

これ以上の後退はできぬ。小川が目をぎらつかせ、

「覚悟!!」

渾身《こんしん》の袈裟《けさ》斬りに出た。平蔵は肩を斬られたかという刹那《せつな》、体をまるめ、左へ避けた。

小川の剣が、欄干にくいこんだ。

膂力《りょりょく》がつよく、刺さりが深い。小川はすぐに抜いたけれども、その一瞬が、すべてだった。

「ぎゃあっ……」

小川の絶叫が、雲にこだました。平蔵がふみこみざま、胴を払ったのである。

小川は血のあわを吹くと、前にのめった。

欄干にのしかかったかとおもうと姿が消え、橋の下から、激しい水音が立った。

左右の岸には、猪牙船が列をなしている。

吉原へ行ったり、あるいは隅田川へ出て対岸の向島《むこうじま》へ行ったりする客のための商売船《あきないぶね》である。それらが水音とともに一斉にゆれ、ぶつかり合い、もとのとおり静かになった。

茂七は、

「ひ、ひいっ……」

きびすを返し、駆けだした。家なみにまぎれて逃げる気なのだろうが、平蔵は、追わなかった。

追う必要がなかった。向こうから、高張提灯の来るのが見えたからである。

先頭は、沢田小平次だった。呼子の鳴る音にまじって、

「うむ‼」

小野派一刀流の達人だが、しかしここでは、抜くまでもないと見たのだろう。茂七に肩から体あたりをくわせ、鳩尾《みぞおち》のあたりに拳を入れた。

くたくたと膝をつく茂七へ、

「茂七。神妙にしろ‼」

言いはなったのは、忠吾だった。

小者が縄を打つや、その縄をつかんで無理やり立たせ、

「役宅に行ったら、みっちり締め上げてやる。覚悟しろ‼」

口調こそ勇ましいけれども、その姿は、間が抜けている。何しろ下帯ひとつの裸の上に、うすい羽織をはおり、草履をはいただけなのだ。平蔵は刀をおさめ、沢田小平次へ、

「ご苦労」

「はっ」

「茂七め、あわれな……。鬼の忠吾に目をつけられたわ」

苦笑した。

九

茂七は、すべて白状した。

それによれば、小川楠五郎は、もともと黒鹿の初兵衛の一味に属してい、

「塚役《つかやく》」

と呼ばれる仕事をしていたという。現場でもっぱら主人夫婦や女中などを斬り、胴の山、首の山をつみあげる。

この一味には必要不可欠の人材だったが、その小川が何と、初兵衛の息子・七五三太の、下野国雀宮に住む女房に、

「手を、出した……」

ものだから、追い出され、諸国を放浪することになった。

その放浪中、うわさを聞いた。初兵衛一味が、火盗改メの手により一網打尽にされたという。

(こいつは、またとない好機だ)

おもいさだめ、江戸にもどり、〔くいな屋〕の茂七を思い出した。茂七はかつて、三日に一度、千住河原の盗人宿へ米や、野菜や、漬物などをとどけに来て、小川とも面識があったのである。

そこで或る日、外出《そとで》のところをつかまえて、

「おお、茂七、ひさしぶりじゃな。火盗改メの同心を糠味噌漬けにしたそうじゃな。大したものだ。天賦の才がある」

などと、さんざんにおだてた。

茂七は、まじめな男だった。

あるじ夫婦の受けもよく、客にも気に入られていたが、何しろ当時、十八である。過去よりも未来のほうが長すぎる。

（おれは、一生、うだつの上がらねえままなのか……）

このことが、根限《こんかぎ》りの苦悩だった。

そういう年ごろだったとしかいいようがない。嬉々として、

「よろしい、小川さん。いずれ〔くいな屋〕をやっつけましょう。裏木戸は、あっしが内側《なか》から開けます」

もとより軽い気もちである。金ほしさというより、

（そんな有名な盗賊の、二代目の、番頭格になれる……）

そのことに、魅せられたのだろう。小川は、

「よしよし、茂七。これからは、わしがしばしば小遣いをやる」

そうこうするうち、茂七は、あの本所・霊巌寺門前の〔三津屋〕で忠吾に出くわしたのである。

（あっ、糠味噌の……）

とおもう間もなく、茄子の煮ものの出汁がどうの、土用の丑がどうのと、くだらぬことで店主といさかいを起こしはじめた。

時節到来、かねて小川と語りあっていた盗みの夢を、いよいよ、

（実行しよう……）

と決めたのは、この瞬間である。

茂七は、忠吾に声をかけた。

昼めし代を出し、さらに茶店で葛まんじゅうと茶まで馳走したあげく、

「ぜひ［くいな屋］へ、お泊まりに」

と申し出たところ、その日のうちに来た。それで小川と話しあい、

「もう、今夜、やっつけよう」

「旦那様や、奥様や、女中たちは……？」

茂七が問うと、小川は、舌なめずりせんばかりに、

「塚役は、わしが十八番《おはこ》じゃ」

（こ、このお人は……）

茂七はようやく恐くなったが、小川は察したのだろう、ぎろりと茂七をにらんで、

「いまさら引くなよ。引いたら、おぬしも塚になる」

「へ、へい」

あとは、事前の計画のとおり。妓をまねいて忠吾を酔いつぶし、小川にあずけ、茂七はみずから清水門外の役宅へ投げ文をして……。

「……以上です」

と平蔵に報告したのは、沢田小平次である。

平蔵は、それを居間で聞いた。あの浅草・今戸橋での捕物の翌日の暮方、ようやく少し涼しくなった風をふところへ入れつつ、

「それで、白状したのち……茂七の様子は？」

沢田は、庭に面した廊下に座している。きびきびとした調子で、

「泣いて赦《ゆる》しを乞うておりました。もう二度とこんなまねはいたしませぬ、大それた望みは抱きませせぬ、と。……それに」

「それに？」

「先ほど〔くいな屋〕の主人夫婦がまいりまして」

沢田は、戸惑いぎみに話した。勘右衛門、おみちの夫婦は、応対に出た沢田へ、

「どうか、どうか茂七は死罪になさらないでくださいまし」

門前で、ひたいを道へすりつけたという。

「あれは十一のころから奉公して、これまで害よりも功のほうが多うございました。子のないわしらには、わが子も同然なのでございます。こたびのことは、若気のあやまち。わしらがしっかりと仕事に励ませ、正道に就かせますゆえ、どうか、どうか……」

平蔵はこれを聞くと、

「ふうむ……」

腕を組み、しばし考えにふける。そうして、

「ご苦労。さがってよし」

「はっ」

「……忠吾の様子は？」

「さすがに懲りたようで、けさから何も口にしておらぬと」

「来るよう伝えよ」

「はっ」

沢田が去り、忠吾が来た。

足音も立てず、平伏して、

「このたびは、お頭、ご、ごめいわくを……」

さすがに演技ではないようである。平蔵は不機嫌きわまる声で、

「おお、おお。大迷惑じゃ」

「は、はい……この忠吾、こたびの件につき、いかなるご処分も……」

「受けるか」

「はい」

「よい覚悟じゃ。ならば」

平蔵は顔色をあらため、威儀をただして、

「毒殺《どくごろ》しに処す」

「え？」

忠吾は、おもてを上げた。

口を半びらきにし、まさかという顔つきである。平蔵はぴしぴしと、

「おぬしはこれから、この場で、毒を服《の》むのじゃ。武士ならば泰然として服め」

忠吾は腰を浮かし、まっさおになって、

「お、お、おかしら……」

「いかなる処分も受けるのであろう？」

「あの、それは……」

平蔵は、聞く耳をもたない。ぷいと横を向き、手をたたいて、

「久栄、久栄。忠吾が来た。例のものを持ってまいれ」

妻女を呼ぶ。

奥向きが、にわかに物音を立てはじめる。平蔵はふたたび忠吾に対し、おちついた声で、

「ときに、忠吾、おぬしの意見も聞いておこう。茂七の罪は、どうするかな。当人は泣いて赦しを乞うているそうだが……」

忠吾は、腰が浮いたままである。

頭のなかが、自分のことでせいいっぱいなのだろう。憑《つ》かれたように目をおよがせ、
それでも声をしぼり出して、

「罪一等……お減じくだされたく」

（ほう）

平蔵は、意外だった。あれだけ愚弄されたのだ、さだめし、

（死罪にしろと、言い張るか……）

と、おもっていたのである。さあらぬ体《てい》で、

「なぜだ」

「そ、それは、過去にあやまちは犯しておりませぬし、結局のところ、誰ひとり殺すことをしませぬでした。……何より二年前、千住河原であのような糠味噌の一件がなかったら、小川楠五郎の口ぐるまにも乗せられず、よき市井の徒でありつづけたに相違ないと……」

「そうか」

「はい」

「それなら、よい。三十日の江戸払《ばらい》の上、ふたたび〔くいな屋〕の夫婦へあずけよう。二度目はない、ときつく申し渡した上でな。どうじゃ？」

「あの、ええ……拙者は？」

「毒じゃ」

平蔵がひややかに告げたとき、

「殿様」

久栄の声がした。

女中をふたり、したがえている。女中はそれぞれ膳をささげもっている。

ひとつは、平蔵の前に。

もうひとつは忠吾の前に置いた。それぞれの膳には、手のひらほどの大きさの、蓋《ふた》つきの大平椀《おおひらわん》がひとつ載ってい、箸と香の物が添えられている。

忠吾は鼻をうごめかし、おどろきの顔になった。

椀の蓋をとった。湯気とともにあらわれたのは、檜皮《ひわだ》色の、よく焦げ目のついた切り身が三きれ。その下の白いめしには、つややかなたれがしみている。

「お、お、おかしら……」

平蔵を見た。平蔵はすでに椀をもち、箸をとっている。うつむいて鰻の蒲焼を口に入れ、

「まだ土用は、あけておらぬ。たんと服め。世の流行《はやり》という猛毒入りの一椀よ」

「か、かたじけのう……」

言いおえぬうち、忠吾はのどを鳴らし、がつがつと掻き込みはじめた。

狐《きつね》桜《ざくら》

耳袋秘帖外伝

風野真知雄

一

南町奉行所同心の栗田《くりた》次《じ》郎《ろう》左《ざ》衛《え》門《もん》が、岡っ引きの辰《たつ》五《ご》郎《ろう》を連れて、銀座に隣接する尾《お》張町《わりちょう》に差しかかったとき、

「栗田の旦那」

「ん？」

「そおっと見てくださいまし。左手の下駄屋の前。尻はしょりをした男の顔に見覚えはありませんか？」

その男——。

小柄な身体のうえに、顔はもっと小ぶりである。黒い地肌に、粉でも吹いた、まるで干し柿みたいな顔色。それに細くつり上がった目と薄い口がついている。

「おおありだぜ。ありゃあ、〈狐神《きつねがみ》の兆次《ちょうじ》〉じゃねえか」

「栗田さまもそう思われましたか？」

「なにをしてるんだろう？」

「前の、〈鳳凰堂《ほうおうどう》〉を見張ってるんじゃないでしょうか」

鳳凰堂は茶問屋である。宇治《うじ》の高級茶葉を売るが、茶葉のうまさに加え、それを入れた壺がまたいいというので、近ごろたいそう繁盛している。

「いったん、通り過ぎるぞ」

「わかりました」

気づいていないふりをして、半町ほど行き、後ろを振り返った。

「まだ、いるか？」

「いますね」

「あ、店の前に行き、おっと、向こうに行きやがった」

栗田も兆次を見つけて言った。

「あとをつけてみます」

「おいらは、おめえのあとをつけるよ」

辰五郎は、ほとんど走るようにあとを追って行った。

栗田もつづいたが——。

なにせここらは江戸のど真ん中、東海道とも重なって、とにかく人出が多い。

辰五郎が築地《つきじ》のほうに曲がるのが見えた。栗田は駆け出したい。が、子ども連れや赤子を抱いた人も多く、なりの大きな栗田がぶつかって怪我をさせるわけにはいかない。

あとをつけてしばらく行くと、辰五郎が立っていた。

「見失ったか？」

「あいすみません。まるで、狐みたいに消えちまいました」

「この人出だしな」

「だが、狐神の兆次が現われるとは驚きましたね」

狐神の兆次とは、その人相と、人を化かして盗みに入ることからついた綽名《あだな》である。

大泥棒、〈稲熊《いねくま》の音右衛門《おとえもん》〉の手下とされる。ただ、音右衛門は有名だが、すでにとある事件でお縄にかかり、手下もほとんどは死んでいるのではなかったか。

「音右衛門一味は、もう雲散霧消したのかと思ってたぜ」

と、栗田は言った。

「ええ。この五年ほどは、なりを潜めていましたからね」

「消えたのは、いまのお奉行がまだ町奉行になる前だったよな」

「そうです」

「それがふたたび動き出したのかね」

栗田はうんざりした顔をした。


栗田と辰五郎は、鳳凰堂を訪ねた。

間口は十間ほど。店の前は客でいっぱいで、皆、出されるお茶を試し飲みしている。

栗田はいちばん端の帳場にいた男に十手《じって》を見せ、

「南町奉行所の者だ」

「これはこれは、あるじの六右衛門《ろくえもん》にございます」

あるじはまだ四十に届いていないくらいの年まわりだ。

「近ごろ、この店に変わったことはないか？」

「変わったことですか……」

六右衛門は考えた。

賊がうろついているのではと思って訊いたが、予想外の返事が来た。

「数日前、うちの手代が庭で狐を見たそうです」

「狐を？」

「千代田《ちよだ》のお城にも狐がいると聞きますから、それが紛れ込んだのでしょう」

「うむ。その庭を見せてもらいたい。それと、それを見た手代の話も聞きたい」

「はあ……お役目と関わりがあるのでしょうか」

「むろんだ」

「わかりました」

と、六右衛門は栗田と辰五郎を裏庭へ案内した。

「ほう」

栗田は思わず息をもらした。

二百坪足らずといった広さだろう。庭の隅には、頑丈そうな蔵が二棟建っていた。

だが、まず、目に入るのは真ん中にある大木である。

「桜か？」

「はい、山桜です」

幹は栗田の手では回し切れない。あと片腕分、足りない。

いまは十月（旧暦）で、葉はすっかり落ちているが、枝は庭をほとんど覆《おお》いつくすほどである。銀座に近い尾張町の裏手にこんな見事な木があるとは、お役目で江戸中を歩き回っている栗田も知らなかった。

「ずいぶんな古木なのだろうな」

「幾度かの火事に遭っても焼けずに残って、それはもう毎年、見事な花を咲かせます」

六右衛門は自慢げに言った。

「それで、狐はどこに？」

栗田が訊ねると、呼ばれてやって来ていた手代が、

「そこのところです」

桜の枝がかかっている蔵のわきの塀の上を指差した。

「塀の上にいたのか？」

「蔵の屋根だったかもしれません。慌てて、女中を呼びました」

「それでどうした？」

「しばらく、こんこんと鳴いていましたが、女中の声がすると、すぐにいなくなりました」

手代がそう言うと、

「うちにはお稲荷《いなり》さまがありませんので、裏庭に祠《ほこら》を建てたほうがいいのかと、悩んでいたところです」

と、六右衛門は言った。

「祠より先にやるべきことがあると思うがな」

栗田は忠告した。

「やるべきこと？」

「もしかしたら、この店は盗人《ぬすっと》に狙われているやもしれぬ。張り込ませようか」

六右衛門は眉をひそめた。

「どうぞ、おかまいなく」

「よいのか」

断られるとは思わなかったので、栗田は驚いた。

「奉行所の方のお出入りがございますと、お客さまにも剣呑《けんのん》な感じが漂います。商いにさしさわりが出ますから。それに、手前どもでも、つねづね手代たちには武芸を習わせ、用心棒も雇っておりますので」

と、六右衛門は馬鹿丁寧にお辞儀をした。

店を出て、栗田は言った。

「どうも、鳳凰堂さんは、おいらたちが入ると困るらしいぜ」

「ええ。なんかありますね。鳳凰堂もいっしょに探りましょうか」

「そうしてくれ」

栗田は辰五郎を見てうなずいた。

二

夕刻、南町奉行根岸肥前守鎮衛《ねぎしひぜんのかみやすもり》が、奉行所裏手の私邸のほうへもどり、庭にいた飼い猫のお鈴《すず》をかまっていると――。

「宮尾《みやお》、よいな。御前《ごぜん》にあの話はするんじゃないぞ」

と、根岸家家臣坂巻弥三郎《さかまきやさぶろう》の声がした。雪解け水のような、清冽な声音《こわね》である。

「あの話ってなんだ？」

同じく家臣の宮尾玄四郎《げんしろう》が問い直した。こっちはどんよりして、日向《ひなた》でぬくまった手《ちょ》水鉢《うずばち》の水のような声。

奉行所の与力や同心と違い、共に根岸の所領である安房《あわ》の産である。二人は、朝と夜はたいがいこちらで食事をする。

「ほら、狐の」

坂巻は声を押し殺している。

根岸はちょうど躑躅《つつじ》や榊《さかき》の植栽の陰にいて、渡り廊下の二人からは見えていない。

「ああ、わかってるよ。わたしだって、友人の恥をぺらぺら話して面白がるほど、人は悪くないぞ」

「人は悪くないだろうが、人を笑わせるのも好きだろうが」

いったい、なんの話をしているのか。

つい興味をそそられた。だが、するなという話を無理に聞き出すこともないだろう。

根岸は二人が奥の部屋に行くのを見送ってから、お鈴を抱き上げ、庭から縁側へ上がった。

「御前さま。そろそろお膳を並べてよろしいですか？」

女中頭のお貞《さだ》が訊いた。

「ああ、そうしてくれ」

女中たちがお膳を並べた。

特別なものではない。一汁二菜のいつものお膳。根岸も女中でさえも、同じものを食

する。根岸、曰く、

「我が家の飯は身体によい。だから、皆で食せばよい」

席順は、上座にはもちろん、あるじの根岸が座る。

そのわきの小皿は、猫のお鈴のものである。こぶりの鯵《あじ》を焼いたのが、そのまま一匹載っている。

根岸家の用人や家来の膳が両側に並ぶが、この日は、いつもより数が多い。上座の根岸と向かい合うように、二つの膳が置かれていた。

「では、磯部《いそべ》さんとおかつ、どうぞお座りなさい」

お貞が、控えの部屋にいた二人を呼んだ。

その後ろには、女中たち五人が座った。

「ご紹介させていただきますよ」

と、お貞がまずは、磯部と呼ばれた男を見て、

「安房の根岸さまの御領地から江戸に上がって来た磯部桃蔵《ももぞう》さん。奉行所で捕物のお手伝いをなさいます」

「磯部です。よろしくお願いします」

四角い顔を、ごつごつにかたくして挨拶した。

「うむ。磯部は、いくつになった?」

根岸が訊いた。

「三十一に」

「独り身だったな？」

「は」

「では、女中たちによく顔を見てもらえ。ここの女中はいずれも、よく気が利いて、心のやさしい者ばかりだぞ」

「ううう」

磯部は真っ赤になって照れながらも、女中たちにまっすぐ顔を向けた。

「次に、新しく女中に入りましたおかつでございます」

お貞の紹介に、

「よろしくお願いします」

と、深々と頭を下げた。いまから和歌の一首も詠みあげそうな、理知的な美貌である。

「おかつは、一度、嫁に行きましたが、ご亭主が亡くなり、ふたたび働きを得たいと望んで、こちらに来ることになったのです。武家の屋敷で働くのは初めてではなく、何人かのお旗本のお屋敷も経験しています」

「おなごの歳を訊いてはいかんかな？」

根岸はおかつに訊いた。

「いえ、二十七になりました」

率直な物言いである。

「では、磯部とも釣り合うな」

「ま」

おかつは恥ずかしそうにうつむいて微笑み、磯部に向けて軽く首を傾けた。

そのしぐさは、なかなかに艶《つや》っぽい——。

三

「狐神の兆次……？」

根岸は首をひねった。夕飯の途中だったが、栗田が報告にやって来たのだ。

「ご存じないのも無理はありません。五年前に本所《ほんじょ》の材木屋〈木曾屋《きそや》〉で五百両が盗まれました。これが兆次の仕事だろうと疑われて以来、江戸では兆次の名を聞いていませんでした」

栗田はいちおう例繰方《れいくりかた》でも確認済みらしい。

「それが、稲熊の音右衛門の手先だというのだな」

稲熊の音右衛門のほうは、根岸も何度となく聞いてきている。

「そう言われてきましたが、兆次も若いときにケチな盗みで一度捕まっただけですので」

「なるほどな。それで、鳳凰堂には伝えたのだな？」

「ところが鳳凰堂は、われわれが見張るのは迷惑と言わんばかりでして」

「鳳凰堂は繁盛しているのか？」

「ええ。お茶がうまいと評判だそうです」

「ふうむ。いままではそんな評判は聞いてなかったがな」

と、根岸は首をかしげた。

むしろ、安さを売りにしてきた茶問屋だった。代が替わって、高級さを売りにする商法へ転換したのか。

「ただ、裏庭に狐が出たと言っておりまして」

「狐が？　尾張町にな」

「怪しい話で、少しぞっとしました」

狐は人を化かすといわれ、江戸市中でもさまざまな怪異が語られてきた。根岸は江戸で起きた変わったことを『耳袋《みみぶくろ》』という書に書きつづり、ひそかに写本が出回るほどの人気である。その中にも、狐にまつわる話はいくつも記している。そして、話にはたいがい裏があり、そちらの詳しい顚末《てんまつ》を書いたものが、門外不出の秘帖版の『耳袋』である。

栗田が下がったあとである。

——ん？

根岸が新しい女中のおかつを見ると、味噌汁の具になっていた油揚げを箸でつまんで除《よ》けていた。しかもその表情は、嫌いなものというより、邪悪なものでも除くような、悲愴な感じさえした。

「どうした？　油揚げが苦手なのか？」

「申し訳ございません。ゆえあって、油揚げが食べられなくなってしまいました……」

「よかったら聞かせてくれぬか？」

「はい……」

ひとたびはためらったようだったが、

「じつは、以前、働いておりましたお屋敷で、ご家来衆の一人に狐が憑《つ》きましてございます」

「ほう」

根岸の大きな耳がぴくぴく動いた。興味を抱いたのである。

「たいへん無口な方でしたが、仕事はできて、お役目につくと、一年足らずのうちに十余人もの悪党をお縄にかけられたほどでした」

「悪党を……」

おかつが働いていたのは、町奉行の屋敷なのか、あるいはお目付け筋かもしれない、と根岸は思った。

「ただ、じつは大物の悪党と通じ、小物を売っているのではないかという噂も出ていたのです。殿さまは、そんな噂について詮議するわけでもなく、その方を信頼なさっていたのですが……」

おかつの言葉が途切れた。当時を思い出し、恐怖が蘇ったらしい。

「何かが起きたのだな？」

「はい。突然、その方のようすがおかしくなりました。急に態度が大きくなり、油揚げを何枚も何枚もむさぼるように食べたりするのです。そしてご自身でも、わしは伏見《ふしみ》の稲荷山《いなりやま》に住む天日狐《てんじつぎつね》だとおっしゃって」

「自分でもそう言ったのか？」

「はっきりおっしゃいました。それで、なにゆえに天日狐が憑依《ひょうい》したかというと、その方のお継父《ちち》上という方は、十数年前に突如、気がおかしくなり、狐の首を家に持ち帰って鍋にしたことがあったそうです。そして、その狐の怨霊が、憑いたのだとか……」

おかつは、話すうちに恐しさのあまり身を縮め、まるで自身が狐になったように背を丸くした。

「それでどうなった？」

「殿さまが、その方を斬る真似をしますと、ふうっと狐が抜けたようになって、正気に返りました。正気になって語ったところでは、かねて悪党の世話になり、その付き合いはつづいていたのだと。そして、その筋から悪党たちの話を仕入れ、捕縛へつなげていたそうです。だから、つづけざまの手柄も、悪党の力を借りていたわけです」

「なるほどな」

「その方は、そのまま寝こんでしまい、まもなく亡くなってしまわれました。わたしは、その狐が憑いたときのようすを見てから、油揚げが苦手になりました……」

おかつは詫びるように深く頭を下げた。

一同は、

「そのようなことが」

と、背筋を寒くしたが、なかんずく、磯部の怯《おび》えようときたら尋常ではなかった。

「江戸にも狐がいるのですか……」

磯部の顔はひきつり、真っ青だった。

皆がいったん下がったあと、根岸は外へ出て、屋敷内の長屋にある宮尾玄四郎の住まいを訪ねた。

「宮尾。ちと、よいか？」

「御前、なにか？」

「うむ。磯部のことだがな、あやつ、狐の話をやけに怖がっていたが、以前、なにかあったのか？」

根岸は結局、心配になり、宮尾に問い質《ただ》すことにしたのだ。

「ははあ、気づかれましたか。坂巻からは言うなと言われていたのですが、御前にだけは申し上げます。じつは、磯部は田舎で狐に騙《だま》され、肥溜《こえだ》めに浸かっていたことがあったのです」

「肥溜めに？　湯だと騙されて入るというやつか？」

笑い話のようだが、ほんとうにあるとは思わなかった。

「はい。そのことでは、ずいぶん皆に笑われたり、からかわれたりしました。しかも、一度ならいいのですが、二度もです」

「肥溜めに二度もな」

「二度目のときは半信半疑だったそうです。ちょうど、わたしと坂巻だけが見たので、ほかに知る者はいませんが」

「酒は入ってなかったか？」

「入っておりました。ですから、皆、狐ではなく、酒に酔って落ちたのだと申しております。本来であれば御前のお屋敷へも先に磯部が上がるはずでした。ですが、そのことがあったため、当人は辞退し、それでわたしに白羽の矢が立ったのです」

「なるほどな」

そういうことがあれば、狐に怯えもするだろう。

「当人も笑い話にすればいいと思うのですが……」

と、宮尾は案じるように言った。

たしかにそうなのだが、どこか飄逸《ひょういつ》な宮尾ならいざしらず、おのれをも笑いのネタにする諧謔《かいぎゃく》の才は、なかなか持ち得ないものだろう。

「ん？」

根岸はそっと、後ろを振り向いた。

「どうかなさいましたか？」

「いや、なんでもない。いま、何かが鳴いた気がしたのだが」

四

翌日の昼過ぎ。

「お奉行。辰五郎に鳳凰堂を探らせていたのですが、さっそく先ほど、いくつか摑んだことを報《しら》せてきました」

と、同心の栗田次郎左衛門が報告に来た。

「どうした？」

「まず、店に新しい手代が入っています。京から修業に来たそうですが、昨日、狐が出たと言っていた手代が、その新入りでした」

「なるほどな」

それは、押し込みの際の手引き役と考えられる。

「それと、鳳凰堂では得意客を増やすため、月に一回、ひいきの役者を呼んで会を主催していますが、前回の会のさいちゅうに、腹痛を起こす者が出たらしいのです」

「ほう」

「あるじの六右衛門が、ひたすら詫びて、過分な見舞いまでして、幸い表沙汰にはなっていませんが」

「その件は、もっと詳しくわかるとよいのだが」

「わかりました。ただ、なにせ、ご大身の旗本の奥方たちが来ていた会なので、どこまで探ることができるかわかりませんが」

　根岸は少し思案して、

「やはり、鳳凰堂にはこちらから人を入れておこう」

「しかし、嫌だというのを無理に入れるのも」

「わかった。わしが頼もう」

　と、根岸は言った。

「ですが、お奉行、もし賊がすでに入り込んでいたら、動きが筒抜けになるのでは」

「むろんだ。外で六右衛門とさりげなく会う」

「わかりました」

　栗田はすぐに、その機会をつくるため、辰五郎を呼んだ。

　七つ（午後四時）ごろである。

　鳳凰堂のあるじ六右衛門は、お得意さまであるさる大名を接待するため、深川《ふかがわ》に向かって店を出た。付き添うのは小僧一人だけ。

　傾いた秋の夕陽に照らされながら、永代橋《えいたいばし》を渡り始めたとき、編み笠をかぶった一人の武士が横に並びかけて来た。

「鳳凰堂」

「え？」

六右衛門は編み笠の下からのぞくようにした。

「南町奉行所の根岸だ」

「なんと、お奉行さま」

六右衛門が目を丸くして挨拶しようとするのを、

「立ち止まるな。そのまま歩け。鳳凰堂は盗賊に狙われているのではないか？」

「それはわかりかねます」

「金は蔵にいかほどあるのか？」

「仕入れにかかりますゆえ」

「奉行所から人を潜り込ませたい」

「ですが、用心棒もおりますゆえ」

「賊は腕が立つらしい。下手すると皆殺しに遭うぞ」

「ううっ」

「用心にこしたことはない。くれぐれも手代たちに話すでないぞ」

根岸は強い口調で言った。

「はい……」

根岸は六右衛門を見送り、後ろから並びかけて来た栗田に、

「顔をあまり知られていない者を、いまの用心棒と入れ替えさせるのだ。坂巻と磯部桃蔵がよい」

と、命じた。

その晩、磯部桃蔵は初めて根岸家の内風呂に入っていた。

磯部はすこし酒が入っていた。鳳凰堂という茶問屋に明日から用心棒として入り込むための打ち合わせをし、そのあと同心たちの行きつけという店で軽く酒を飲んだ。もともと酒は弱いし、すぐに悪酔いするので、あまり気は進まなかったが、つきあいというものだろう。

風呂は台所の隣に、別棟につくられている。長屋からは、提灯《ちょうちん》を持ったおかつに案内されて来た。

「足元にお気をつけて」

おかつはゆっくり歩いた。

慣れない屋敷で、ずいぶん遠い道のりのような気がする。

「いい湯ですので、ゆっくり浸かってくださいね」

おかつが振り返って言った。

——あのときと同じだ……。

と、磯部は思った。

もう十年ほど前。磯部はこうして、きれいな女に案内され、飲み屋の裏手に回ったのだった。

月が無く、明かりは提灯だけ。やんわりと夜風も吹いていた。

——もしかしてここは安房なのか？

いや、ここは江戸南町奉行所の裏手、根岸家の私邸のはずである。

磯部はだんだん不安になってきた。

「そこです」

おかつが物置小屋のような建物の戸を開けた。

戸の外で履物を脱ぎ、なかに入る。

一畳ほどの脱衣所があり、奥に湯船と洗い場があるらしい。

「根岸家の湯船は、大きくて深いですよ。鉄砲風呂と呼ばれる珍しいもので、新しもの好きの根岸さまが、わざわざつくらせたのだそうです。湯のなかに釜があるので、火傷《やけど》なさらないようにしてくださいませ」

おかつは、提灯の火から燭台《しょくだい》のろうそくに火を移しながら言った。揺らめく炎に照らされて、おかつはひどく美しい。

「もう少し、薪《まき》をくべておきますね」

おかつはそう言って、棟の裏手に回ったらしい。

裸になり、湯船のほうに入ってから、

「あんた、おかつさんだよな？」

と、窓から声をかけた。

「ええ、おかつですが」

「おこんさんじゃないよな？」

あのとき、美しい女はそう名乗ったのだ。

「お生憎《あいにく》さま。おこんさんは磯部さまの想い人なんですか？」

「違うよ。あんな女、好きなわけがない。だいたい、あれは人ではないのだ」

磯部はムキになって否定した。

「ふふっ。どうなさったのです」

「いや、なんでもない。まさか、江戸まで追いかけて来たりはしないよな」

磯部はかけ湯をし、ゆっくり身を沈めていく。なるほど大きくて、深い風呂である。

最初、あぐらをかくようにしゃがんだが、そこから手足を伸ばしていった。なにもつかえるものはない。

身も心も溶けるように気持ちよくなってくる。

あのときも、ここで名を呼ばれたのだ。「磯部。お前、なにしてるんだ？　そんなところに首まで浸かって！」と。

情けない話だった。

だが、自分のようなお人良しは、みたび狐に騙されるのではないか。そう思うと、磯部は急に寒気を覚えた。

「どうです、湯加減は？」

窓の向こうでおかつが訊いた。

「ああ、いい気持ちだよ」

どうやら、おかつは狐ではないらしい。いくらなんでも、江戸の町奉行所に、狐が入り込むことはないだろう。

「それにしても、昨日、おかつさんが語った狐憑きの話」

「はい」

「あれは恐ろしいな」

「ええ。そういえば、一つ、思い出しました」

「なんだ？」

「ちょうど、その方に狐が憑依していたとき、茶をお持ちしたわたしに、このようなことをお話しなさいました。秋に、まだ咲くはずのない桜の木が、夜更けて突然咲きほこり、満開になるときがあるのだそうでございます。そして、それを狐桜《きつねざくら》と呼ぶのだとおっしゃいました」

「狐桜……」

「なんでも、吉野《よしの》の山が、まだ十月の寒いころに、全山満開に咲き誇ったことがあったそうにございます」

「十月と言ったらいまごろではないか」

磯部は、湯船のなかで立ち上がり、窓の外をのぞいた。

むろん、桜など咲いておらず、薪の炎に照らされたおかつの顔がどこか人形のように美しく見えていた。

五

次の日の夜、根岸は宮尾とともに鳳凰堂の茶を手に、築地の浴恩園《よくおんえん》を訪ねた。ここは、松平定信《まつだいらさだのぶ》の広大な別邸である。

「根岸、いかがした?」

定信が訊いた。ふだんなら、定信のほうが、とくに用があるわけでもないのに、根岸の屋敷にいきなりやって来ては、しばらく雑談をして帰る。朝、昼、晩、おかまいなしにである。

すでに老中の座は退いているが、いまだ幕府の中枢に隠然たる影響力を持っている。根岸もまた、定信が老中を退いてから抜擢を授かった口である。

「は、茶のことでいろいろございまして、近ごろ、この茶が流行っている理由を伺いたく」

「根岸が味見をするのか?」

「自信がないもので」

「ああ、無理だろうな。茶の味などは、子どものころから良い茶を飲んでおらぬとわからぬからな」

定信は決めつけた。物言いに遠慮がないのが定信らしい。

「ははあ。そもそもわたしは、色がついたものを飲むようになったのも、四十近くなってからですから」

「そうだろう。どれ、わしが見てやる」

定信はそう言って、「どうせ急須なども、ろくなものを使ってないのだろう」などと文句を言いながら、器用に自分の分と根岸の分とを入れてくれた。

一口飲んで、定信は、

「ああ、これはいかんな」

と、言った。

「駄目ですか。このところ、たいそう繁盛している鳳凰堂という茶問屋のものですが」

「尾張町の？」

「ご存じでしたか」

「近ごろよく名を聞くな」

「そうですか。それで、御前、この茶葉はどういけませんか？」

「葉を見てみよ。少しだが、甘茶を混ぜている。これだと、味がわからぬものは、甘いと感じ、喜ぶのだろうが、しょせん贋物だ」

定信は切り捨てるように言った。

「ははあ。甘茶を混ぜてますか。それでわかりました」

と、根岸は膝を打った。

「なにがわかった？」

「鳳凰堂の茶で気分が悪くなったという話があるのです。どうやら、腹痛やしびれが出たらしいのです」

「それはおかしい。たとえ甘茶だとしても、よほど多量に飲まなければ、腹痛やしびれが出たりはせぬはずだがな」

定信は、植物のことにも詳しい。

「御前、何か別の葉と間違えたのやもしれませぬぞ」

「そうか。紫陽花《あじさい》と甘茶の葉はよく似ているな。紫陽花だとしたら、それはひどいことになるわな」

「なるほど、紫陽花ですか。御前のおかげで、難しい謎が解けました」

それを知られるのが嫌で、鳳凰堂は町方の介入を嫌がった。盗賊の件を片づけたら、別に裁くことになるだろう。

「む。根岸、舌ばかりは努力してもどうにもならぬからな」

築地からの帰り――。

根岸と宮尾が屋敷へ戻る道すがら、采女《うねめ》が原《はら》にさしかかったときである。

「きゅにゃあ、きゅにゃあ」

と、何かが低い声で鳴いた。

「お、狐ではないか」

木陰からこっちを見ている。まだ仔狐だろう。

「狐は、こんこん、と鳴くのでは？」

宮尾が訊いた。

「いや、狐はこんこんなどとは鳴かないのだ」

狐は、こちらに顔を向けて、

「くぁん、くぁん」

と、今度は吠えるようにした。

「あんなふうに、犬と猫のあいだに近い声なのだ」

「化けないのですか？」

「はっはっは。化けるなら、わしも見てみたいな」

根岸と宮尾は、仔狐の顔をじいっと見た。仔狐もこちらを見ている。

端正な面立ちである。人にも近い。愛嬌もあるが、ずるそうに見えなくもない。加えて、狐の毛の色は光に当たると、黄金色に輝く。高貴である。そして、ふさふさとした優雅な尻尾。

「狐が化ける話は山ほどありますが、騙すだの、化けるだのと言われるのはわかりますね。なんとなく不思議な気配があります」

　と、宮尾は言った。

「そうだな。また、狐がいるのは山奥ではない。人の近くにいて、人に慣れないというところも、騙すだの化けるだのと言われるのだろうな」

「狐憑きのことはどうです？」

　と、宮尾が訊いた。

「あれは蠱毒厭魅《こどくえんみ》かなにかではないのか」

「こどくえんみ？」

「昔、唐土《もろこし》から伝わった呪術さ。狐神の兆次が使うのもおそらくそれであろう。まあ、タネのわからぬ手妻《てづま》のようなものだ。狐が化かすと思うから、こちらも化かされるのだ」

「ははあ」

「もう、誰かは、すでに、かけられているかもしれぬぞ」

　根岸がそう言うと、宮尾は怪訝そうに根岸を見た。

六

　鳳凰堂で異変が起きたのは、根岸が配下の者を潜入させて三日目の夜中のことである。

騒ぎは店の裏手の庭で始まった。

「これは……!」

「なんと……!」

裏庭の山桜が、突然、満開になっていた。

今朝までは、蕾《つぼみ》も見られなかったのだ。

根岸に言われて店に潜入していた坂巻や磯部桃蔵までもが、これには圧倒され、茫然と見上げるばかりである。

「狐桜だ!」

用心棒に化けていた磯部が叫んだ。

その言葉で、花はさらに咲き誇ったようにも見えた。

「狐桜?」

坂巻が訊いた。

「かつて、吉野の山の桜が、十月にいっせいに咲き誇ったこともあるらしい。これがそれだろう」

「まるで、狐忠信《きつねただのぶ》の舞台のようだ」

店の者はもちろん、あるじの六右衛門も総出で、桜を見上げている。

夜の空を埋め尽くした桜。

万朶《ばんだ》に花の薄紅色、若葉の赤茶色。それが音曲が鳴り出したかのように、頭上から降りかかってきている。

花王《かおう》と言うべきか、いや花の神か。

空に十月の若い月。少年のような月。だが、花は臈《ろう》たけている。

風が出てきて、ゆさゆさと大きく揺れ出した。それが、見ている者の頭をくらくらさせ、幻か夢かわからなくなる。

ただでさえ、桜の花は、人を酔わせ、呆《ほう》けたようにさせる。それが、十月の夜の満開の桜である。

すっかり気を取られていた……。

その隙に——。

店の母屋《おもや》の二階の奥で小さな火が揺れた。

狐神の兆次が忍び込んでいた。兆次は家の造りも聞いていたのだろう、迷いもせず、あるじ六右衛門の部屋から、さらに奥へと進んだ。

そこは、茶道具が並べられた部屋だった。

棚のなかほど、桐の箱に手を伸ばしたとき、

「それは渡さぬ」

と、闇の向こうから声がした。

ぼんやり人影が見えた。

「誰だ、てめえ？」

「南町奉行、根岸肥前守だ。神妙にいたせ」

「なんと」

根岸が前に出て来た。

「狙いは、その井戸茶碗。天下にも珍しい名品だ」

「きさまが根岸かっ」

兆次はそう言うと、いきなり根岸に飛びかかろうとした。手には、すばやく摑んだ匕首《あい》《くち》がある。

だが、兆次の動きは突如、止まった。

額に激痛が走ったのだ。根岸の横から、宮尾玄四郎が、得意の手裏剣《しゆりけん》ではなくそれに似せた棒を放っていた。

さらに、もう一人、わきから現れた栗田次郎左衛門が、ふらつく兆次を押しつぶすようにねじ伏せ、あっという間に縛り上げていた。

そこへ、ほかの同心が駆け込んで来て、

「お奉行、もう一人の手代も捕まえました」

「よくやった」

根岸はそう言って、後ろの窓をそっと開け、周囲の気配を窺った。

――狐はもう一匹いるはず……。

だが、青白い色をした通りには、野良犬が一匹、うろついているだけだった。

七

遅くなったが、根岸が労をねぎらいたいと、私邸で酒宴を催すことになった。

鳳凰堂の潜入組だけでなく、女中たちも座らせた。裏方あってこその捕物である。

「疲れたであろう。無事に狐神の兆次を捕縛することができた。これもそなたたちの活躍のおかげだ」

と、根岸は言った。

「兆次が狙ったのは金蔵ではなかったのですね？」

坂巻が訊いた。

「ああ、金蔵に警戒の目を向けさせ、咲くはずのない山桜を満開にさせて、そちらに店の者を皆、集めさせてから、本命の高価な茶器を狙ったのさ」

「あの桜がまやかしだったとは……」

花の正体は、薄絹に描かれた桜の花。それを百枚ほど枝いっぱいに広げてあった。しかし、下から淡いろうそくの明かりを向ければ、満開の花が咲き誇ったのである。

「わしらは、桜の花に弱いからな」

と、根岸は言った。

「いやあ、わたしは、すっかり信じてしまって、花見で酔っ払ったようです」

磯部桃蔵は、恥ずかしそうに言った。

「仕方がない。人の良い磯部は狙われたのだから」

根岸は小さく言って、杯を傾けた。

酒が回り始めたころ、別の小鉢が追加されると、

「珍しい肉をもらったのでな。まずは食べてみよ」

と、根岸が勧めた。

「なんの肉でしょう」

宮尾が箸でつまみ、臭いを確かめるようにした。

「皆、食べたか。じつは、白状すると、いまのは狐の肉だった」

「ええっ」

一同に衝撃が走った。

「狐は雑食だから、肉に臭みがあるらしい。だが、その臭みを抜く方法があって、酒に漬け、しょうがとともに煮るそうだ。どうだ、うまかっただろう?」

根岸がそう言ったとき、

「こーん、こーん」

と、末席にいたおかつが、奇妙な声を上げて、苦しみ出した。

「おかつ、どうした?」

坂巻が声をかけた。

「こーん、こーん」

おかつの鳴き声はさらに甲高いものになった。

「め、面妖な！」

宮尾がたじろいだ。

すると根岸は、立ち上がっておかつのわきに行き、肩に手をかけ、

「おかつ。目を覚ませ。狐はそんな鳴き方はせぬ。そなたは狐などではないぞ。れっきとした人だ。おなごだ。よいな」

そう言って、おかつの顔の前で、両手を「ぱしん！」と、打ち鳴らした。

「ううう」

おかつは白目を剝き、ふいに力を無くして倒れ込んだ。

「おい、しっかりしろ」

坂巻が介抱するのを見ながら、

「いささか薬が効きすぎたか。おかつは自分に狐が憑いていると思っていたのさ」

と、根岸は言った。

「自分に狐が？」

皆、気を失ったおかつを見つめた。

「おかつが以前、働いていたのは、火盗改方《かとうあらためかた》長官だった長谷川平蔵《はせがわへいぞう》どのの屋敷なのさ」

「えっ」

長谷川平蔵は、火盗改方の長官として辣腕をふるった。「いずれ町奉行に」という声もあったが、五年ほど前、病を得て亡くなってしまった。

「件《くだん》の侍は青木助五郎《あおきすけごろう》といって長谷川どのの屋敷でじっさいに起きたことだ」

「そうでしたか」

「おかつは、青木のあさましい姿を目の当たりにして、自分も同じ目に遭うのではと、ずっと気に病んでいたにちがいない。そのため、あとから接近してきた狐神の兆次の暗示に、かんたんにかかってしまったのだろうな」

「なんと」

「わしは、改めて御先手組《おさきてぐみ》の者に当時のことを訊いた。いろんなことに得心が行ったよ」

「どんなことです？」

「青木助五郎が気の病にかかったとき、狐が憑依したようになったのも、その十数年前、もともとつらい仕打ちを受けた父の狂態を見て、衝撃を受けたからだ。子ども心にも、あんなことをしたら、罰《ばち》が当たると思ったのだろうな。

青木は若いころ、大盗賊の稲熊の音右衛門の世話を受けていたそうだ。その付き合いはつづいていて、その伝手《つて》で知った小物の盗賊を捕縛していた。だが、あるじの長谷川どのを欺《あざむ》くことが心の重荷になって、気の病が生じたのだろう。

そのとき、狐憑きのようになったのは、青木の心を導いた者がいたからだ」

「それが？」

「稲熊の音右衛門の手下の、狐神の兆次だったのだろう」

「そうでしたか」

「そして、兆次は久しぶりに仕事をするうえで、わしの屋敷に狐憑きにさせていたおかつを送り込んできた」

　根岸がそう言うと、

「迂闊《うかつ》でした。御先手組のお屋敷の方の紹介でしたので」

　と、お貞が詫びた。

「お貞のせいではない。気にするでない」

「それにしても、蠱毒厭魅の術というのは恐ろしいですね」

　と、宮尾が言った。

「なあに、人にはそれぞれ、触れられると痛いところや弱いところがある。そこを巧みに突いて来られると脆《もろ》いものなのさ。な、磯部？」

「はい。わたしは、また狐に騙されるのではないかという怖れから、おかつの狐桜の話を真に受けてしまいました。ああ、お恥ずかしい次第です」

　磯部が、頭を抱え、呻《うめ》くように言った。

「わしだって、以前、長谷川どのに話を聞いていなかったら、狐桜にうっとりと呆けてしまったかもしれないのさ」

「え？　どういうことです？」

坂巻が訊いた。

「じつは、わしが勘定《かんじょう》奉行だったころ、長谷川どのが相談に来たことがあったのだ。青木の狐憑きを怪しみ、『耳袋』を書いているわしに、狐の妖《あや》かしとは本当にあることかと、訊ねてきたのさ。長谷川どのは、あのときすでに青木の背後にあるものに勘づいていたのだろう」

「御前はなんと？」

「そんなものはないと」

「そうでしたか」

一同は、納得したようにうなずいた。

「御前。磯部は田舎に帰しますか？　おかつはいかがいたしますか？」

宮尾が根岸のそばに来て、そっと訊いた。

「いや、磯部は江戸に置く。おかつも哀れな女、ここで働かせる。かけられた呪いが解ければ、おそらく元に戻る。だいいち、そうしないと、あの世の長谷川どのに笑われる。根岸どのは、そんな小さなお人でしたか、とな」

根岸は、元火盗改方の長官の豪胆な笑顔を思い出し、懐かしそうに言ったのだった。

石灯籠

梶よう子

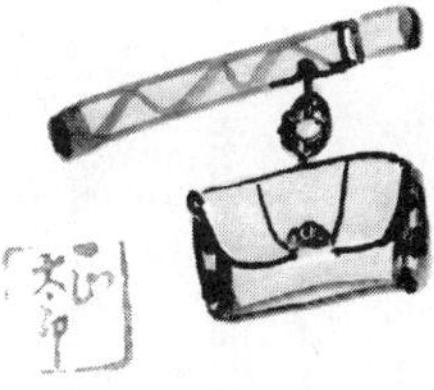

一

ようやくすべての客が引け、森山《もりやま》与《よ》一郎《いちろう》盛年《もりとし》は膳部のかたづけをしているおりさへ声をかけた。

「今夜は早めに休むとしよう」

「はい、あとすこしでございます」

「義父《ちち》上《うえ》はどうなされた」

「自室に戻ると。懐かしいお顔ぶれにいつになくはしゃいでおりましたゆえ、疲れたのだと思いますよ」

与一郎はおりさの言葉に苦笑しながら廊下へと出た。

嫁であったなら、はしゃいでいたなどとは、とてもいえたものではない。やはりそこ が実の娘である気安さなのだろう。

与一郎が一千石の旗本土方《ひじかた》家より四百石の森山家へ婿《むこ》入りして、早三十年近くが経とうとしていた。

義父の森山源五郎孝盛《げんごろうたかもり》は七十七歳。喜寿を迎えたその祝宴を今夜、赤坂の自邸で催した。当初は身内だけの宴を考えていたが、これまでに就いたお役の同輩、下役の方々も招いたらどうかとおりさがいいだした。

源五郎が隠棲して二年経つが、親しかった友の多くがすでに鬼籍に入ってしまっているせいか、めっきり外出をしなくなったことを気にかけていたのだろう。

あまり賑やかなことを好まない義父も、娘の気持ちを慮《おもんぱか》ったのか、あるいは己自身に思うところがあったのか快諾した。

新たに誂《あつら》えた紫の羽織を身につけた義父は、次々と訪れる者たちを穏やかに迎えた。親の代理だと祝いの品を届け帰った者などを含めると、来客は百名を超えただろうか。

あらためて義父はさまざまなお役をこなしてきたのだと思う。

源五郎は奥座敷の広縁に立ち、庭をぼんやりと眺めていた。石灯籠《いしどうろう》の明かりが、雪柳《ゆきやなぎ》の小さな白い花を浮かび上がらせている。春とはいえまだ浅い。足袋《たび》裏からも廊下の冷たさが伝わってくる。

「義父上、寒くはございませぬか」

「おお、今日はごくろうであったな。さまざま造作をかけた」

「いえ、義父上こそ、お疲れになりましたでしょう」

源五郎は近頃、趣味の和歌も詠まなくなり、茶も点《た》てなくなった。歳を思えば当然なのかも知れないが、肩の肉も落ち、頬もそげた。年ごとに、いや少しずつではあるが、日ごとに生気が抜けていっているふうだ。

「お風邪を召します。もうお部屋へ」

「そうするか」

源五郎は身を返して、自室へと入る。床の間に掛けられた漢詩の一軸と、欅《けやき》の文机《ふづくえ》以外はなにもない。今朝、おりさが活けた一輪の水仙《すいせん》が簡素な部屋によく似合っていた。

源五郎はゆっくり腰を下ろし、手あぶりの炭を熾《おこ》す。

日記帳が開かれたまま文机の上に置かれていたが、一字も記されてはいなかった。与一郎の視線に気づいた源五郎が口を開いた。

「日記も辛《つろ》うなってきた。日々、変わりばえもないゆえ、この頃は綴《つづ》ることもない」

弱く笑う姿を見て、義父の落日もそう遠くないなどと不吉な思いが与一郎の頭をよぎった。

「今日は、懐かしい顔が揃った。わしのためにようも皆、集まってくれたものだな」

源五郎がふと眼を細めた。

義父は、明和《めいわ》八年（一七七一）、三十四歳で森山家の跡目を継いだ。その二年後、大《おお》番組《ばんぐみ》に列し、小普請組頭《こぶしんくみがしら》、御徒頭《おかちがしら》、目付《めつけ》などを務め、文化《ぶんか》六年（一八〇九）に任ぜられた西丸鑓奉行《にしのまるやりぶぎょう》を最後に隠居を申し出た。

与一郎も小納戸《こなんど》役からいくつかのお役についてきた。上役や配下との付き合い方やら、競い合いなど、それなりに苦労もしてきたつもりではあるが、義父の歳まで仕事ができるか自信はない。

「義父上が小普請組頭であったころの方々などは、いまも恩義を感じていらっしゃるのでしょうな」

小普請組には三千石以下の旗本、御家人で無役の者が所属している。

組頭は、それらの者たちの監督と、上役の小普請支配を補佐する役目だった。

小普請入りの者たちは、ふだんの勤めがない代わり、城中や石垣などの修繕をするための小普請金を納めていたが、組内にはその金を徴収する世話人と呼ばれる者が数名決められていた。

源五郎は、その者たちに微々たる役料しか出ていないことを気の毒に感じ、世話人の小普請金減免を支配に提言して、実現させたのである。

「もう三十年以上も前のことだ。誰しも、よい親爺《おやじ》になっていたな——だが、ひとりだけあのころのままの者がおった。酒をすすめたのだが、肝の臓を患ったといって呑まなんだ。やはりお役がきつかったのかのう」

「それは、どなたでございます？」

与一郎が訊ねたとき、おりさが茶と菓子を運んできた。

「お父さま。今夜はずいぶん御酒《ごしゅ》がすすんだようですね。まだ酔いが残っているのではございませぬか」

「なに、夜風に当たったゆえ、さほどではない。だがよい気分だ。こういう酒宴は好いものだな」

源五郎は湯呑みを取った。

「なんだこれは。酒の後に甘味か」

与一郎が眉をしかめた。

「疲れた胃の腑にちょうどよいではありませんか。祝いの品の中にあった羊羹《ようかん》でございます。覚えていらっしゃいますか、小普請組頭のきまりですよ、お父さま」

おりさがくすりと笑い、袖口でそっと口許を隠す。

「羊羹がきまりとは？」

「ああ、新参者は先役の者たちを自邸で饗応するのがしきたりでな。手土産《てみやげ》は日本橋の菓子舗、鈴木越後《すずきえちご》でなければならぬと決まっておったのだ」

ははあ、と与一郎は頷《うなず》いた。いまではもっとひどくなり、手土産どころか、どこそこの料理屋で一席を、とうるさい御仁が大勢いる。

「わしは、食い物などある物を喰えばよいという口だったので、その羊羹がどれほどの物だと馬鹿にもしておったが、な」

実際、口にしてみると、たしかに鈴木越後の羊羹は舌触り、味わいがまったく違っていたのだと、苦く笑った。

「舌がこえるというのも好いことばかりではないがな。同輩が二十ばかりいたものだから、手土産だけで二十両だ。あのとき饗応はいくらかかったかな」

「しめて四十八両でしたよ、お父さま」

「よう覚えておるな」

「それはもう。返済し終えるまで、ずいぶんお母さまがこぼしておられましたから」

「饗応などつまらぬ慣習でしかないと思っていたがな」

「その代わり、お父さまも後から組頭になった方に、手土産をいただきましたでしょう」

「そういえば、私も幾度かお相伴《しょうばん》にあずかりました。ひとりだけいつも羊羹の厚さが、違っていなかったかな？」

与一郎がおりさに眼を向けると、

「まあ、そのようなこと忘れました」

ぷいと横を向いて、肩をすくめた。

「なにごとも慣習に捉われるのが世の習いだな」

「恥ずかしながら」

「なに、おまえが恥じ入ることではない」

源五郎は与一郎をちらと見て、静かに息を吐いた。

「それが悪しきものであろうと、正しきものであろうと、うまく立ち回らなくば立身もおぼつかぬものだ」

皿の羊羹に視線を落とした源五郎は、

「鈴木越後か……これも懐かしい」

思いをはせるように呟《つぶや》いた。

二

天明《てんめい》四年（一七八四）十二月、小普請組頭の森山源五郎は、神田小川町から赤坂の自邸へと向かっていた。

十一年務めた大番士から、小普請組頭への栄進を果たして三か月。

その嬉しさも手伝って、和歌の流派のひとつ、冷泉《れいぜい》家の同門である友人宅で催された歌会の席でいささか酒が過ぎ、ほろ酔い加減で歩いていた。すでに夜五ツ半（午後九時頃）にもなろうかという刻限だった。

不意に半鐘《はんしょう》の音が響き渡り、供の中間《ちゅうげん》が、

「南に煙が上がっております」

あわてた口調でいった。

見れば、夜空に湧き出すかのように黒煙が立ち上っている。

屋敷の方角とはずれていたが、風向きによってはどうなるか知れない。火元はどこだ、風はどうだと、人々が通りに飛び出して来る。

すでに荷物を背負って逃げている者もいた。源五郎の酔いは一気に醒め、先を急いだ。途中、なにやらものものしい集団に出くわした。どこかの大名家か旗本の奥向きに勤める女たちが数十名、豪華な女駕籠《かご》を取り囲むようにして足早に進んで行く。

「このまま下屋敷までご同道いたしますゆえ、ご安心めされ」

駕籠の横にぴたりと張り付いている武家が、よくとおる声を放った。

源五郎はふむと唸《うな》って眼を凝らした。どうも家臣というふうではなさそうだった。なかなかの偉丈夫《いじようぶ》で、家紋は左藤巴《ひだりふじともえ》だ。ちらとその横顔を見たが、知らぬ顔だった。

「お侍さま、突っ立ってるとあぶねぇぜ」

職人ふうな男から声をかけられ、源五郎もあわててその場から逃れた。

新橋、数寄屋橋《すきやばし》あたりを焼いたが、火はそれ以上広がらず、源五郎の屋敷は無事だった。

後日、出仕した源五郎は、老中の田沼意次《たぬまおきつぐ》が火事の日のことでいたく感心しているという話を耳にした。

御徒頭に任命されたばかりの長谷川平蔵宣以《はせがわへいぞうのぶため》が田沼家の屋敷を突然訪れ、

「こちらのお屋敷は風下にあたります」

と、田沼家の奥向きにいる者たちを先導し、下屋敷まで避難させたというのだ。しかも、到着を見計らうように江戸一番と評判の鈴木越後から餅菓子が届き、火事の恐怖と歩き疲れた田沼の妻女や侍女たちは顔をほころばせ、大喜びで食したという。

火事を確認した長谷川は、まず件《くだん》の菓子舗に寄り、注文を済ませてから田沼の屋敷へと向かったのだ。下屋敷には夕食までも手配してあった。

「あやつが長谷川平蔵だったか」

源五郎は苦々しく口を歪《ゆが》めた。

長谷川平蔵の名を初めて知ったのは、源五郎が大番士に取り立てられてまもなくの頃だ。

放蕩無頼《ほうとうぶらい》の者たちと交わり、本所菊川町《ほんじよきくかわちよう》に屋敷があったことから〝本所の銕《てつ》〟などと呼ばれていた面白い旗本がいると同輩から聞かされたのだ。

銕というのは幼名の銕三郎に由来しているらしい。

源五郎は国学、儒学、漢籍を修め、武術に励んできた。堅物で潔癖だと評されているが、それは己でも認めている。つねに威儀を正し、自らを律してこそが武士だと考えていた。

そのような源五郎であったから、町人どもの手本となってしかるべき武士が遊興にふけり、ふたつ名を持つなど、本来ならば恥じ入って当然だ、なにが面白いものかと思ったものだ。

此度《こたび》の火事の行動にしても、城中警備にあたる御徒頭の長谷川は真っ先に登城せねばならないところ、それを怠って田沼の屋敷に駆けつけたことになる。なんたることだと源五郎は憤慨した。

「お上より、ご老中を選んだということではないか。田沼さまの歓心を得るためそこまでやるか。陋劣《ろうれつ》なやつめ」

務めを終え、濠端《ほりばた》を足早に進みながらも、源五郎の腹立ちは収まらなかった。

森山、長谷川両家ともに四百石の旗本だが、歳は源五郎のほうが八つほど上だった。にもかかわらず長谷川は御徒頭に任ぜられ、すでに布衣《ほい》も許されていた。源五郎自身気づかぬうち、競うような思いが胸底にひそんでいたのかもしれない。

田沼意次は一旗本であったが、小姓から大名へとのしあがった人物だ。

そのことをとやかくいうつもりはないが、田沼が老中になってからというもの、お役は銭金で購《あがな》うものという風潮になっている。

田沼の屋敷は朝夕となく、手土産を持ち、ご機嫌伺いに出向く者たちで列をなすという有様で、巷では〝日勤〟などといっている。

源五郎は生来の生真面目な性質から、そうした風潮を忌み嫌っていた。しかし時流に乗らなければ立身の道は開けない。なにより、追従《ついしょう》するしか能のない愚かな者たちに馬上から見下されることは、想像するだけで虫酸《むしず》が走る。

書類一枚、まともに記すことのできない者も番士の中にはいた。己にどれだけの能力があるかはわからないが、試す場所すら与えられないのは悔しい。もしも、金や縁故でその場が手に入るのならば、むしろ利用したほうが得ではないかと源五郎は考えた。

数年前、小姓を務める旗本、土方家の次男をひとり娘のおりさの婿に迎えたのもそのためだ。土方の本家である大名家が田沼意次と縁戚だったからだ。

お役に空きが出ると聞けば、土方の本家に出かけ世話を頼み、有力者の紹介を得れば金を贈った。料理屋での饗応はあたりまえだ。十両、二十両が飛ぶように出ていった。

小普請組頭などの候補にも三度、上がったが、いずれも逃した。勤続の年数が足りないか、源五郎の年齢がすでに四十代であったことも影響していた。

これは己の本意ではない、世の習いであるといい聞かせ、借金までしながら、結果を得られなかった落胆は大きかった。己が必死であればあるほど情けなかった。

源五郎のもとに朗報がもたらされたのは九月のことだ。かねてより望んでいた小普請組頭にようやく任ぜられたのである。

源五郎はすでに四十七だ。だが、心は浮き立っていた。仲介をしてくれた土方家などへの礼金を含め二百五十両ほどがかかったが、組頭として己の能力を発揮し、さらに上を目指せばよい。その自信が源五郎にはあった。借金の返済も立身さえすればなんとかなる。ようは足がかりが必要だったのだ。ただ役が欲しいとあがく無能な者とは違う。

これは己を活かすための投資なのだと思い込むことにした。

ただ、新任の組頭は先役らに饗応をせねばならないと聞き、また金かと、やり切れない気分にもなっていた。

しかもまだ年数の浅い同役に訊ねると、

「手土産はやはり鈴木越後の羊羹がよろしかろう。じつは先年、別の菓子屋の安価な羊羹にした人がいましてね。それが知れたがために、草履《ぞうり》は隠される、仕事は教えてもらえない、書類の記載に洩れがあれば詰《なじ》られると、それはもうひどいいじめられっぷりで」

声をひそめていった。

「なにが鈴木越後だ」

金と伝手《つて》を使い、やっとの思いで心願を叶えた源五郎のような者がいる一方で、長谷川のように機転で田沼に気に入られる調子のよい者もいる。

源五郎は道端の小石を蹴り飛ばした。石は思いのほか勢いよく飛び、棒手振《ぼてふ》りの魚屋の背に当たった。驚き顔で振り向いた魚屋へ、

「これはすまぬ」

源五郎はあわてて詫《わ》びた。

火事から一年半が過ぎ、長谷川が御先手弓頭《おさきてゆみがしら》に取り立てられるということを知った。長谷川の才知を認めた田沼の抜擢だった。

源五郎は小普請組頭として地道に務めに励み、組下の者たちからも信頼を得ていたが、就任して二年近く経っても、まったく昇進の気配はなかった。

三

同年、十代将軍家治《いえはる》が身罷《みまか》ったと同時に老中田沼意次も失脚した。その後を受けたのは白河藩主、松平越中守定信《まつだいらえっちゅうのかみさだのぶ》だ。

新老中、松平定信は八代将軍吉宗《よしむね》の孫でもある。田沼時代に横行していた賄賂《まいない》や縁故による登用はせず、広く人材を募った。吉宗の治世を範として綱紀粛正、倹約を唱え、文武を奨励した。源五郎は色めきたった。

源五郎の性質からいえば、定信のような清廉潔白な人物は理想であった。

好機はすぐに訪れた。源五郎が綴った意見書が定信の眼に留まったのだ。

小普請組頭から御徒頭を拝命し、目付へと栄進を果たした。

目付は旗本の行状を観察し、糾弾する役目で、数多《あまた》の旗本から十名しか任命されない。定信から寄せられる信任がいかに厚いか、源五郎は思わず涙したほどだ。

城中の巡視を終え、目付部屋へと戻った源五郎が茶を啜《すす》っていると、ふたりの御徒目付組頭の口から長谷川平蔵の名が出た。

「御先手弓頭の長谷川平蔵のことか」

思わず源五郎が訊ねると、ひとりの組頭が、さようでと応えた。

「火盗改《かとうあらため》と、今は寄場《よせば》奉行も務めておいでで」

ああ、そうだったと源五郎は頷いた。

飢饉や貧困のため、各地から江戸へと出て来る者が後を絶たなかった。大部分が人別《にんべつ》を持てずに無宿人《むしゆくにん》となり、犯罪も増加している。公儀は対策に頭を悩ませていたが、昨年、寛政《かんせい》二年（一七九〇）二月、石川島に無宿の者たちを収容する人足寄場を設けることになった。その取扱いを長谷川が命じられたのだ。

世間では、人足寄場が長谷川の建議によるものだといわれているが、源五郎は認めていない。もともとあった無宿養育所という施設に、長谷川が改良を加えただけのことだ。

定信が無宿人対策を問うた際、「それがしが」と、勿体《もったい》をつけて名乗りを上げた長谷川だが、そもそも無宿人対策は火盗改の管轄なのだからあたり前だ。すべて己の手柄のような顔をされては、たまらないと思っていた。

「長谷川どのがどうかしたのか？」

「いえ……まだ噂でございますので」

年若い方の組頭がいいよどみ、もうひとりの中年の組頭を窺うようにした。

「いやいや。どんな小さな風聞でもよい。わしも知っておかねばならぬ」

若い組頭は軽く唇を嚙むと、顔を上げた。

「じつは、長谷川平蔵さまが銭相場を」

「なに？　どういうことだ」

聞けば、長谷川は諸物価の安定のためにと公儀より借り受けた三千両を銭に換えたという。さらに北町奉行で親交の厚い初鹿野河内守信興《はじかのかわちのかみのぶおき》に両替商を集めさせ、銭の値を上げるように命じたのだ。

「その結果、銭が高値となり四百両ほどの儲けを出したとの噂でございます」

「それでご公儀からの借り入れ金は？」

「早々に返済されております」

「長谷川はその四百両をどうした？」

中年の組頭が、膝《ひざ》をすすめていった。

「しかとはわかりませぬ」

源五郎はあきれ果てて物もいえなかった。

腰を上げた源五郎は、組頭に問うた。

「長谷川の屋敷は本所だな」

「お目付が直々に出られては。探索ならば我らが……」

「いや、わしが行く」

長谷川はかつて町場で遊興にうつつをぬかしていた男である。四百両という大金を何に使ったのか、怪しいものだ。しかも公儀から借りた金を元手にするなど、言語道断。一文でも使途の不明なものが出たら、評定《ひょうじょう》にかけてやると源五郎は息巻いて出掛けた。

だが、火付盗賊改方《ひつけとうぞくあらためかた》の役宅となっている本所菊川町の屋敷に長谷川はいなかった。応対に出て来たのは中山為之丞《なかやまためのじょう》という与力だ。長谷川は人足寄場に向かったという。月に五度から七度は視察を行っているのだといった。

「恐れながら……」

「中山というたかの。目付に何用かを問うのはいかがなものかな」

「ご無礼をいたしました。しかし、銭相場でのお訊ねならば……」

ほうと、源五郎は眼を細めた。この温厚そうな与力がどう長谷川をかばうつもりなのかと、興味が湧いた。

「それがし、寄場の総支配をしております。まだ寄場は始動したばかりで、予想以上に費《つい》えがかかり、恐れながらご公儀より拝借した分ではとても足りませぬ。銭相場で得ました銭は残らず寄場の費用に充てております。もしお疑いでしたら、帳簿をご覧いただいても結構です」

中山はきっぱりといい放った。

この者のいうことに嘘はない。公儀より初年は寄場の普請費用と運営に五百両、米五百俵が下された。だが二年目からは三百両、米三百俵となっている。倹約でなく、老中はただの吝嗇《けち》だと陰口を叩く者もいた。だれもが寄場にかかわらなくてよかったと胸を撫《な》で下ろしたほどだ。

「苦渋の末でございました。それに火盗改は金がかかるお役であることもご存じでありましょう。長谷川さまも、もし相場のことで詮議を受けるようならば、一切、申し開きはいたさぬと、ご覚悟を決めておられます」

「では、帳簿を見せてもらおう」

客間に通された源五郎の前に、中山が帳簿を運んできた。人足たちの居住する長屋と、舂米《つきごめ》、炭団《たどん》製造のための小屋場、牡蠣殻《かきがら》灰、紙漉《かみす》きなどの細工所などの費用、石川島の対岸となる本湊町《ほんみなとちょう》の船着場設置費が事細かに記されている。五百両など軽く超えていた。米を売ったところで、とても無理だ。

「昨年の開所時には、二十名であったものが、今は四百名近くに膨れ上がっております」

源五郎は別の帳簿を手に取った。

「収入もあるではないか」

「これは薪置き場を佃島《つくだじま》の民に貸し、地代を得ているのです。それも焼け石に水ですが。それから、島紙、炭団などは人足の収入として支払われます」

「人足らに賃金を支払っておるのか」

「寄場は牢ではありません。各人の働きには賃金を渡しております。人足はその銭で暮らしているのです。賃金の一部を寄場で預かり、出所時に渡します」

「この百両はなんだ」

「すべてを使ってしまっては来年が困ります。足りない場合にはここから取り崩し、地代などの収入を少しずつ補うつもりでおります」

中山は堂々と胸を張っている。おそらく一点の曇りもないという自信だ。

源五郎は軽く呻《うめ》いて、帳簿を閉じ、立ち上がった。

「――また伺うこともあろう」

源五郎は足早に屋敷を後にした。なぜ、わしが逃げるのだ。どこか長谷川に嘲笑されているような気分だった。

四

源五郎は、御徒目付組頭に命じて、数か月にわたり、長谷川の行状を探らせた。

衣装の粗末な罪人には、新たな物を与える。冤罪《えんざい》の者には、詮議のため留め置いた期間の分の銭を与える。刑死した罪人の墓を建てるなど、瓦版が飛びつきそうな話ばかりだ。

ようもやるものよと源五郎は唸った。こうした派手な振る舞いで人の眼を引こうとしている。今大岡、本所の平蔵様などともてはやされてもいるらしい。

田沼という後ろ盾を失い、昇進のあてを失った長谷川は世間を味方につけるよりほかに道がないのであろうと、源五郎は思った。

「ご報告申し上げます」

組頭が、源五郎の前にかしこまった。

「長谷川平蔵さまは、家紋の付いた提灯《ちょうちん》をあたりに配り、すわ火事だという際、左藤巴紋の提灯を掲げさせているようでございます」

源五郎は皺《しわ》の増えた額をしかめた。

「なるほどな。それを見た町人らは長谷川がもう出馬したと勘違いするわけか」

「すでに長谷川さまがそこにおられると思い、皆、よく指図に従い、混乱もなく処理が済むとの事でございます」

源五郎はかすかな苛立《いらだ》ちを覚えた。

その日の午後、老中松平定信に呼び出しを受け、源五郎は目付部屋を出た。廊下を急ぎ歩いていると、前方から、こちらに向かって歩いてくる者がいた。

「目付どの。以前、中山為之丞が無礼を申し上げました」

すれ違いざま声をかけられた。中山……源五郎ははっとして振り返った。

「長谷川……平蔵どの、か」

ゆっくりと身を返した長谷川平蔵は慇懃《いんぎん》に頭《こうべ》を垂れた。

長谷川の声は低く落ち着いた響きを持っていた。殿中で顔を見かけることはあったが、言葉を交わすのは初めてだった。源五郎は、じっとりと汗が滲《にじ》むのを感じつつ、口を開いた。

「高張り提灯のこと、妙案と感服いたしました。なれど、提灯のかかりも大変でございますな」

源五郎は皮肉を投げつけた。

「なんの。火盗改を仰せつかった以上は身銭を切る覚悟はいたしております。他の方々が二十、三十と作るなら、私は五十ばかり作りましょうぞ」

「銭相場でまた儲ければよいと」

「目付どののお許しが出ますなら」

長谷川は、にっと笑って踵《きびす》を返した。物静かで、綽然《しゃくぜん》とした男だった。源五郎はただ、長谷川の背を見送ることしかできなかった。苛立ちとも違う。憤りでもない。源五郎は、己の心に戸惑っていた。

源五郎はその後、定信を前にしても、どこかぼんやりとしていた。

「さきほどからいかがいたした。具合でも悪いのか」

老中の声に源五郎は我に返り、平伏した。

「いえ。申し訳ございませぬ」

定信は、わずかに間をあけ、いった。

「じつは、長谷川平蔵のことだが」

ご老中までもが長谷川を気にかけていると思ったとき、かすかに抱いた戸惑いの根がわかったような気がした。

「どのようなお訊ねでございましょう」

「人足寄場が思いのほか評判もよく、落ち着いてきたゆえ、そろそろ長谷川の寄場奉行を解くつもりだ。先般は葵小僧《あおいこぞう》なる盗賊を見事に捕らえたとも聞いている。だが、幕閣内では町奉行の初鹿野を差し置き、やりすぎではないかと評価はかんばしくない。銭相場のことでも皆、顔をしかめておる。町場では長谷川を町奉行にという声まで上がるほどの人気というが、目付のその方はどのように見ておるかと思ってな」

恐れながら、と源五郎はいった。

「一口に申せば、小ざかしき性質かと存じまする」

「ほう」

定信が興味深げに身を乗り出してきた。

源五郎は、これまで調べてきたすべてを伝えた。定信がいちいち深く頷いている。

「人品は優れぬと申すか」

「銭相場の儲けを寄場普請と運営にあてているのは、ご公儀から下された金では足らぬと申しておるのです。与えられた中で、算段をするのが優れた官吏といえます。金が足りぬから相場に手を染めるなど、山師ではありますまいに」

ふむ、と定信は唸った。

寄場建設の際にも――と、さらに続けた。

「海を隔てているとはいえ佃島の島民どもにしてみれば近くに寄場ができるのは不安も

あろうと、普請の最中に佃島を訪れ、無宿の者の中には屋根大工左官もおるし、按摩もいる。島にはそういう職の者がおらぬようだから、用事があるときには、遠慮なく人足どもを呼び出して働かせてやってくれといったそうです」

「まことに無宿の人足に仕事を頼んだ島民があったのかな」

「それはわかりませぬ。しかし寄場普請に佃島の民が異を唱えようと、ご公儀の威令をもって従わせるのが奉行の務めではありますまいか。下々の話にすべて耳を傾けるのは無理でありましょう。今年九月に大嵐がありましたが」

「寄場が波を被《かぶ》ったときだな」

「はい。寄場も佃島もたいそうな被害に見舞われました。そのとき長谷川は寄場より先に佃島へ水見舞いだと白米を八俵ほど贈りましてございます。寄場奉行から直々《じきじき》に見舞いを贈られれば、島民らは恐れ入り、感激もいたします。常に金品で人心を操ろうとするのが、長谷川どののやり方だといえましょう」

定信が、かすかに笑みを見せた。

「ま、廉潔とはいい難い者であることはたしかだな。しかし不思議だ。源五郎の話を聞いておると長谷川平蔵は、やはりなかなかの器量と認めざるを得ない」

はっと源五郎は眼をしばたたいた。

「源五郎、まことに長谷川は姦計を巡らす山師だといいきれるかな。いうは易いが、実際に民の心を操るのは、そう簡単なことではない。お主もどこかでそれを感じておると思えるのだが」

定信の指摘に、源五郎は言葉を失った。

「やはり火盗を任せられるのは、長谷川しかおらんか……」

定信は呟くようにいうと、腰を上げた。

五

源五郎はじっと羊羹を眺めていた。おりさが不審げな眼を与一郎に向ける。

「義父上、どうかなさいましたか」

声をかけると、源五郎が顔を上げ、相好《そうごう》を崩した。

「なに、滅多に口にはできぬ高価な菓子ゆえ、これが今生《こんじょう》の名残かと考えておっただけよ」

「まあ、お父さま、ご冗談を」

おりさがほっとして笑みを浮かべる。

「これはどなたからのいただき物だ？」

「長谷川平蔵さまでございますが」

源五郎はぽんと膝を打ち、

「やはりな。長谷川は鈴木越後がよくよく好みとみえる」

なるほど、と与一郎は頷いた。小納戸役を務めている長谷川平蔵宣義《のぶのり》の父親は、かつて火付盗賊改方を務め、今大岡と称されていた、あの平蔵宣以だ。だとすれば、義父は息子に父親の面影を重ねたのだろう。

「長谷川さまはさほどに、お父上と似ておられましたか」

「似るも似ないも、まったく変わらぬ。昔の長谷川そのものだ」

さようでございますか、と与一郎は応えつつ、長谷川家がわざわざ足を運んでくれたことを感謝した。

「義父上と長谷川さまとはずいぶん親しくしておられたのですか」

訊ねると源五郎は軽く口許を歪めた。

「なんであろうな。わしと長谷川とは水と油のようなものだ。大方の役人が定められた規範の中で最善を尽くし、結果を出すべきだと考える。先例から外れることを恐れる。わしもそうだ。だが長谷川はまったく違っていた」

たとえお上に禁じられていることでも、よいと思えば堂々としてのける。寄場の費えを銭相場で稼ぎ、軽微の罪人を目明《めあか》しとして使うこともそうだった。

「のちにわしが御先手鉄砲頭となり、火付盗賊改を任ぜられたときには、あやつとは逆のことをした。つまり、目明しなどは一切禁じ、商家からの袖の下も受け取らせぬように配下の者に厳命したのだ」

巷《ちまた》に悪事や火付などを行う不届きな者が増えるのは役人の規範が緩んでいるせいであり、悪事が起きてから取り締まるのではなく、未然に防ぐのが官吏の務め。役人が威厳をもって接すれば、町人どもの身も引き締まるというのが源五郎の考えだった。それを破った者は厳しく処断したという。

「それでは十分な探索ができぬ、人手が足りぬと文句も出たが、わしが務めた一年余りは火付も盗賊も減ったのだぞ。当時、若年寄であった京極備前守《きょうごくびぜんのかみ》さまは、長谷川は覇道をもって務めたが、森山は王道をもって務めたと申された」

「長谷川さまとは好敵手であったのですね」

「いいや。あやつの方はわしを歯牙にもかけなかった。それも悔しゅうてならなかったが」

源五郎は、またちらりと庭先に眼をやった。

「あやつを町奉行にという話が定信さまの口から出たとき、わしは長谷川についての雑言をあれこれと申し上げたことがある。そのときわしは初めて気づいたのだ。妬心を抱いていたのだとな。長谷川平蔵という男をどこかで羨《うらや》んでいたのかもしれぬ」

「長谷川さまは、町奉行を拝命されなかったのでしたね」

「なれなんだ。わしは長谷川の行いを隠さず申し述べたが、そのせいではない。長谷川も笑っておったわ。どうせ家格が低いとお偉方が難癖をつけたのだろうよ、と」

むしろ好き勝手にやっていた自分が評定にかからなかっただけでもありがたい、と長谷川はいったという。

「皮肉もたっぷり含めてな」

義父の顔はいつになく活き活きと輝いていた。

長谷川平蔵宣以は寛政七年（一七九五）の、たしか五月に亡くなっている。すでに二十年近くも前のことだ。

源五郎は目付の後、御先手鉄砲頭となったが、就任してすぐに火付盗賊改方を仰せつかったのは、長谷川平蔵が病に倒れ、死去したからだ。

「長谷川は定信さまにはあまりよう思われておらなんだ。わしは定信さまに重用され目付まで昇進した。伊豆《いず》、相模《さがみ》、安房《あわ》などの海防視察にも随行し、さまざまな提言も取り上げていただいた」

だが、と源五郎はかぶりを振った。

「上役に嫌われれば、昇進もおぼつかぬ。上役の威勢がなくなれば、下役もその波をかぶらねばならん。わしのように、お役を数こなし、昇進だ降格だと騒いでおるより、むしろ長谷川は火付盗賊改を天命として受け止めておったのだ。定信さまにもその手腕を認めさせ、結句、長谷川ならばといわしめた。生涯を費やし、我が道を貫いたあやつは存外、幸せだったのではないかな、与一郎」

「いえ、各々道は違えども、義父上も懸命に歩いて来られた。長谷川さまと同じではありませんか」

「そういうてくれるか」

源五郎が不意に庭先へ眼を向けた。羊羹を一切れ、掲げるようにすると、かすかに笑みを浮かべて口にした。

「おお、やはりうまい」

与一郎も視線を移したが、そこには石灯籠がぼんやりと光を放っているだけでなにも見えはしなかった。

瓶《かめ》割《わ》り小僧

池波正太郎

一

「よいか。われらの手に捕《とら》えられたからには、いつまでも強情を張り通せるものではないのだ。此処《ここ》はな、奉行所の白州《しらす》とはちがうのだ。お前が口を割らなければ、その躰《からだ》に訊《き》く。それがどのようなものか、わかってはいまい。棒で叩いたり、石を抱かせたりするのとはわけがちがうぞ」

捕えた盗賊が一言も口をきかぬものだから、火付盗賊改方《ひつけとうぞくあらためかた》・与力の小林金弥《こばやしきんや》が苛立《いらだ》ってきはじめ、脅《おど》しにかかっている。

小林金弥は、三十をこえたばかりで、数年前に亡父の跡をつぎ、盗賊改方の与力となった。

剣術は直心影流《じきしんかげ》を修《おさ》めているし、探索方の与力として何度も手柄をあらわしていたが、役宅内で盗賊の訊問《じんもん》に当ることは、これまであまりなかった。

そこで、長官《おかしら》の長谷川平蔵《はせがわへいぞう》が、

「今月の取り調べは、小林金弥にさせるがよい」

と命じたのであろう。

そこは「詮議場《せんぎば》」ともよばれる狭い白州で、役宅内の牢屋と隣り合わせており、白州の横手には小部屋が設けられ、覗《のぞ》き窓から密《ひそ》かに詮議のありさまを見ることができた。

「申せ、申さぬか。生国《しょうごく》は何処《どこ》だ？　名は何という？」

小林与力が、またも同じ訊問を叩きつけたけれども、相手は、ほとんど反応をしめさなかった。

男は両眼を閉じ、後手に縄をかけられたまま、胸を張っていた。

かたちのよい口元に、薄笑いがただよっている。同心二名と小者によって白州へ引き出された盗賊は、この男ひとりであった。

年齢《とし》のころは、二十七、八というところか。

中肉中背の、均整のとれた躰に真新しい細縞の上田紬《うえだつむぎ》を着ている。

鼻すじの通った色白の顔だちゆえ、髭あとの濃さも、そして左の耳から頬へかけての

火傷《やけど》の痕《あと》も、く
っ
き
り
と描《か》いたように浮きあがって、美《い》い男だけに一種の凄味《すごみ》があった。

火傷の痕は、かなり古いものと看《み》てよい。

小部屋の覗き窓から、小林金弥の訊問ぶりをながめている長谷川平蔵は、

(はて……こやつ、ずっと前に、何処《どこ》かで見たような……?)

と、おもいはじめていた。

だが、おもい出せぬ。

男の顔に、というよりは、左の横顔を無残に汚《けが》している火傷の痕が、平蔵の古い記憶の糸口へ引きかかった。

色白の、よい顔立ちの男の火傷の痕……。

その印象に、

(何やら、おぼえがある……)

ような気がしてならなかった。

昨日の朝。

この男が、

「石川《いしかわ》の五兵衛《ごへえ》」

と名乗る盗賊として、役宅へ連行され、牢屋へ入れられた後で、平蔵は牢格子《ろうごうし》の間から男の顔を見分《けんぶん》している。

だが、そのときは別に、どうということもなかったのだ。

牢内が、薄暗かった所為《せい》もあったろう。

すこし前に、筆頭与力の佐嶋忠介《さじまちゆうすけ》を従え、この小部屋へ入り、覗き窓から男の顔……

いや、石川の五兵衛の顔を見ているうちに、胸がさわぎはじめたのである。

そもそも、石川の五兵衛という名前からして、ふざけているではないか。

むかし、むかし、京都の三条河原で釜茹《かまゆ》でにされた伝説的な大盗賊・石川五右衛門《ごえもん》の名を捩《もじ》ったものにちがいない。

なればこそ、小林与力が、

「本名は？　生国は？」

と、問いつめているのだ。

いまや、小林金弥の満面に怒り血がのぼっている。

拷問《ごうもん》にかけて、罪状を吐《は》かせることは最後の手段であり、それまでに、盗賊改方の威風と、与力の貫禄《かんろく》によって、相手を屈服《くつぷく》せしめねばならぬ。

ことに、長官より、自分に訊問をさせよと下命があったからには、与力としての技倆《ぎりよう》を、

(試《ため》されている……)

と、考えてよい。

それだけに小林は、白州の右側の小部屋へ、時折、ちらちらと視線を向けながら、何ともして、石川の五兵衛を屈服させようとしている。

石川の五兵衛が捕えられたのは、密偵・高萩《たかはぎ》の捨五郎《すてごろう》の密告による。

この夏。

兇盗《きょうとう》・籠滝《かごたき》の太次郎《たいじろう》一味を捕えた事件のきっかけとなった捨五郎は、その後、太次郎一味に襲われたときの傷も癒《い》え、長谷川平蔵に心服して盗賊改方の密偵となってからは、

「当分は、彦十《ひこじゅう》にあずけるがよい」

と、平蔵が指示し、捨五郎にとってもむかしなじみの相模《さがみ》の彦十が、本所二ツ目の軍鶏鍋屋《しゃもなべや》〔五鉄《ごてつ》〕の二階の自分の部屋へ引き取っていた。

で、五日前の昼すぎのことだが……。

「捨五郎さんよ。少し冷え込むが足慣らしに出かけようじゃあねえか」

彦十が捨五郎を、さそい出した。

重い傷が癒えるまで、役宅内の一間に寝たきりでいた高萩の捨五郎は、まだ体調が以前にもどってはいない。

「たのむよ、彦十どん」

捨五郎は菅笠に顔を隠し、長谷川平蔵みずから枇杷《びわ》の木を削ってつくってやった杖をつき、彦十と共に五鉄を出た。

この、平蔵手づくりの杖ゆえに、捨五郎は、盗賊仲間から、

「狗《いぬ》」

と、よばれる密偵になりきって、

「長谷川様の御為に……」

いのちがけで、はたらこうという決意をかためたいきさつは〔高萩の捨五郎〕の一篇にのべておいた。

さて……。

相模の彦十につきそわれて、近辺を一廻りした捨五郎は、

「ま、一休みして行こうじゃあねえか」

彦十にいわれて、本所の弥勒寺《みろくじ》の門前にある、例の老婆お熊《くま》の茶店・笹《ささ》やへ入った。

お熊と捨五郎は、すでに顔を合わせている。

「その歩きっぷりなら、もう大丈夫だ」

と、お熊がいった。

彦十と捨五郎は店先の縁台へかけ、冬の日が穏やかにみちている弥勒寺門前の通りをながめつつ、茶をのみ、団子を食べた。

そのとき……。

笠をかぶったままで、何気もなく深川の方を見ていた捨五郎が、急に顔をそむけた。

「どうした、捨五郎さん」

「いま、この前を、頭巾《ずきん》をかぶった男が通る。いい服装《なり》をして、白足袋《しろたび》をはいている。そいつはね、石川の五兵衛という盗《つと》め人《にん》だよ、彦十どん。私の大きらいなやつだ。後を尾《つ》けなさるがいい」

早口にささやくや、立ちあがって奥へ入って行った。

まさに、捨五郎がいったとおりの男が深川の方から、笹やの前を通り過ぎて行った。

男の顔は、頭巾で両頰から顎《あご》のあたりまで隠れていたが、これを一瞬の間に見破った高萩の捨五郎の眼力は、さすがであった。

相模の彦十は、すぐに五兵衛を尾行し、浅草・山谷堀《さんやぼり》の〔伊勢新《いせしん》〕という船宿へ入ったのをつきとめた。

石川の五兵衛は、その船宿へ滞在していたのである。

「以前、上方の口合人《くちあいにん》の世話で、五兵衛に会ったことがございます。五兵衛は盗めのたびに一人ばたらきの者をあつめ、盗めが終ると分前《わけまえ》をわたし、何処へともなく消えてしまうというやつだそうで。それで私もよばれたのでございますが、一目で嫌気がさしてしまいました。はい、あの男の両手には畜生ばたらきの血が、こびりついているような気がいたしまして……」

と、高萩の捨五郎は、長谷川平蔵に告げた。

「そのとき五兵衛は、こういっておりました。おれは江戸生まれゆえ、二年か三年に一度は江戸へ帰るが、江戸での盗めは、ただの一度もしたことがねえ、と……」

「さようか」

そこで平蔵は、すぐさま、石川の五兵衛逮捕《たいほ》に踏み切ったのである。

船宿の伊勢新は、五兵衛と特別の関係がなかった。

七年ほど前に、江戸へあらわれた五兵衛が、

「京の五条通り高倉に住む蒔絵師《まきえ》・門池文次郎《かどいけぶんじろう》」

と、名乗り、なじみとなって、以後は江戸へ出て来ると滞在をするようになったにすぎない。

「佐嶋。こうなれば仕方もない。明日は痛い目にあわせてみよ」

いつまでも埒《らち》があかぬ小林与力の詮議に苦笑を洩らした長谷川平蔵が、こういって立ちあがり、

「いま少し、やらせておくがよい」

「しぶとい奴でございますな」

「小林金弥、見事に舐《な》められたわ」

「私は、これにて……」

「おお、見物するがよい」

一足先に、平蔵は小部屋を出た。

小部屋の外は、役宅の内塀を背にした石畳の通路になっている。

空は晴れあがっていたが、朝から冷え込みが強《きつ》い。

この年も、間もなく終ろうとしていた。

牢屋の方から通路を曲がって来た小者の庄七《しょうしち》が、小部屋の戸口から急に出て来た平蔵を見て、

おもいがけなかったものだから、あわてて頭を下げた拍子に、手にした盆の上の湯呑みがすべって通路へ落ちた。

牢屋に詰めている同心へ、茶を運ぶつもりだったのであろう。

湯呑みは石畳に音を立てて、割れ散った。

その割れ散った湯呑みを、長谷川平蔵が凝《じっ》と見据えた。

「あっ……」

「こ、これは、どうも、とんだことを……」

庄七が狼狽《ろうばい》し、身を屈《かが》めて湯呑みの破片を拾いはじめた。

平蔵は背を向け、通路を歩み出している。

(おもい出したぞ、石川の五兵衛)

平蔵の片頰に、微《かす》かな笑いが浮いた。

割れ散った湯呑みからの連想が、二十年ほど前の、あの日のことをたちまちに平蔵の脳裡《のうり》へよみがえらせたのであった。

二

約二十年前の、そのころ……。

長谷川平蔵は、父・宣雄《のぶお》が病歿したので、父が町奉行として赴任《ふにん》していた京都から江戸へ帰り、四百石の遺跡《いせき》をついだばかりであった。

その翌年に、平蔵は、西の丸・書院番士になったわけだが、まだ七つか八つの子供だった石川の五兵衛を見たときは御役目についていなかった。

ゆえに、江戸へもどった年の、秋も深まった或日《あるひ》ということになる。

場所は、芝の神谷町《かみやちよう》であった。神谷町は芝の増上寺の西側にあたり、寺院や大名・武家屋敷が多い。

その日。

平蔵は、麻布《あざぶ》に住む旗本・曾我大膳《そがだいぜん》方へ所用があり、帰途は坂を下って神谷町へ出た。

例によって、気軽な平蔵は紋付の羽織・袴《はかま》の姿ながら供を従えてはいない。

坂を下った右手に、亡父の代から知り合いの、刀の研師《とぎし》・竹口惣助《たけぐちそうすけ》の家がある。

「ゆるせよ」

「あっ。これは、まあ、いつ、お帰りで……」

惣助が、入って来た平蔵を奥へ案内しようとするのへ、

「近くへ来たので立ち寄った。かまってくれるな、ここでよい」

上《あが》り框《がまち》へ腰をおろし、茶菓のもてなしを受けつつ、

「父上が亡くなられてな」

「えっ。ま、まことでございますか……」

「それで帰った」

「それはまあ、少しも存じませぬことで……」

語り合ううちに、道をへだてた向う側の、小さな瀬戸物屋の前で、事件が起った。

神谷町の通りから少し引っ込んだ道路に、四、五人の子供たちが棒切れを振りまわし、騒がしく駆けまわって遊んでいた。

瀬戸物屋の前には、大きな水瓶《みずがめ》が四つほど並べられている。

せまい道だけに、その水瓶を割られでもしてはとおもったのであろう、瀬戸物屋の主人・梅吉《うめきち》が外へ出て来て、

「これ、これ、騒々《そうぞう》しいな。あっちへ行って遊べ。あっちへ行け」

子供たちを、叱りつけた。

他の子供たちは、坂道を駆け去って行ったが、ただ一人、其処《そこ》に残り、竹の棒を振りまわすのをやめぬ男の子がいる。

「このガキ。あっちへ行け」

梅吉が、野良犬でも追いはらうように大声をあげると、その子供が、

「おじさん。お客に、ひどい口をきくじゃないか」

と、いったものだ。

色白の、よい顔だちをしている男の子の左半面の火傷の痕が生々《なまなま》しい。これが石川の五兵衛だったのである。

「何だと？」

「客だよ。おじさんのところへ買物に来た客だよ」

五兵衛は竹の棒を肩へ担《かつ》ぎ、胸を反《そ》らせ、

「客に、そんなひどい口をきくと、この店は潰《つぶ》れてしまうよ」

その口調といい、小賢《こざか》しげに薄笑いを浮かべた顔つきといい、七つ八つの子供とは到底おもえぬ。

瀬戸物屋の主人ならずとも、

(何と、小憎らしい……)

と、おもったにちがいない。

「そうか、客かい。何を買うのだ?」

瀬戸物屋の梅吉も、むっとして、

「え、何を買う、何を買うのだよ?」

すると、五兵衛が落ちつきはらい、

「その水瓶を二つ、買いに来たのさ」

「な、何だって……」

「いくらだい?」

「何をいやあがる。冗談も、ほどほどにしろ」

「冗談じゃない。水瓶を二つ、おれが持って帰るんだよ」

「ばかをいえ。おのれのような小さいガキが、こんな大きな水瓶を持って帰れるものか」

「帰れるよ。いくらだい?」

「それじゃあ、お前が、その手で、この水瓶を二つ、きっと持って帰れるというんだな」

「ああ、そうだよ」

よしておけばよかったのだが、あまりの小憎らしさに梅吉が、

「ふうん、おもしろい。それが本当ならば、売ってやろう」

「いくらだい」

「一つ三文でいい」

「安いねえ」

安いも安い。三文で菓子一つが買えるか、どうかだ。

「そのかわり、いいか。お前の、その手で、二つとも持って帰るのだぞ」

「いいとも」

「銭はあるのか。そこにないのだろう。それじゃあだめだ。すぐに買うのでなけりゃあ、売らないぞ」

と、瀬戸物屋の梅吉が、勝ち誇ったようにいうや、

「あるとも」

五兵衛は、腰の巾着《きんちゃく》を探《さぐ》り、四文銭を二枚出し、

「釣《つり》銭は、いらないよ」

「こ、この野郎……」

梅吉は、子供の五兵衛から虚仮《こけ》にされ、満面に血をのぼせて、

「よし。さあ、持って行け。二つとも、その手で持って行け」

到底、小さな子供に持てるわけがない。

一抱《かか》えもある大きな水瓶なのだ。

(ほう……)

道をへだてた、こちら側の研師の家から、長谷川平蔵は、おもしろそうに瀬戸物屋の前の小事件をながめつつ、

「何処の子なのだ?」

と、研師の惣助に尋《き》いた。

「麻布のほうの谷間《たにあい》に住んでいる子供たちでございましょうよ。悪さをして困ります」

瀬戸物屋の中にいた男がひとり、ぬっと道へ出て来たのは、このときだ。

男は若い浪人者で、たくましい体軀《たいく》をしてい、梅吉と並んで立ち、さも憎さげに五兵衛を睨みつけた。

浪人の名は、赤松小弥太《あかまつこやた》といい、梅吉の妹を妻にしているばかりではなく、梅吉とは博奕《ばくち》仲間で、麻布あたりの大名の下屋敷の中間《ちゅうげん》部屋で知り合ったものらしい。

赤松は、この近くの長屋に住んでいる。

「さあ、持って行け。何をしていやがるのだ、このガキは」

通りがかりの人びとが三人、四人と立ちどまり、むきになって大声を張りあげる瀬戸

物屋の梅吉と、びくともせぬ子供の五兵衛を、おもしろがって見くらべている。

三

「それじゃあ、おじさん。持って行くよ」

「さあ、持って行け。もし、手前《てめえ》ひとりで持って行けなかったら、どうするか見ていやがれ」

五兵衛は、道端の大きな石塊《いしくれ》を抱えあげた。

みんな、息をのんで、この子供のうごきを見つめていた。

つぎの瞬間に……。

抱えた石塊を、五兵衛が水瓶へ叩きつけた。

「あっ……」

水瓶が割れて、音をたてた。

梅吉のみか、見物の人びとが、おもわず声をあげ、長谷川平蔵は土間に立ちあがった。

「な、何をしやがる」

「おじさん。割った破片《かけら》なら、おれ一人でも運べるよ」

「あっ……」

おどろく瀬戸物屋の梅吉を、じろりと上眼《うわめ》づかいに見あげた五兵衛の、その眼つきというものは、到底、七つ八つの子供のものとはおもえなかった。

「末恐ろしきやつであった」

と、その日、目白台の屋敷へ帰ってから、平蔵が妻の久栄《ひさえ》に、そう語ったものである。

五兵衛は尚も割れ残りの瓶を石塊で叩き割った。

「こ、この野郎」

その五兵衛を突き飛ばした梅吉へ、

「何をしやがる」

屹《きっ》と向き直った五兵衛が、

「おれが買った水瓶は、おれのものだ」

「な、何だと……」

「買ったからには、割ろうと割るまいと、おれの勝手だ。約束は、おれ一人で持って行きゃあいいんだろう。そうだろ、おじさん」

「う……」

ぐっと詰まった梅吉に、見物の人びとが、

「ははん。子供にやられてやがら」

「ガキのいうとおりだ」

「それにしても、利巧《りこう》な子だねえ」

「むう……」

呻《うめ》いて、五兵衛を睨みつけたまま、四十男の瀬戸物屋の梅吉が怒りに両手を震わせたが、どうにもなるものではない。

五兵衛のいうことには、一点の非もないからだ。

梅吉の義弟・赤松小弥太は、むしろ蒼《あお》ざめた顔つきになり、押し黙ったまま、五兵衛を凝視《ぎようし》している。

また、音がした。

二つ目の水瓶へ、五兵衛が石塊を叩きつけたのである。

「わあ……」

「やった」

「えらいぞ、坊や」

おもしろがって、見物が声を投げる。

しかし、五兵衛は冷然として見物のひとびとをかえりみもせず、道に散乱した水瓶の破片のうち二つ三つを手にするや、

「おじさん。いいかい、一度に持って行くとは約束してないぜ。おれ一人で持って行くといっただけだよ」

「う、うう……」

「何度にも運ぶからね。此処へ置いといておくれ」

いうや、さっと身を返し、坂道を麻布の方へ歩みはじめた。

「ち、畜生め。何てえ……何てえガキだ」

悔しげに、梅吉がいったとき、赤松小弥太が何くわぬ顔で、すいと梅吉の傍をはなれ、神谷町の通りの方へ去った。

その赤松の眼が、殺気に光っていたのを、長谷川平蔵は見逃さなかった。

「近いうちに屋敷へまいってくれ。研《とぎ》に出したい差料《さしりょう》も二、三あるゆえ」

平蔵は、研師の惣助へこういって、開け放したままの戸口から外へ出て行った。

見物も散りはじめ、瀬戸物屋の梅吉は逃げるように家の中へ消えた。

平蔵は、赤松浪人の後を尾けたのではない。

子供の五兵衛の後から、坂をのぼりはじめた。

両側の旗本屋敷の、土塀内の木立が、夕暮れの細い坂道を、さらに暗く翳《かげ》らせていた。

彼方に、五兵衛の小さな姿が見えた。

何処かで、しきりに鴉《からす》が鳴いている。

五兵衛は、本名を音松《おとまつ》という。

だが、この一篇では、まぎらわしくなるので、どこまでも石川の五兵衛で通したい。

五兵衛の母親は、麻布の坂下町で茶店を出している。

五兵衛の父親が四年前に病死した後、女手ひとつに茶店を切り盛りしていたわけだが、去年の夏に男ができた。

男は、そのまま入り込み、いまは五兵衛の母親と夫婦になり、茶店で立ちはたらいている。

つまり、五兵衛の継父《けいふ》になったわけだ。

母親より年下の、この継父と五兵衛が、うまく行くはずはない。

博奕場でも顔がきく瀬戸物屋の梅吉さえ、やり込めてしまった五兵衛である。

「畜生。何という小憎らしいやつだ」

かなわなくなると、継父は暴力をふるう。

さすがの五兵衛も、こうなると大人と子供だ。とてもかなわない。

五兵衛が火傷をしたのも、継父が熱湯の入った薬缶《やかん》を投げつけたためであった。

母親は、五兵衛を不憫《ふびん》におもうけれども、男とは別れ切れぬ。

そこでどうしても、男にはわからぬように、五兵衛へ小遣いをもたせ、外へ遊びに出してやるということになる。ついつい甘やかしてしまう。

坂下町の母親が待つ茶店へ帰る五兵衛の胸は、浮き浮きしていた。

(へっ。ざまあみやがれ)

瀬戸物屋をやりこめてしまった快感に、五兵衛の全身が熱くなり、汗ばんでいる。

(大人の男は、みんな知恵が足りないよ。うちにも、そんなのが一人いる。おっ母さん、あんなやつのどこがいいのだろう)

坂の途中で、五兵衛は水瓶の破片を放り捨ててしまった。

もとより、道に散乱した破片の残りを取りに行くつもりはないのだ。

坂をのぼり切った道は、六本木から竜土町《りゅうどちょう》へ通じてい、夕暮れどきの忙《せわ》しげな人通りがあったけれども、五兵衛は道を突切り、鼠坂《ねずみざか》へかかった。

このあたりは崖地《がけち》が多く、日中でも、あまり人が通らぬ。

木立が鬱蒼《うっそう》としていて、風も絶えているのに、落葉が坂道の上をゆるやかに舞い落ちてくる。

腹が減ってきたらしく、五兵衛は小走りに走り出した。

と、そのとき……。

崖下の小径《こみち》から鼠坂へ走り出て来た浪人・赤松小弥太が、

「待て、こいつ」

いきなり、五兵衛を突き飛ばした。

転倒した五兵衛が、

「な、何をするんだ」

「斬ってやる」

「えっ……」

「憎らしいガキめ。叩っ斬ってやる」

ぎらりと、赤松が大刀を引き抜き、五兵衛へせまってきた。

脅しではない。

本気で、斬るつもりなのだ。

義兄の梅吉がやりこめられたからというばかりではなく、赤松小弥太は心底から、五兵衛への憎しみを押えきれなかったのであろう。

「あ……」

と、息を引いて蒼ざめた五兵衛が、悲鳴をあげる気力も萎《な》え、

「ご、ごめんよ。助けておくれよ」

泣き声でたのむのへ、赤松はこたえもせず、大刀を振りかぶった。

このとき、夕闇の幕を引き裂いて飛んできた小石が、赤松浪人の顔へ命中した。

五兵衛を尾《つ》けて来た長谷川平蔵が投げつけたものである。

「あっ……」

飛び退《しさ》った赤松の前へ、走り寄った平蔵が、

「つまらぬまねはよせ」

「な、何……」

「子供を斬って何になる」

「うるさい!!」

喚《わめ》きざま、赤松小弥太は平蔵めがけて切りつけてきた。

意外に鋭い刃風であったが、ふわりと躱《かわ》した平蔵は、ぱっとつけ入って、赤松の胸下の急所へ拳《こぶし》を突き入れた。

「むうん……」

唸《うな》った赤松小弥太の躰が、ぐらりとかたむいて倒れ伏すのを見向きもせず、

「これ、子供」

五兵衛へよびかけた平蔵が、

「立て」

五兵衛は、まるで瘧《おこり》にかかったように激しくふるえている。

「立て。立てぬのか」

「う……」

よろめきながら、ようやくに立ちあがった五兵衛へ、

「大人を莫迦《ばか》にするなよ」

じわりと近寄り、長谷川平蔵が、

「世の中には、莫迦な大人ばかりではない」

「……」

「わかったか」

「わ、わかり……」

いいさした五兵衛へ、いきなり平蔵が抜き打った。

一閃、二閃、平蔵の腰間《ようかん》から鞘走《さやばし》った粟田口国綱《あわたぐちくにつな》の銘刀は、たちまちにまた鞘の中へ吸い込まれてしまった。

声もなく、五兵衛は倒れた。

長谷川平蔵は、気をうしなった赤松浪人を肩へ担《かつ》ぎ、鼠坂を下って行った。

しばらくして、五兵衛が息を吹き返した。

半身を起し、きょろきょろと、あたりを見まわしていたが、自分が死んでいないことがわかると、あわてて立ちあがった。

逃げるつもりだったのであろう。

「きゃっ……」

五兵衛が、何ともいえぬ叫び声を発した。

ぱらりと、着物と帯が二つに割れて下へ落ちたからである。

それればかりではない。前髪が顔へ垂れた。今朝、母親が結いあげてくれた髷《まげ》を、着物・帯と共に平蔵が切り飛ばしたのだ。

「助けてえ……」

白い小さな五兵衛の裸身が、悲鳴と共に鼠坂を走り出した。

四

与力の小林金弥は、ついに一語も発しなかった石川の五兵衛を、いったん、牢屋へもどし、

「今夜、拷問にかける」

憤然《ふんぜん》と、いった。

そこへ、長谷川平蔵から、

「今夜は、そのままにしておけ。明日、わしが一当《ひとあた》り当ってみよう」

との言葉がつたえられた。

「面目ない」

小林与力が、悄気《しょげ》かえったそうな。

翌朝の五ツ半（午前九時）に、またも、石川の五兵衛は詮議場の白州へ引き出された。

今朝は、長官みずからの詮議があるというので、佐嶋忠介・小林金弥以下四名の与力と、同心五名が白州へあらわれ、何やら物々しげな雰囲気となった。

石川の五兵衛は昨日と変らぬ薄笑いを浮かべつつ、筵《むしろ》の上へ坐っている。やがて、長谷川平蔵が正面へあらわれた。

黒紋付の羽織・袴という姿は、二十年前のあのとき、そのものといってよい。

「長谷川平蔵様、直《じ》き直きの御取調べじゃ。神妙にいたせ」

と、佐嶋忠介が五兵衛に声をかけた。

下げた頭をあげ、正面の平蔵を見て、

（……？）

五兵衛が、訝《いぶか》しげな顔つきになった。

五兵衛も、また、

(どこかで見たような……)

と、感じたのだ。

子供のころの顔は、二十年もすれば大いに変ってしまう。

けれども、二十年前の長谷川平蔵は、いま白州にいる五兵衛と同じ年ごろであった。

当時の平蔵の、剣の修行に鍛《きた》えぬかれた体軀が、いまはいくらか肉づきもよくなっていい、顔にも厚味が出てきたし、鬢《びん》のあたりには白いものもまじりはじめている。

だが、五兵衛の変貌ほどに、平蔵は変っていない。

五兵衛も、盗賊改方の〔鬼の平蔵〕の名を知らぬわけではないが、当時は新聞があったわけでもなく、テレビがあったわけでもない。

名前を知っていても、平蔵の顔を見たのは、このときがはじめての五兵衛であった。

平蔵は凝《じっ》と五兵衛を見下したまま、声もかけぬ。

(何を、負けるものか。それにしても、何処かで見たような……?)

見返して薄笑いを浮かべた五兵衛の、その薄笑いが、たちまちに消えた。

その瞬間に、平蔵が、

「これ、瓶割《かめわ》り小僧。到頭《とうとう》、盗《ぬす》っ人《と》になり下ったか」

いい、じわりといった。

(あ……)

おもい出した五兵衛が驚愕《きょうがく》の声も出ず、ぱっくりと口を開けたのへ、

「おもい出したか、二十年前の鼠坂のことを」

「う……」

「あのとき、恐ろしさに泣き叫んで逃げたときの気もちを、ついに忘れてしまったようじゃな」

がっくりと肩を落し、うなだれた五兵衛へ、

「石川の五兵衛。面《おもて》をあげよ」

厳《おごそ》かな平蔵の声に、怖々《おどおど》と顔をあげた五兵衛は、もはや、昨日の五兵衛ではなかった。

与力も同心たちも、息をのんで平蔵と五兵衛を見まもっている。

今日も、冷え込みが強《きつ》い。

両手を縛《ばく》されている五兵衛の肩が震え出し、吐く息が荒く、白い。

門番小屋へ来て、いつも食べさせてもらっている黒い野良猫が詮議場の塀の上から、白州のありさまを見物している。


石川の五兵衛が、すべてを白状におよんだのは、中休《なかやすみ》をとって、日暮れ近くまでかかった。

その日の夕餉《ゆうげ》に、長谷川平蔵は佐嶋忠介と小林金弥の二与力を相伴《しょうばん》させた。

「まことにもって、面目しだいもございません」

両手をついた小林与力へ、

「ま、のめ」

「は……」

「佐嶋。酌をしてやれ」

「はい」

「のう、小林。彼奴《きやつ》めは一筋縄ではゆかぬのじゃ。ただ、わしはな、彼奴めの弱味を握ってしまっていたゆえ、頭があがらなくなってしまったのであろうよ。人は、だれにも弱味がある。千軍万馬の豪傑も大嫌いな鼠一匹に顔色を変えるとか……。今日の彼奴めもそれじゃ」

「むかし、御存知のように……?」

「さようさ。ま、聞くがよい」

ほした盃を置き、亡父遺愛の銀煙管《ぎんぎせる》へ煙草《たばこ》をつめながら、

「あれは、父上が亡くなられ、京から江戸へもどった年であったが……」

と、あのときのことを語りすすむ平蔵。

瞬《まばた》きもせずに聞き入る佐嶋と小林。

酒が冷え切ってしまった。

語り終えて、平蔵が、

「彼奴め、十六のころ、継父を殺害し、母を捨てて他国へ逃げたと、申していたのう」

「はい」

「いま少し、だれぞ、彼奴めに目をかけてやればよかったものを……」

「それで、五兵衛を斬ろうとした浪人者は何といたしました？」

「ふむ。このほうには目をかけてやったわ」

「いまも、あの……？」

「義兄が病死した後、瀬戸物屋の主人《あるじ》におさまってのう。子が五人もでき、いまはよい親爺《おやじ》じゃ」

「さようで……」

ちからを入れて聞いていたらしく、佐嶋と小林の顔が妙に強張《こわば》っている。

「小林」

「はい」

「明日からは、ゆるりと取り調べて、五兵衛と共に盗みをはたらいたやつどもと、口合人の名を訊き出し、しかるべく手配をせねばならぬ。たのむぞ」

「はっ」

「これ、これ……」

長谷川平蔵が手を叩いた。

つぎの間から心得顔に、妻の久栄が侍女を従え、熱めの燗をした酒と肴《さかな》を運んで居間へあらわれた。

逢坂剛（おうさか・ごう）

一九四三年東京都生まれ。中央大学法学部卒業後、博報堂に入社。八〇年「暗殺者グラナダに死す」でオール讀物推理小説新人賞を受賞。八七年『カディスの赤い星』で直木賞、日本推理作家協会賞を受賞。九七年より執筆に専念。二〇一五年『平蔵狩り』で吉川英治文学賞受賞。父は「鬼平犯科帳」に挿絵を描いてきた中一弥。

上田秀人（うえだ・ひでと）

一九五九年大阪府生まれ。大阪歯科大学を卒業し、大阪府下で歯科医院を開業。九七年小説クラブ新人賞佳作「身代わり吉右衛門」でデビュー。「三田村元八郎」「奥右筆秘帳」など人気シリーズ多数。二〇一〇年『孤闘　立花宗茂』で中山義秀文学賞を受賞。近著に『奏者番陰記録　遠謀』『本懐』。

梶よう子（かじ・ようこ）

東京都生まれ。フリーライターのかたわら小説を執筆する。二〇〇五年「い草の花」で九州さが大衆文学賞大賞受賞、〇八年「一朝の夢」で松本清張賞を受賞し、同作で単行本デビュー。一六年『ヨイ豊』で直木賞候補となり、歴史時代作家クラブ賞作品賞を受賞。近著に『赤い風』。

風野真知雄（かぜの・まちお）

一九五一年福島県生まれ。立教大学法学部卒業。フリーライターとして活動したのち、九二年に「黒牛と妖怪」で歴史文学賞を受賞し作家デビュー。二〇一五年『沙羅沙羅越え』で中山義秀文学賞を受賞。「耳袋秘帖」など人気シリーズ多数。

門井慶喜（かどい・よしのぶ）

一九七一年群馬県生まれ。同志社大学文学部卒業。二〇〇三年「キッドナッパーズ」でオール讀物推理小説新人賞を受賞。一六年『マジカル・ヒストリー・ツアー』で日本推理作家協会賞（評論その他の部門）受賞。一八年『銀河鉄道の父』で直木賞受賞。

土橋章宏（どばし・あきひろ）

一九六九年大阪府生まれ。関西大学工学部卒業。「超高速！参勤交代」で優秀な映画脚本に送られる城戸賞を受賞。二〇一三年、同作の小説で作家デビュー。一四年に佐々木蔵之介主演で映画化されベストセラーとなる。近著に『チャップリン暗殺指令』『身代わり忠臣蔵』。

諸田玲子（もろた・れいこ）

静岡県生まれ。上智大学文学部英文科卒業後、外資系企業勤務を経て、翻訳・作家活動に入る。向田邦子、山田洋次らのノベライズに携わったのち、歴史・時代小説を執筆。二〇〇三年『其の一日』で吉川英治文学新人賞受賞、〇七年『奸婦にあらず』で新田次郎文学賞受賞。「あくじゃれ瓢六」など人気シリーズ多数。近著に『元禄お犬姫』。

池波正太郎（いけなみ・しょうたろう）

一九二三年東京生まれ。新国劇の舞台で多くの戯曲を発表し、六〇年「錯乱」で第四十三回直木賞を受賞。八八年第三十六回菊池寛賞受賞。「鬼平犯科帳」「剣客商売」「真田太平記」「仕掛人・藤枝梅安」シリーズなど著書多数。九〇年五月三日没。

初出

逢坂剛「せせりの辨介」(「簪」を改題)「オール讀物」二〇一七年五・八月号
諸田玲子「最後の女」「オール讀物」二〇一〇年六月号
土橋章宏「隠し味」「オール讀物」二〇一七年五月号
上田秀人「前夜」「オール讀物」二〇一七年五月号
門井慶喜「浅草・今戸橋」「オール讀物」二〇一七年五月号
風野真知雄「狐桜　耳袋秘帖外伝」「オール讀物」二〇一七年五月号
梶よう子「石灯籠」「オール讀物」二〇一〇年六月号
池波正太郎「瓶割り小僧」「オール讀物」一九八〇年九月号
『鬼平犯科帳(決定版)』二十一巻

単行本　二〇一七年十月　文藝春秋刊

文春文庫

池波正太郎《いけなみしょうたろう》と七人《しちにん》の作家《さっか》
蘇《よみが》える鬼平犯科帳《おにへいはんかちょう》

定価はカバーに
表示してあります

2018年10月10日　第1刷

著　者　池波正太郎《いけなみしょうたろう》 逢坂《おうさか》　剛《ごう》 上田秀人《うえだひでと》 梶《かじ》よう子《こ》
風野真知雄《かぜのまちお》 門井慶喜《かどいよしのぶ》 土橋章宏《どばしあきひろ》 諸田玲子《もろたれいこ》

発行者　花田朋子

発行所　株式会社　文藝春秋

東京都千代田区紀尾井町 3-23　〒102-8008
TEL　03・3265・1211㈹
文藝春秋ホームページ　http://www.bunshun.co.jp
落丁、乱丁本は、お手数ですが小社製作部宛お送り下さい。送料小社負担でお取替致します。

印刷製本・大日本印刷

Printed in Japan
ISBN978-4-16-791160-7

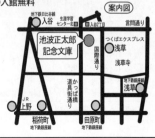

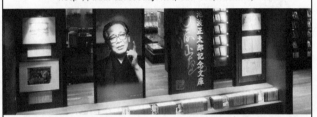